A MORTE É UM NEGÓCIO SOLITÁRIO

A MORTE É UM NEGÓCIO SOLITÁRIO

RAY BRADBURY

tradução:
Samir Machado de Machado

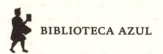
BIBLIOTECA AZUL

Copyright da tradução ©2023 Editora Globo S/A
Copyright ©1985 Ray Bradbury
Publicado por acordo com Casanovas & Lynch Literary Agency S.L.
em conjunção com Don Congdon Associates, Inc.
Publicado pela primeira vez em 1985 em Nova York, Estados Unidos.

Todos os direitos reservados. Nenhuma parte desta edição pode ser utilizada ou reproduzida – em qualquer meio ou forma, seja mecânico ou eletrônico, fotocópia, gravação etc. – nem apropriada ou estocada em sistema de bancos de dados, sem a expressa autorização da editora.

Título original: *Death is a lonely business*

Texto fixado conforme as regras do novo Acordo Ortográfico da Língua Portuguesa (Decreto Legislativo nº 54, de 1995).

Editor: Lucas de Sena
Assistente editorial: Jaciara Lima
Preparação: Lielson Zeni
Revisão: Erika Nakahata e Renan Castro
Capa: Delfin [Studio DelRey]
Diagramação: Ilustrarte Design e Produção Editorial
Foto da orelha: Sophie Bassouls/Sygma/Getty Images

CIP-BRASIL. CATALOGAÇÃO NA PUBLICAÇÃO
SINDICATO NACIONAL DOS EDITORES DE LIVROS, RJ

B79m

    Bradbury, Ray, 1920-2012
      A morte é um negócio solitário / Ray Bradbury ; tradução Samir Machado de Machado. - 1. ed. - Rio de Janeiro : Biblioteca Azul, 2023.
    316 p. ; 21 cm.

    Tradução de: Death is a lonely business
    ISBN 978-65-5830-168-4

    1. Romance americano. I. Machado, Samir Machado de. II. Título.

22-80720   CDD: 813
                                        CDU: 82-31(73)

Meri Gleice Rodrigues de Souza - Bibliotecária - CRB-7/6439

1ª edição | 2023

Direitos de edição em língua portuguesa para o Brasil
adquiridos por Editora Globo S. A.
Rua Marquês de Pombal, 25 – 20230-240 – Rio de Janeiro – RJ
www.globolivros.com.br

Com amor,
para Don Congdon,
que fez com que isto acontecesse.

E à memória
de Raymond Chandler, Dashiell Hammett,
James M. Cain e Ross Macdonald.

E a meus amigos e professores
Leigh Brackett e Edmond Hamilton,
com dolorosas saudades.

Nos velhos tempos, Venice, na Califórnia, tinha muitos atrativos para quem quisesse ficar triste. Havia névoa quase toda noite e, ao longo do litoral, havia o gemido do maquinário dos poços de petróleo, o bater das águas sombrias nos canais e o assobio da areia contra as janelas da sua casa, quando o vento vinha cantar pelos descampados e pelas ruas vazias.

Naqueles dias, o píer de Venice estava caindo aos pedaços e morrendo no mar, e lá se podiam encontrar os ossos de um imenso dinossauro e uma montanha-russa sendo encobertos pela troca das marés.

No fundo de um canal longo, se poderiam encontrar velhos carroções de circo, que foram despejados e amontoados, e nas jaulas, à meia-noite, se a gente olhasse, veria vida: peixes e lagostins movendo-se com a maré. Era como se todos os circos do passado tivessem sido condenados a se desfazer em ferrugem.

E havia o som alto como uma avalanche de um grande bonde vermelho que corria apressado no sentido da praia a cada meia hora e que, à meia-noite, fazia uma curva fechada soltando faíscas dos cabos no alto, para então ir embora com um gemido que era como o dos mortos se revirando durante o sono, como se os bondes, e os homens solitários que os conduziam, soubessem que não estariam mais ali em um ano, os trilhos cobertos de concreto e betume, e os cabos elevados seriam recolhidos em rolos e levados embora.

E foi naquela época, em um daqueles anos solitários em que a névoa nunca acabava e os ventos nunca cessavam seus lamentos, que, ao andar no trovão estrondoso que era aquele antigo bonde, encontrei, em uma noite, o amigo da Morte e não me dei conta.

Era uma noite chuvosa, em que eu lia um livro na parte de trás do velho vagão, turbulento e lamurioso, no caminho entre uma estação deserta e outra. Só eu, o grande carro de madeira rangendo e o condutor na frente, aos trancos e barrancos entre o controle e os freios, soltando vapores demoníacos quando necessário.

E o homem de pé no corredor que, de algum modo, subiu sem que eu o percebesse.

Enfim me dei conta da presença dele devido ao seu balanço constante, de pé atrás de mim por um bom tempo, como se indeciso entre os quarenta assentos vazios, e tarde da noite é sempre difícil decidir onde se sentar com tanto vazio. Mas, por fim, o escutei sentar-se e soube que estava ali atrás, pois podia sentir seu cheiro, feito maresia vindo pelos campos. Acima do fedor de suas roupas, havia o cheiro de muita bebida em pouco tempo.

Não me virei para olhá-lo. Aprendi há muito tempo que olhar só os encoraja.

Fechei os olhos e mantive a cabeça firmemente virada para o outro lado. Não funcionou.

— Ah... — gemeu o homem.

Eu podia sentir que ele se inclinava à frente em seu banco. Senti o bafo quente em minha nuca. Afastei-me um pouco.

— Ah... — gemeu ele, ainda mais alto. Era como alguém caindo do penhasco, pedindo para ser salvo, ou alguém nadando longe numa tempestade, querendo ser visto.

— Ai!

Estava chovendo forte agora e o grande bonde vermelho balançava na noite por um trecho gramado, e a chuva martelava as janelas, diluindo a visão do campo aberto. Velejamos por Culver City sem ver o estúdio de cinema, e seguimos, o grande carro do bonde balançando, o assoalho rangendo sob nossos pés, os bancos vazios estalando, o bonde berrando seu apito.

E um terrível golpe de ar atrás de mim quando o homem gritou:

— A morte!

O apito do bonde cortou sua voz de modo que precisou recomeçar.

— A morte...

Outro apito.

— A morte — disse a voz atrás de mim — é um negócio solitário.

Achei que ele fosse chorar. Fiquei olhando a chuva forte que vinha contra nós. O bonde diminuiu a velocidade. O homem se levantou numa fúria exigente, como se fosse me bater se eu não o escutasse e me virasse para ele. Ele queria ser visto. Ele queria me afogar em suas vontades. Senti sua mão se estender feito punhos ou garras, se para me arranhar ou bater, não pude adivinhar. Me segurei ao banco na minha frente. Sua voz explodiu.

— Ai, a morte!

O trem freou. Vamos lá, pensei, *termina logo*!

— É um negócio solitário! — disse ele, num sussurro terrível, e se afastou.

Eu ouvi a porta dos fundos se abrir. Por fim, me virei.

O vagão estava vazio. O homem tinha ido embora, levando seu velório consigo. Eu ouvi o cascalho ser pisoteado no caminho do lado de fora do trem.

O homem invisível murmurava para si mesmo enquanto as portas se fechavam. Eu ainda podia ouvi-lo pela janela. Algo sobre o túmulo. Algo sobre o túmulo. Algo sobre a solidão.

O bonde sacudiu e rugiu pela grama alta e pela tempestade.

Eu abri a janela para me inclinar e olhar para trás na escuridão úmida.

Se houvesse uma cidade lá atrás, e pessoas, ou um homem e sua terrível tristeza, eu não poderia ver, nem escutar.

O trem estava a caminho do litoral.

Tive essa sensação horrível de que ele mergulharia no mar.

Fechei a janela com estrondo e me sentei, tremendo.

Precisei me lembrar pelo resto do caminho: você tem apenas vinte e sete anos. Você não bebe. Mas...

TOMEI UM DRINQUE, MESMO assim.

Aqui, neste canto perdido do continente, onde as carroças dos pioneiros paravam e com elas as pessoas, encontrei um último *saloon*, vazio exceto por um barman vidrado em *Hopalong Cassidy* passando na TV tarde da noite.

— Uma vodca dupla, por favor.

Fiquei surpreso com minha voz. Por que eu estava bebendo? Para tomar coragem de ligar para minha namorada, Peg, a três mil quilômetros de distância, na Cidade do México? Para dizer a ela que eu estava bem? Mas não havia acontecido nada comigo, havia?

Nada além de uma viagem de trem, chuva fria e uma voz terrível às minhas costas, exalando vapores de medo. Mas eu temia voltar para meu quartinho, tão vazio quanto uma geladeira abandonada por algum imigrante a caminho do oeste.

A única coisa mais vazia era minha conta bancária de grande romancista americano, no prédio de um banco com ares de velho templo romano à beira-mar, prestes a ser levado embora na próxima ressaca. Os caixas aguardavam toda manhã em barcos a remo, enquanto o gerente se afogava no bar mais próximo. Raramente vi algum deles. Com apenas uma venda ocasional para uma revista *pulp* de detetives, não havia dinheiro a ser depositado. Então...

Bebi minha vodca. Tive um arrepio.

— Minha nossa — disse o barman —, parece que você nunca bebeu antes!

— Nunca bebi mesmo.

— Você parece péssimo.

— Eu me *sinto* péssimo. Você alguma vez já pensou que algo péssimo está prestes a acontecer, mas não sabe o quê?

— Chama-se calafrios.

Engoli mais vodca e me arrepiei.

— Não, não. Algo terrível *mesmo*, chegando perto de você, foi o que quis dizer.

O garçom olhou por cima de meu ombro como se estivesse vendo o fantasma do homem no trem bem ali.

— Você trouxe isso para cá?

— Não.

— Então não está aqui.

— Mas ele *falou* comigo — eu disse. — Uma das fúrias.

— *Fúrias*?

— Não vi o rosto dele. Meu Deus, me sinto pior agora. Boa noite.

— Largue a birita!

Mas eu já estava na porta olhando para todo lado, em busca da coisa que me aguardava. Que caminho tomar para casa sem ir ao encontro da escuridão? Escolhi um.

E sabendo que era a escolha errada, me apressei pela orla sombria do velho canal na direção dos carroções de circo afundados.

Ninguém sabia como as jaulas dos leões foram parar no canal. Por sinal, ninguém parecia saber como os canais foram parar ali no meio de uma velha cidade que, de algum modo, sucumbia às ervas daninhas, arranhando cada porta toda noite, junto da areia e das algas marinhas e restos de tabaco das bitucas de cigarro jogadas nas praias pelo menos desde 1910.

Mas lá estavam os canais e, ao final de um deles, um riacho de esgoto verde-escuro e oleoso, os velhos carroções e jaulas do circo, descascando seu esmalte branco e tinta dourada e enferrujando suas grossas grades.

Muito tempo antes, no início dos anos 1920, essas jaulas provavelmente circularam por ali feito tempestades de verão brilhantes, os animais rondando dentro delas, leões abrindo a boca para exalar seus bafos quentes de carne. Parelhas de cavalos brancos desfilaram sua pompa por Venice e pelos campos muito antes de a MGM erguer suas fachadas falsas e montar um novo tipo de circo, que viveria para sempre em pedacinhos de filme.

Agora tudo o que restava daquele velho desfile veio parar aqui. Alguns dos carroções com jaulas ficaram de pé nas águas profundas do canal, outros estavam inclinados de lado e enterrados nas marés, que os revelava ao nascer do dia, e os cobria ao escurecer.

Os peixes enxameavam passando entre as barras. Durante o dia, meninos pequenos vinham e dançavam ao redor das imensas ilhas perdidas de aço e madeira, e às vezes entravam, se balançavam nas grades e rugiam.

Mas agora, muito depois da meia-noite, com o último bonde já tendo partido rumo ao norte ao longo das areias vazias, os canais lambiam suas águas negras e sugavam as jaulas feito velhas chupando as gengivas vazias.

Eu andava apressado, de cabeça baixa contra a chuva, que de repente ficou mais fraca e parou. A lua apareceu em uma fenda de escuridão feito um grande olho me observando. Andei ao longo daqueles espelhos que me mostravam a mesma lua e as nuvens. Andei ao longo do céu abaixo, e algo aconteceu...

De algum lugar, a cerca de um quarteirão de distância, uma onda de água salgada veio rolando, preta e lisa, entre as margens do canal. Em algum lugar, um banco de areia havia se quebrado e deixado o mar entrar. E dali vinham as águas escuras. A maré atingiu uma pequena ponte elevada no mesmo momento em que cheguei no meio dela.

A água assobiou por entre as velhas jaulas de leões.

Apressei o passo e me agarrei às grades da ponte.

Pois em uma jaula, diretamente abaixo de mim, uma fosforescência fraca pulsava para lá das barras.

Houve um gesto de mão dentro da jaula.

Algum velho domador de leões, adormecido, havia acabado de acordar e se ver em um lugar estranho.

Um braço estendido dentro da jaula, atrás das grades, lânguido. O domador de leões estava despertando.

A água baixou e subiu novamente.

E um fantasma pressionou contra as barras.

Curvando-me sobre a amurada, não consegui acreditar.

Mas agora o espírito luminoso tomou forma. Não apenas a mão, o braço, mas todo um corpo flácido e gesticulando vagamente, feito uma imensa marionete, presa ao ferro.

Um rosto pálido, de olhos vazios que captavam a luz da lua e não mostravam mais nada, estava ali feito uma máscara de prata.
Então a maré recuou. O corpo desapareceu.
Em algum lugar, na minha cabeça, o grande bonde fazia a curva sobre trilhos enferrujados, puxava os freios, lançava faíscas e apitava até parar, enquanto em algum lugar um homem que eu não podia ver lançava aquelas palavras aos trancos e barrancos:
— A morte... é um negócio... solitário.
Não.
A maré subiu novamente, em um movimento como de uma lembrança de uma sessão espírita de alguma noite anterior.
E a forma fantasmagórica se ergueu novamente dentro da jaula.
Era um morto querendo sair.
Alguém deu um grito terrível.
Soube que fui eu quando uma dúzia de luzes brilharam nas casinhas ao longo da margem do canal escuro.

— PARA TRÁS TODO MUNDO, para trás!
Mais carros estavam chegando, mais policiais, mais luzes acesas, mais gente vagando em roupões de banho, sonolentos, para ficarem comigo, atordoados com mais do que sono. Nós nos parecíamos com uma turba de palhaços miseráveis abandonados na ponte, olhando para o nosso próprio circo afogado.
Fiquei ali tremendo, olhando a jaula, pensando, por que não olhei para trás? Por que não vi aquele homem, que sabia tudo sobre o homem lá embaixo no carroção de circo?
Meu Deus, pensei, e se o homem do trem tivesse realmente empurrado o morto para *dentro* da jaula?

Provas? Nenhuma. Tudo o que eu tinha eram seis palavras repetidas em um trem noturno, uma hora depois da meia-noite. Tudo o que eu tinha era a chuva pingando dos cabos, repetindo essas palavras. Tudo o que eu tinha era a água fria como a morte correndo ao longo do canal para lavar as jaulas e voltar mais fria do que quando chegou.

Mais palhaços estranhos saíram dos velhos bangalôs.

— Tudo bem, pessoal, são três da manhã. Saiam daqui!

Tinha começado a chover de novo, e os policiais, ao chegarem, olharam para mim como se dissessem: por que não foi cuidar da sua própria vida? Ou esperar até que amanhecesse para fazer uma ligação anônima?

Um dos policiais estava na beira do canal vestido com calção de banho preto, olhando para a água com desgosto. Seu corpo estava branco por ter ficado muito tempo longe do sol. Ele observou a maré entrar na jaula e erguer aquele corpo adormecido ali, acenando. Um rosto apareceu atrás das grades. O rosto estava tão distante, tão além, que era triste. Senti um aperto terrível no peito. Tive que recuar, porque ouvi a primeira tosse trêmula de aflição subir pela minha garganta.

E então a pele branca do policial cortou a água. Ele mergulhou.

Achei que ele também tivesse se afogado. A chuva caiu na superfície oleosa do canal.

E então o policial apareceu, dentro da jaula, com o rosto voltado para as grades, com cara de nojo.

Fiquei chocado, pois pensei que era o morto que vinha em busca de um último sopro de vida.

No instante seguinte, vi o nadador se debatendo do outro lado da jaula, puxando uma longa forma fantasmagórica como uma bandeirola fúnebre feita de algas claras.

Alguém estava chorando. Meu Deus, não podia ser eu!

Eles agora estavam com o corpo na margem do canal, e o nadador se enxugava. As luzes piscavam nos carros de patrulha. Três policiais curvaram-se sobre o corpo com lanternas, falando em voz baixa.

— ... Eu diria que cerca de vinte e quatro horas.
— ... Cadê o legista?
— ... O telefone está fora do gancho. Tom foi buscá-lo.
— Alguma carteira, identidade?
— Nada. Provavelmente estava só de passagem.

Eles começaram a revirar os bolsos do morto.

— Não, não estava de passagem — falei, e parei.

Um dos policiais se virou para acender a lanterna na minha cara. Ele examinou meus olhos com grande curiosidade, e ouviu os sons enterrados em minha garganta.

— Você o conhece?
— Não.
— Então por que...?
— Por que estou me sentindo horrível? Porque ele está morto. Para sempre. Jesus. E *eu* o parei.

Minha mente devaneou.

Em um dia claro de verão, anos atrás, eu havia dobrado uma esquina e me deparado com um homem esparramado debaixo de um carro que freara. O motorista estava saindo do carro e se pondo sobre o corpo. Dei um passo adiante, e estaquei.

Havia algo cor-de-rosa na calçada ao lado do meu sapato.

Lembrei de alguma aula de laboratório no colegial. Um pedaço solitário de tecido cerebral.

Uma mulher passando, uma estranha, ficou por um longo tempo olhando o corpo debaixo do carro. Então ela fez uma coisa impulsiva, que não poderia ter previsto. Ela se agachou devagar para olhar o corpo. Deu-lhe tapinhas no ombro, tocou-o com gentileza, como se dissesse, calma, calma, está tudo bem.

— Ele foi... morto? — escutei-me perguntar.

O policial se virou.

— O que o fez pensar nisso?

— Como ele poderia, digo, como ele poderia ter entrado naquela jaula, debaixo d'água, se alguém não tivesse... *enfiado* ele lá?

A luz da lanterna se acendeu novamente e tocou meu rosto feito a mão de um médico buscando por sintomas.

— Foi você quem ligou?

— Não. — Estremeci. — Eu gritei e fiz todas as luzes se acenderem.

— Ei — alguém sussurrou.

Um detetive à paisana, baixinho, calvo, ajoelhou-se ao lado do corpo e revirou os bolsos do casaco. Deles caíram pedacinhos do que pareceram flocos de neve molhados, papel machê.

— Que merda é essa? — alguém disse.

Eu sei, pensei na hora, mas não falei.

Com a mão trêmula, inclinei-me perto do detetive para pegar um pouco das migalhas de papel molhado. Ele estava ocupado esvaziando o lixo dos outros bolsos. Mantive algumas migalhas na palma da mão e, ao me levantar, guardei no bolso, enquanto o detetive erguia os olhos.

— Você está encharcado — comentou. — Dê seu nome e endereço para aquele agente ali e vá para casa. Vá se secar.

Estava começando a chover de novo e eu tremia. Eu me virei, dei meu nome e endereço ao policial, e corri para o meu apartamento.

Eu tinha corrido cerca de um quarteirão quando um carro parou e a porta se abriu. Aquele detetive baixo e calvo piscou para mim.

— Jesus, você está péssimo — falou.

— Alguém me falou isso, uma hora atrás.
— Entre.
— Eu moro logo ali no outro quarteirão...
— *Entre!*

Embarquei, tremendo, e ele me levou pelos dois últimos quarteirões até meu velho e acabado apartamento de trinta dólares ao mês. Ao sair quase caí, de tanta agitação.

— Crumley — apresentou-se o detetive. — Elmo Crumley. Me ligue quando descobrir o que é esse lixo que você enfiou no bolso.

Comecei a me sentir culpado. Minha mão foi ao bolso. Concordei.

— Certo.

— E não se preocupe nem fique com essa cara — aconselhou Crumley. — Ele não era ninguém... — Ele parou, envergonhado do que havia dito, e baixou a cabeça para recomeçar.

— Por que eu acho que ele era *alguém*? — perguntei. — Quando lembrar quem, eu ligo.

Fiquei imóvel. Temia que mais coisas terríveis estivessem atrás de mim, me esperando. Quando eu abrisse a porta do meu apartamento, as águas escuras do canal iriam transbordar?

— Vá em frente! — E Elmo Crumley bateu a porta.

Seu carro era só um par de pontos de luz vermelha indo embora em uma nova chuva que me fez fechar as pálpebras.

Olhei para o outro lado da rua, para a cabine telefônica do posto de gasolina, que usava como escritório para ligar para os editores que nunca retornavam. Vasculhei os bolsos em busca de dinheiro, pensando: vou ligar a cobrar para a Cidade do México, acordar Peg, contar a ela sobre a jaula, o homem e, meu Deus, vou matá-la de susto!

Ouça o detetive, pensei.

Vá em frente.

Eu tremia tão violentamente agora que não conseguia colocar a porcaria da chave na fechadura.
A chuva me seguiu até lá dentro.

Lá dentro, me esperando, havia...
Uma quitinete de seis por seis, com um sofá-cama danificado, uma estante com catorze livros e muitos espaços vazios, uma poltrona comprada baratinho no Exército da Salvação, uma carteira escolar Sears & Roebuck sem pintura com uma máquina de escrever Underwood Standard modelo 1934, carecendo de óleo, grande feito uma pianola e tão barulhenta quanto tamancos num piso sem carpete.
Na máquina de escrever, uma folha de papel em branco se antecipava. De um lado, em uma caixa de madeira, estava minha produção literária, reunida em uma única pilha. Havia edições da *Dime Detective*, *Detective Tales* e *Black Mask*, cada uma das quais me pagou trinta ou quarenta dólares por conto. Do lado oposto, havia outra caixa de madeira, esperando para ser preenchida com o manuscrito. Nela estava uma única página de um livro que se recusava a começar.
romance sem título.
Com meu nome embaixo. E a data, 1º de julho de 1949.
Que foi há três meses.
Tive um calafrio, tirei a roupa, me enxuguei, coloquei um roupão de banho e voltei a encarar minha mesa.
Toquei a máquina de escrever, perguntando-me se era um amigo perdido, um homem ou uma amante mesquinha.
Nas últimas semanas, em algum momento ela havia feito ruídos que lembravam vagamente a Musa. Agora, na maioria das vezes, eu

me sentava diante da maldita máquina como se alguém tivesse cortado minhas mãos na altura dos punhos. Três ou quatro vezes por dia eu me sentava aqui e era vítima de ânsias literárias. Não vinha nada. Ou, se vinha, acabava no chão, feito bolas de pelo que eu varria todas as noites. Eu estava passando por aquele longo deserto conhecido como Período de Seca, Arizona.

Tinha muito a ver com Peg estar tão longe, em meio a todas aquelas catacumbas de múmias no México, e eu estar sozinho e sem sol em Venice durante três meses, somente com cerração e então nevoeiro e então chuva e então nevoeiro e a cerração outra vez. Eu me enrolava em cobertas frias de algodão toda noite e me desenrolava feito um cogumelo ao amanhecer. Meu travesseiro ficava úmido todas as manhãs, mas eu não sabia o que tinha sonhado para salgá-lo assim.

Olhei pela janela para aquele telefone, que eu escutava o dia inteiro, todos os dias, que nunca tocava com a oferta de publicar meu esplêndido romance, caso eu tivesse conseguido terminá-lo no último ano.

Vi meus dedos se movendo nas teclas da máquina de escrever, tateando. Achei que pareciam as mãos do desconhecido morto na jaula, penduradas na água, movendo-se como anêmonas-do--mar, ou como as mãos, invisíveis, do homem atrás de mim esta noite no trem.

Ambos gesticularam.

Devagarinho, devagarinho, me sentei.

Algo bateu em meu peito como alguém que bate contra as barras de uma jaula abandonada.

Alguém respirando no meu pescoço...

Tive que fazer ambos irem embora. Eu precisava fazer algo que os acalmasse para eu poder dormir.

Um som saiu da minha garganta como se estivesse prestes a vomitar. Mas não vomitei.

Em vez disso, meus dedos começaram a digitar, enchendo com X o ROMANCE SEM TÍTULO até que desaparecesse.

Então, desci um espaço e vi estas palavras começarem a surgir no papel: A MORTE e então É UM e então NEGÓCIO e então, por fim, SOLITÁRIO.

Fiz uma careta com o título, engoli em seco e não parei de digitar por uma hora, até que fiz o bonde relampejante correr na chuva e deixei a jaula dos leões se encher com a água negra do mar que fluiu e libertou o homem morto...

Para baixo e por meus braços, ao longo das minhas mãos e saindo dos meus dedos frios até a página.

A escuridão veio feito uma enchente.

Eu ri, feliz com sua chegada.

E caí na cama.

ENQUANTO EU TENTAVA DORMIR, COMECEI a espirrar e espirrar e me deitei precariamente, acabando com uma caixa de lenço de papel, achando que o resfriado nunca iria passar.

Durante a noite, o nevoeiro se adensou e, bem longe lá na baía, em algum lugar afundado e perdido, uma sirene de nevoeiro tocou e tocou outra vez. Soava como uma grande fera marinha morta há muito tempo, se dirigindo para seu próprio túmulo longe da costa, lamentando pelo caminho, sem que ninguém se importasse ou a seguisse.

Durante a noite, o vento soprou na janela do meu apartamento e agitou as páginas datilografadas do meu romance na escrivaninha. Ouvi o sussurro do papel como as águas do canal, como a respiração em meu pescoço e, finalmente, adormeci.

Acordei tarde com um clarão de sol. Fui espirrando até a porta e a escancarei para sair num jorro de luz do dia tão forte que me fez querer viver para sempre, e tão envergonhado desse pensamento que eu queria, como Ahab, golpear o astro. Em vez disso, me vesti rapidamente. Minhas roupas da noite passada ainda estavam úmidas. Coloquei um calção de tênis e uma jaqueta, depois revirei os bolsos do casaco úmido para encontrar as bolotas de papel machê que haviam caído do terno do morto apenas algumas horas antes.

Toquei os pedaços com a unha, suspirando. Eu sabia o que eram. Mas eu não estava pronto para enfrentar isso ainda.

Não sou um corredor muito bom. Mas corri...

Corri para longe do canal, da jaula, da voz no trem falando de trevas, para longe do meu quarto e das páginas novas que aguardavam por serem lidas e começavam a dizer tudo, mas eu não queria lê-las ainda. Corri às cegas rumo ao sul, na praia.

Na terra do Mundo Perdido.

Enfim diminuí a velocidade para observar a alimentação matinal de animais mecânicos estranhos.

Poços de petróleo. Bombas de óleo.

Esses grandes pterodátilos, já disse a amigos, haviam chegado de avião, no início do século, planando tarde da noite para construir seus ninhos. Assustado, o povo da beira da praia acordou para ouvir os sons pulsantes de suas fomes enormes. As pessoas se sentaram na cama, acordadas pelo rangido, farfalhar, agitação daquelas formas esqueléticas, o movimento das asas sem penas presas à terra e subindo, caindo feito respirações primitivas às três da manhã. Seu cheiro, como o tempo, soprava ao longo da costa, de uma era antes das cavernas e dos humanos que se esconderam em cavernas, o cheiro da selva caindo para ser enterrado na terra e amadurecendo em óleo.

Corri por essa floresta de brontossauros, imaginando triceratopes e o estegossauro nas cercas de piquete, pisando em caldos negros, afundando no piche. Seus lamentos ecoaram pela costa, onde as ondas lançaram de volta seus antigos trovões.

Passei correndo pelas pequenas cabanas brancas que mais tarde vieram para se aninhar entre os monstros, e pelos canais que foram cavados e preenchidos para espelhar os céus brilhantes de 1910, quando as gôndolas brancas navegavam em marés limpas, e pontes decoradas com lâmpadas de vagalumes prometiam futuros passeios, que chegaram durante a noite feito trupes de balé e fugiram para nunca mais voltar depois da guerra. E as feras negras continuavam sugando a areia enquanto as gôndolas afundavam, levando consigo as últimas risadas de alguma festa.

Algumas pessoas permaneceram, é claro, escondidas em barracos ou trancadas em algumas poucas mansões mediterrâneas jogadas por ali numa ironia arquitetônica.

Depois de correr, acabei parando por completo. Em algum momento eu teria que voltar e buscar aqueles pedaços de papel machê, e depois ir atrás do nome de seu dono perdido e morto.

Mas, por enquanto, diante de mim estava um dos palacetes mediterrâneos, brilhando tão branco quanto a lua cheia que vem se colocar sobre as areias.

— Constance Rattigan — sussurrei. — Você pode sair para brincar?

Na realidade, estava mais para uma fortaleza árabe mourisca de um branco cintilante, de frente para o mar, desafiando as marés a virem derrubá-la. Tinha minaretes, torres e ladrilhos azuis e brancos, inclinados precariamente nas plataformas de areia a não mais que trinta metros de ondas curiosas que curvavam-se em reverência, onde as gaivotas circulavam para dar uma olhada, e onde eu agora estava parado criando raízes.

— Constance Rattigan.

Mas ninguém saiu.

Sozinho e insólito neste território de lagartos-trovão, esse palácio guardava aquela insólita rainha do cinema.

Uma luz irradiava em uma das janelas da torre toda noite e todo dia. Eu nunca a tinha visto desligada. Estaria ela ali agora?

Sim!

Pois a mais rápida das sombras cruzou a janela, como se alguém tivesse vindo olhar para mim e ido embora, feito uma mariposa.

Fiquei ali, lembrando.

Tinha sido um ano movimentado da década de 1920 para ela, caindo rapidamente pelo alçapão direto para o depósito dos estúdios. Seu diretor, diziam os velhos jornais, a pegou na cama com o cabeleireiro do estúdio e cortou os músculos das pernas de Constance Rattigan com uma faca, para que ela não pudesse mais caminhar do jeito que ele amava. Então ele fugiu, nadando a oeste direto para a China. Constance Rattigan nunca mais foi vista. Se ela conseguia andar, ninguém sabia.

Meu Deus, escutei a mim mesmo sussurrar.

Senti que ela havia se aventurado em meu mundo pelas madrugadas, e conhecia pessoas que eu conhecia. Houve sopros de quase encontros entre nós.

Vai lá, pensei, e bate a aldrava de latão na porta da frente dela.

Não. Balancei minha cabeça. Temia que apenas um ectoplasma de filmes em preto e branco pudesse responder.

Na verdade, a gente não quer encontrar o amor da nossa vida, queremos apenas sonhar que uma noite ela vai sair e caminhar, com suas pegadas desaparecendo na areia enquanto o vento segue, até o seu apartamento, onde ela vai bater na janela e entrar para projetar sua luz espiritual em longos filetes de filme no teto.

Constance, querida Rattigan, pensei, fuja! Pule naquele grande Duesenberg branco cintilante estacionado na areia, acelere o motor, acene e me leve para o sul até Coronado, descendo o litoral iluminado pelo sol!

Ninguém acelerou o motor, ninguém acenou, ninguém me levou para o sul até o sol, para longe daquela sirene de nevoeiro que se enterrou no mar.

Então recuei, surpreso ao encontrar água salgada sobre meus tênis, me virei para caminhar contra a chuva fria em jaulas, o maior escritor do mundo, mas ninguém sabia disso, apenas eu.

Eu tinha aquele confete úmido, aquela massa de papel machê, no bolso da jaqueta, quando pus o pé no lugar aonde eu sabia que precisava ir.

Era onde os velhos se reuniam.

Era uma lojinha escura de frente para os trilhos da ferrovia, onde eram vendidos doces, cigarros, revistas e bilhetes para os grandes bondes vermelhos que corriam de Los Angeles para o mar.

O lugar cheirando a tabaco era administrado por dois irmãos manchados de nicotina que estavam sempre choramingando e brigando um com o outro feito velhas solteironas. Num banco ao lado, ignorando as discussões como a plateia de uma partida de tênis entediante, um ninho de velhos ficava ali por horas, mentindo sobre suas idades. Um disse que tinha oitenta e dois anos. Outro se gabava de ter noventa anos. Um terceiro disse noventa e quatro. Mudava de semana para semana, conforme cada um se lembrava mal da mentira do mês anterior.

E se você escutasse, enquanto os grandes bondes de ferro passavam, você poderia ouvir a ferrugem descamando dos ossos daqueles velhos, e a neve que corria no sangue brilhar por um instante em seus olhares moribundos, enquanto silenciavam por longas horas entre as frases e tentavam lembrar o assunto que começaram ao meio-dia e que poderiam terminar à meia-noite, quando os dois irmãos, brigando, fechavam a loja e iam embora choramingando até suas camas de solteiros.

Onde moravam os velhos, ninguém sabia. Todas as noites, depois que os irmãos se agrupavam no escuro, os velhos se dispersavam feito bolas de mato seco, sopradas para todos os lados pelo vento salgado.

Entrei no crepúsculo eterno daquele lugar e fiquei olhando para o banco onde os velhos se sentavam desde o início dos tempos.

Existia um espaço vago entre os velhos. Onde antes sempre houve quatro, agora havia apenas três, e eu podia dizer pela expressão em seus rostos que algo estava errado.

Olhei para seus pés, que eram cercados não apenas por cinzas de charuto, mas também por uma leve nevasca de estranhos picotes de papel, o confete de centenas de bilhetes de linhas de bonde em vários formatos de L, X e M.

Tirei a mão do bolso e comparei aquela mistura úmida, agora quase seca, com a neve no chão. Abaixei-me, peguei um pouco e deixei escapar de meus dedos, um alfabeto voando no ar.

Olhei para o lugar vazio no banco.

— Onde está aquele velho senhor que...? — E parei.

Pois os velhos me encaravam como se eu tivesse dado um tiro contra o silêncio deles. Além disso, seu olhar dizia, eu não estava vestido de modo adequado para um funeral.

Um dos mais velhos acendeu o cachimbo e por fim, dando uma baforada, murmurou:

— Ele vai estar aqui. Ele *sempre* está.
Mas os outros dois se mexeram desconfortáveis, os rostos sombrios.
— Onde — arrisquei perguntar — ele mora?
O velho parou de bufar.
— Quem quer saber?
— Eu — falei. — Você me conhece. Venho aqui há anos.
Os velhos se entreolharam, nervosos.
— É urgente — acrescentei.
O velho se mexeu uma última vez.
— Canários — murmurou o mais velho.
— O quê?
— A mulher dos canários. — Seu cachimbo havia apagado. Ele o acendeu novamente, com um olhar de preocupação. — Mas não o incomode. Ele está bem. Ele *não está* doente. Ele vai vir.

Ele afirmava demais, o que fez os outros velhos secretamente se contorcerem devagar, no banco.

— O nome dele...? — perguntei.

Isso foi um erro. Não saber o nome dele! Meu Deus, *todo mundo* sabia! Os velhos me encararam.

Corei e recuei.

— A mulher dos canários — falei e corri porta afora para quase ser morto por um bonde da Venice Short Line chegando, a dez metros da porta da loja.

— Idiota! — berrou o motorista, inclinando-se com o punho em riste.

— Mulher dos canários! — gritei, estupidamente, com o *meu* punho em riste para mostrar que estava vivo.

E cambaleante, saí em busca dela.

* * *

Eu sabia seu endereço pelo anúncio na janela.
canários à venda.

Venice era e ainda é repleta de lugares perdidos onde as pessoas colocam à venda o último resquício carcomido de suas almas, na esperança de que ninguém vá comprar.

É raro ter alguma casa velha de cortinas encardidas sem um anúncio nas janelas.

1927. CARRO NASH. PREÇO RAZOÁVEL. NOS FUNDOS.

ou

CAMA DE LATÃO, POUCO USADA. BARATA. SEGUNDO ANDAR.

Alguém passando poderia pensar qual lado da cama foi usado e quanto cada lado foi usado, e há quanto tempo está sem uso, vinte, trinta anos?

Ou Violinos, Violões, Bandolins.

E na janela havia antigos instrumentos atados não com arame ou categute, mas com teias de aranha e, dentro, um velho agachado sobre uma bancada lavrando a madeira, sua cabeça sempre contrária à luz, as mãos se movendo; alguém que restou do ano em que gôndolas encalharam em quintais para se tornarem floreiras.

Quanto tempo faz desde que ele vendeu algum violino ou violão?

Bata na porta, na janela. O velho continua cortando e lixando, o rosto e os ombros tremendo. Ele está rindo porque você bate e ele finge não ouvir?

Você passa por uma janela com um último anúncio: QUARTO COM VISTA.

O quarto tem janelas para o mar. Mas em dez anos ninguém esteve ali. O mar poderia muito bem não existir.

Virei a última esquina e o que procurava estava ali.

* * *

Estava pendurado em uma janela à sombra, suas letras frágeis desenhadas com lápis de chumbo envelhecido, tão fracas como se feitas com suco de limão queimado no papel, apagando-se há, meu Deus, uns cinquenta anos!

canários à venda.

Sim, alguém meio século atrás lambeu a ponta de um lápis, desenhou as letras no papelão e o pendurou ali, exposto ao tempo, fixando com adesivo de matar moscas, e subiu para tomar chá em quartos onde a poeira cobria os batentes com uma camada de sujeira, e as lâmpadas eram asfixiadas de modo a queimar com luz oriental; onde os travesseiros eram bolas de sombras e fiapos pendurados em armários de prateleiras vazias.

canários à venda.

Não bati na porta. Anos antes, movido por uma curiosidade insensata, eu havia tentado e, me sentindo idiota, fui embora.

Girei aquela maçaneta ancestral. A porta deslizou para dentro. O andar de baixo estava vazio. Não havia móveis em nenhum dos quartos. Chamei através da luz do sol empoeirada.

— Tem alguém aí?

Pensei ter ouvido um sussurro de sótão:

— ... Ninguém.

Havia moscas mortas caídas nas janelas. Algumas mariposas que haviam morrido no verão de 1929 haviam deixado suas asas nas telas dianteiras.

Em algum lugar bem acima, onde a velha Rapunzel-sem--cabelo perdia-se em sua torre, uma pena solitária caiu e tocou o ar:

— ... Sim?

Um ratinho suspirou nas vigas escuras:

— ... Entre.

Abri a porta interna ainda mais. Ela cedeu com um rangido agudo e rascante. Tive a sensação de que fora deixada sem lubrificação, de modo que se alguém entrasse sem avisar seria entregue pelas dobradiças enferrujadas.

Uma mariposa tamborilou contra uma lâmpada apagada no corredor superior.

— ... Aqui em cima...

Aproximei-me daquele crepúsculo ao meio-dia, passando por espelhos voltados para a parede. Nenhum poderia me ver chegando. Nenhum me veria partir...

— ... *Sim?* — um sussurro.

Hesitei perto da porta no topo da escada. Talvez eu esperasse olhar para dentro e encontrar um canário gigante, estendido sobre um tapete de poeira, mudo, capaz apenas de falar por murmúrios.

Entrei.

Escutei um suspiro.

No meio de um quarto vazio ficava uma cama sobre a qual, de olhos fechados, com a boca respirando debilmente, havia uma velha.

Arqueoptérix, pensei.

Era mesmo. Juro que sim.

Eu havia visto esses ossos no museu, as frágeis asas de réptil daquele pássaro perdido e extinto, a forma gravada em arenito em desenhos que poderiam ter sido feitos por algum sacerdote egípcio.

Aquela cama, e seu conteúdo, era como o lodo de um rio que corre raso. Traçado agora em seu leito silencioso havia um amontoado de varetas, quase um esqueleto.

Ela estava deitada, tão delicadamente espalhada que não pude acreditar que fosse uma criatura viva, mas apenas um fóssil intocado pelos passos da eternidade.

— Sim? — A pequena cabeça amarelada logo acima da colcha abriu os olhos. Minúsculos fragmentos de luz piscaram para mim.

— Canários? — me escutei falando. — O anúncio na janela? Os pássaros?

— Ah — a velha suspirou. — ... É mesmo.

Ela havia esquecido. Talvez ela não descesse há anos.

E talvez eu tenha sido o primeiro a subir as escadas em mil dias.

— Ah — ela sussurrou —, isso foi há muito tempo. Canários. Sim. Eu tive alguns, adoráveis. Em 1920 — ela sussurrou novamente —, 1930, 1931...

Sua voz ficou mais fraca. Os anos paravam aí. Como se tivesse sido ontem de manhã ou de tarde.

— Eles cantavam sempre, meu Deus, e como cantavam. Mas ninguém nunca veio comprar. Por quê? Eu nunca vendi *um sequer*.

Olhei ao redor. Havia uma gaiola no canto da sala ao norte, e mais duas, meio ocultas em um armário.

— Desculpe — ela murmurou. — Devo ter esquecido de tirar aquela placa da janela...

Me movi em direção às gaiolas. Meu palpite estava certo.

No fundo da primeira gaiola, vi um papiro do *Los Angeles Times*, de 25 de dezembro de 1926.

Hirohito ascende ao trono
Nesta tarde, o jovem monarca, de 27 anos...

Passei para a gaiola seguinte e pisquei. Fui inundado por memórias dos tempos da escola e seus temores.

Adis Abeba bombardeada
Mussolini proclama vitória. Hailé Selassié protesta...

Fechei os olhos e me afastei daquele ano perdido. Há muito tempo que as penas haviam parado de farfalhar e os gorjeios cessaram. Eu fiquei ao lado da cama e daquele descarte murcho que ali estava. Escutei-me falar:

— A senhora já ouviu aos domingos pela manhã a "Hora do canto dos canários das montanhas rochosas"...?

— Sim, com um organista tocando e um estúdio cheio de canários que cantavam *junto*! — a velha gritou com uma alegria que rejuvenesceu sua carne e a fez erguer sua cabeça. Seus olhos cintilaram como vidro quebrado. — "A primavera nas montanhas"!

— "Doce Sue". "Meu céu azul" — falei.

— Ah, aqueles passarinhos não eram um *amor*?

— Eram. — Eu tinha nove anos na época e tentava entender como diabos os passarinhos conseguiam acompanhar a música tão bem. — Uma vez falei para minha mãe que as gaiolas deviam ter sido forradas com partituras baratinhas.

— Você parece ter sido uma criança com sensibilidade. — A cabeça da velha afundou, exausta, e ela fechou os olhos. — Já não se fazem mais assim.

Eles nunca fizeram, pensei.

— Mas — ela murmurou — você veio *mesmo* me ver por causa dos canários...?

— Não — admiti. — É sobre um velho que aluga um quarto da senhora...

— Ele *morreu*.

Antes que eu pudesse falar, ela continuou, calmamente:

— Eu não o ouvi mais na cozinha do andar de baixo desde ontem. O silêncio de ontem à noite me contou. Quando você abriu a porta lá embaixo agora, eu sabia que alguém tinha vindo com notícias ruins.

— Eu sinto muito.

— Está tudo bem. Eu nunca o via, exceto nos Natais. A senhora da casa ao lado cuida de mim, vem e me ajeita na cama duas vezes por dia, e traz comida. Então ele se foi, não é? Você o conhecia bem? Haverá um funeral? Há cinquenta centavos lá na cômoda. Compre um pequeno buquê para ele.

Não havia dinheiro algum na cômoda. Não havia cômoda. Fiz de conta que havia e pus no bolso um dinheiro imaginário.

— Volte daqui uns seis meses — ela sussurrou. — Estarei boa outra vez. E os canários vão estar à venda, e... Você não tira o olho da *porta*! Você precisa ir?

— Sim, senhora — falei, me sentindo culpado. — Se me permite, a sua porta está destrancada.

— Ora, o que alguém ia querer com uma coisa velha como eu? — Ela ergueu o rosto uma última vez.

Seus olhos brilharam. Seu rosto se contorceu com a dor de algo batendo por baixo da carne querendo se libertar.

— Ninguém nunca vai entrar nesta casa, nem subir aquelas escadas — ela disse.

Sua voz sumiu feito uma estação de rádio atrás dos morros. Ela estava lentamente se desligando, enquanto suas pálpebras baixavam.

Meu Deus, pensei, ela *quer* que alguém suba e lhe faça um favor terrível!

Eu não!, pensei.

Seus olhos se arregalaram. Falei isso em voz alta?

— Não — ela disse, olhando profundamente meu rosto. — Você não é ele.

— Quem?

— Aquele que fica do lado de fora da minha porta. Todas as noites — ela suspirou. — Mas ele nunca vem. Por que ele não entra?

Ela parou como um relógio. Ela ainda respirava, mas estava esperando que eu fosse embora.

Olhei por cima do meu ombro.

O vento movia a poeira na porta feito uma névoa, como alguém esperando. A coisa, o homem, seja o que for, que vinha todas as noites e ficava no corredor.

Eu estava atrapalhando.

— Adeus — falei.

Silêncio.

Eu deveria ter ficado, tomado chá, jantar e café da manhã com ela. Mas você não pode proteger todas as pessoas em todos os lugares o tempo todo, pode?

Esperei na porta.

Adeus.

Será que ela murmurou isso em seu sono ancestral? Eu só sabia que sua respiração me afastava.

Descendo as escadas, percebi que ainda não sabia o nome do velho que se afogou na jaula de leão com um punhado de confetes, jamais celebrados, de bilhetes de bonde em cada bolso.

Encontrei seu quarto. Mas não ajudou muito.

Seu nome não estaria ali, assim como ele.

As COISAS SÃO BOAS quando começam. Mas quão raro é na história humana, das pequenas e das grandes cidades, que as coisas terminem bem?

Então, as coisas desmoronam. As coisas engordam. As coisas se espalham. O tempo sai do lugar. O leite azeda. À noite, os fios de alta tensão contam histórias malignas na névoa gotejante. A água nos canais fica cega de escória. O isqueiro não faz faísca. Mulheres, quando tocadas, não dão nenhum calor.

De repente, o verão acaba.

O inverno neva em seus ossos escondidos.

Então chega a hora da parede.

A parede de um quartinho, no caso, por onde os tremores feitos pelos grandes bondes vermelhos passam como pesadelos, virando você em sua cama fria de aço no porão trêmulo do não tão nobre Condomínio dos Canários Perdidos, onde os números caíram na frente do pórtico, e a placa da rua na esquina foi dobrada de norte a leste de modo que as pessoas, se algum dia viessem à sua procura, sempre iriam para o lado errado da praça.

Mas, enquanto isso, há aquela parede perto de sua cama para ser lida com seus olhos marejados ou alcançada e nunca tocada; ela está muito distante, muito fundo e muito vazia.

Eu sabia que, assim que encontrasse o quarto do velho, encontraria aquela parede.

E eu encontrei.

A PORTA, COMO TODAS as portas da casa, estava destrancada, esperando que o vento ou a névoa ou algum estranho pálido entrasse.

Eu entrei. Hesitei. Talvez eu esperasse encontrar a radiografia do velho espalhada ali em sua maca vazia. A casa dele, assim como a da mulher dos canários no andar de cima, parecia-se com o final de tarde em uma liquidação de brechó, onde por um centavo ou tostão, tudo havia sido levado embora.

Não havia nem mesmo uma escova de dente no chão, nem sabonete, ou um pano de prato. O velho devia ter se banhado no mar uma vez por dia, escovado os dentes com algas marinhas todo meio-dia, lavado sua única camisa na maré salgada e deitado ao lado dela nas dunas enquanto secava, se e quando o sol saísse.

Avancei feito um mergulhador de águas profundas. Quando você sabe que alguém está morto, o ar abandonado por ele impede cada movimento que você faz, até mesmo sua respiração.

Eu suspirei.

Meu palpite estava errado.

Pois ali estava seu nome, na parede. Quase caí ao me inclinar para ver.

Seu nome estava repetido por toda parte, arranhado no gesso do canto mais distante da cama dobrável. Por todo lado, como se temendo a senilidade ou o esquecimento, aterrorizado com a ideia de acordar algum dia e se descobrir sem nome, ele escreveu e escreveu com uma unha manchada de nicotina.

William. E então *Willie*. E então *Will*. E debaixo dos três. *Bill*.

E então de novo, e de novo e de novo.

Smith. Smith. Smith. Smith.

E abaixo disso, *William Smith*.

E também *Smith, W*.

Aquela sua tabuada entrava e saía de foco enquanto eu olhava, pois aquelas eram todas as noites que eu receava ter diante de mim, na idade das trevas do meu futuro. Eu, em 1999, sozinho, e minhas unhas arranhando o gesso com um barulho de ratinho...

— Meu Deus — sussurrei. — Espere um pouco!

A cama guinchou feito um gato tocado enquanto dorme. Coloquei todo meu peso nela e examinei o gesso com minhas impressões digitais. Havia mais palavras ali. Uma mensagem, uma dica, uma pista?

Lembrei-me de uma mágica de infância em que seus amigos escreviam frases em um bloco de notas e, em seguida, arrancavam a folha com a frase. Mas você tirava o bloco de notas da sala e esfregava um lápis macio nas marcas ocultas deixadas nas páginas em branco e recuperava as palavras.

Eu fiz exatamente isso, agora. Encontrei e esfreguei o grafite macio do meu lápis suavemente na superfície da parede. Os arranhões das unhas iludiam-se, aqui uma boca, ali um olho; formas, formas, partes dos sonhos lúcidos de um velho:

Quatro da manhã e sem sono.

E abaixo, um apelo fantasmagórico:

Deus, por favor, me deixa dormir!

E um desespero matinal: *Jesus.*

Mas então, finalmente, algo que fez meus joelhos estalarem quando me agachei mais. Pois ali estavam estas palavras:

Ele está de pé no corredor outra vez.

Mas esse era eu, pensei, do lado de fora do quarto da velha há cinco minutos, lá em cima. Esse era eu, fora deste quarto vazio, um momento atrás. E...

A noite passada. Na chuva escura, no bonde. E o grande vagão resistindo nas curvas e rangendo suas ripas de madeira e estremecendo seu latão embaçado enquanto alguém invisível balançava no corredor atrás de mim e lamentava a passagem do bonde fúnebre.

Ele está de pé no corredor outra vez.

Ele ficou parado no corredor do bonde. Não, não. Isso é demais!

Não é nenhum crime, não é, ficar gemendo no corredor de um bonde, ou ficar ali no corredor, simplesmente olhando para uma porta, e deixar um velho saber que você estava ali apenas com o seu silêncio?

Sim, mas e se em alguma noite, sei lá quem, *entrasse* no quarto?

E trouxesse consigo seu negócio solitário?

Olhei para as inscrições, tão fracas e desbotadas quanto a placa de canários à venda na janela do lado de fora. Recuei, me afastando daquela frase terrível de solidão e desespero.

Do lado de fora, no corredor, fiquei sentindo o ar, tentando adivinhar se outro homem tinha estado aqui repetidas vezes no último mês, com os ossos aparecendo por trás do rosto.

Eu queria dar meia-volta e gritar escada acima para sacudir as gaiolas vazias e dizer: "Se aquele homem voltar, meu Deus! Me *liga!*".

Como? Eu vi um suporte vazio de telefone nas proximidades e uma pilha de listas telefônicas de 1933 debaixo dele.

Grite pela janela, então!

Mas quem iria escutar o som de sua voz, feito uma chave velha girando numa fechadura enferrujada?

Vou ficar de guarda, pensei. Por quê?

Porque a múmia submarina morta, aquela velha mulher de outono deitada em bandagens funerárias lá em cima, estava rezando para que um vento frio soprasse escada acima.

Pensei: tranque todas as portas!

Mas, quando tentei fechar a porta da frente, ela não trancava.

E eu podia escutar o vento frio, ainda sussurrando.

CORRI, DIMINUÍ A VELOCIDADE e parei, indo em direção à delegacia de polícia.

Porque os canários mortos haviam começado a farfalhar suas asas secas bem atrás das minhas orelhas.

Eles queriam sair. Só eu podia salvá-los.

E porque eu senti, ao meu redor, as águas calmas subindo do lodo do Nilo para transbordar e apagar a antiga Nikotris, a filha de dois mil anos do Faraó.

Só eu poderia impedir o sombrio Nilo de arrastá-la rio abaixo.

Corri até minha máquina de escrever Underwood Standard.

Bati à máquina e salvei os pássaros, escrevi e salvei os velhos ossos ressecados.

Sentindo-me culpado, mas triunfante, triunfante, porém culpado, eu os rolei para fora do cilindro e os coloquei no fundo da minha caixa-gaiola de escritos do fundo do rio, onde eles cantavam somente quando você lia as palavras e piavam apenas quando você virava a página.

Então, cintilando com o salvamento, fui embora.

FUI EM DIREÇÃO À DELEGACIA, cheio de grandes fantasias, de ideias selvagens, de pistas incríveis, enigmas possíveis, soluções evidentes.

Chegando lá, me senti o maior dos acrobatas, no trapézio mais alto, suspenso no maior balão.

Eu mal sabia que o tenente-detetive Elmo Crumley estava armado com agulhas longas e um rifle de pressão.

Ele estava saindo pela porta da frente da delegacia quando cheguei. Algo em meu rosto deve tê-lo avisado que eu estava prestes a soltar sobre ele todas as minhas noções, fantasias, conceitos e pistas. Elmo fez um gesto prematuro de enxugar o rosto, quase mergulhou de volta para dentro e desceu cautelosamente a calçada como se estivesse se aproximando de uma mina terrestre.

— O que *você* está fazendo aqui?

— Os cidadãos não deveriam vir, se pudessem resolver um assassinato?

— Onde você está vendo assassinatos? — Crumley olhou a paisagem ao redor, e certamente não havia nenhum. — Próximo assunto?

— Você não quer ouvir o que tenho a dizer?

— Eu já ouvi antes. — Crumley passou por mim e se dirigiu para o carro estacionado na calçada. — Cada vez que alguém morre de ataque cardíaco ou tropeça nos próprios cadarços em Venice, vem alguém no dia seguinte para me dizer, falando sem parar, como reanimar um coração parado ou amarrar de volta os cadarços. Você está com essa cara de ataque-cardíaco-e-sapato-desamarrado, e eu não dormi na noite passada.

Ele continuou indo e eu corri atrás, pois ele estava no ritmo de caminhada dos 120 passos por minuto de Harry Truman.

Ele me ouviu chegando e gritou por cima do ombro:

— Vou te dizer uma coisa, jovem papai Hemingway...

— Você sabe como *eu* ganho a vida?

— Todo mundo em Venice sabe. Cada vez que aparece um conto seu na *Dime Detective* ou na *Flynn's Detective*, a cidade inteira escuta você berrar na estante de jornais da loja de bebidas, apontando para as revistas.

— Ah — eu disse, o resto do ar quente saindo do meu balão. Com os pés no chão, parei em frente ao carro de Crumley, mordendo meu lábio inferior.

Ele percebeu e lançou um olhar de culpa paterna.

— Ah, meu Deus do céu — suspirou.

— O que foi?

— Sabe a única coisa que me incomoda nos detetives amadores? — disse Crumley.

— Não sou um detetive amador, sou um escritor profissional, com grandes antenas bem ligadas!

— Então você é um gafanhoto que sabe datilografia — disse Crumley, e esperou que eu estremecesse. — Mas, se você estivesse em Venice e no escritório e no necrotério por tantos anos quanto eu, saberia que todo vagabundo andando por aí ou qualquer bêbado trôpego está cheio de teorias, evidências, revelações suficientes para preencher uma Bíblia ou fazer afundar um barco cheio de batistas num piquenique de domingo. Se escutássemos cada pregador rabugento que passa pelas portas da delegacia, meio mundo estaria sob suspeita, um terço preso e o resto frito ou enforcado. Sendo assim, por que eu deveria escutar um jovem escriba que nem sequer *começou* a fazer seu nome na história literária — e de novo estremeci, e de novo ele aguardou —, que, só porque encontrou uma jaula de leão com um afogamento acidental, pensa que tropeçou em *Crime e castigo* e se sente um filho de Raskólnikov? Fim do discurso. Responda.

— Você conhece *Raskólnikov*? — falei, pasmo.

— Desde antes de você nascer. Mas isso não quer dizer nada. Defenda seu ponto.

— Eu sou escritor, sei mais sobre sentimentos do que você.

— Bobagem. Eu sou detetive, sei mais sobre os fatos do que você. Você tem medo de que um fato o confunda?

— Eu...

— Diga-me isso, garoto. Já te *aconteceu* alguma coisa na vida?

— Qualquer coisa?

— Sim, qualquer coisa. Grande, média, pequena. Qualquer coisa. Como doença, estupro, morte, guerra, revolução, assassinato.

— Minha mãe e meu pai morreram...

— Em paz?

— Sim. Mas tive um tio baleado em um assalto uma vez...

— Você o *viu* baleado?

— Não, mas...

— Bem, então não conta, a menos que você *veja*. Quero dizer, você já encontrou algo parecido com homens em jaulas de leões?

— Não — falei enfim.

— Bem, aí está. Você ainda está em choque. Você não sabe o que é a vida. Eu sou nascido e criado no necrotério. Esta é a hora que você toca de verdade em uma lápide de mármore. Então, por que você não se acalma e vai embora?

Ele ouviu sua própria voz ficando muito alta, balançou a cabeça e disse:

— Não, por que *eu* não me acalmo e vou embora?

E foi o que ele fez. Abriu a porta do carro, saltou para dentro e, antes que eu pudesse encher de volta meu balão, partiu.

XINGANDO, ENTREI AOS TRANCOS em uma cabine telefônica, coloquei uma moeda de dez centavos no aparelho e liguei para um lugar a oito quilômetros de Los Angeles. Quando alguém atendeu do outro lado da linha, ouvi um rádio tocando "La Raspa", uma porta bater, uma descarga ser puxada, mas, enquanto esperava, podia sentir a luz do sol de que precisava.

A senhora, que morava em um cortiço na esquina da rua Temple com a Figueroa, nervosa com o telefone que segurava, finalmente pigarreou e disse:

— *Qué?*

— Sra. Gutierrez! — gritei. Parei e comecei de novo. — Sra. Gutierrez, aqui é o Doidinho.

— Oh! — Ela suspirou, e então riu. — *Sí, sí!* Quer falar com a Fannie?

— Não, não, quero só uns gritos. Por favor, sra. Gutierrez, poderia gritar?

— Eu grito.

Eu a escutei se mover. Escutei todo o frágil prédio em ruínas se inclinar. Algum dia, um melro iria pousar no telhado e a coisa toda viria abaixo. Escutei o sapateado no linóleo de um pequeno chihuahua vindo atrás dela, do tamanho de um zangão, latindo.

Escutei a porta da varanda externa do cortiço se abrir, quando a sra. Gutierrez saiu para o terceiro andar e se inclinou contra o sol para chamar no segundo andar.

— *Aai*, Fannie! *Aai*! É o Doidinho.

Do meu lado da linha, gritei:

— Diga a ela que eu *preciso* fazer uma visita!

A sra. Gutierrez esperou. Eu podia escutar a varanda do segundo andar rangendo, como se um grande capitão estivesse andando sobre as tábuas para inspecionar o mundo.

— *Aai*, Fannie, o Doidinho precisa fazer uma visita!

Um silêncio longo. Uma voz ecoou docemente pelo pátio do prédio. Não consegui entender as palavras.

— Diga a ela que preciso da *Tosca*!

— *Tosca*! — gritou a sra. Gutierrez para o quintal.

Um longo silêncio.

Todo o cortiço se inclinou outra vez, para o outro lado, feito a terra girando em seu sono do meio-dia.

Os acordes do primeiro ato de *Tosca* envolveram a sra. Gutierrez. Ela falou:

— Fannie diz ...

— Eu ouço a música, sra. Gutierrez. Isso quer dizer "sim"!

Desliguei. No mesmo instante, cem mil toneladas de água salgada bateram contra a costa, a alguns metros de distância, com um *timing* maravilhoso. Eu assenti com a cabeça para a precisão de Deus.

Certificando-me de que tinha vinte centavos no bolso, corri para pegar o próximo bonde.

* * *

ELA ERA IMENSA.

Seu nome verdadeiro era Cora Smith, mas ela chamava a si mesma de Fannie Florianna, e ninguém nunca a chamou de outro modo. E eu a havia conhecido, anos atrás, quando morei naquele cortiço, e mantive contato com ela depois que me mudei para o litoral.

Fannie era tão grande que nunca dormia deitada. Dia e noite ela ficava sentada em uma larga cadeira de capitão afixada no convés de seu apartamento, com riscos e marcas de amassado no piso de linóleo deixadas pelo seu grande peso. Ela se movia o mínimo possível, sua respiração agitando-se em seus pulmões e garganta enquanto navegava em direção à porta, e se espremia para atravessar o corredor até os estreitos confins do banheiro onde ela temia que pudesse ficar vergonhosamente presa um dia.

— Meu Deus — ela costumava dizer —, não seria horrível se tivéssemos que pedir aos bombeiros que me tirassem de lá?

E então de volta para sua cadeira e seu rádio e seu fonógrafo e, a poucos passos de distância, uma geladeira cheia de sorvete e manteiga e maionese e todos os alimentos errados nas quantidades erradas. Ela estava sempre comendo e sempre ouvindo o rádio. Ao lado da geladeira havia estantes sem livros, apenas milhares de gravações de Caruso e Galli-Curci e Swarthout e coisas assim. Quando as últimas canções eram cantadas e o último álbum assobiava e parava à meia-noite, Fannie afundava em si mesma, como um elefante atingido pela escuridão. Seus grandes ossos se acomodavam na vasta carne. Seu rosto redondo era uma lua observando os vastos imperativos territoriais de seu corpo. Apoiada em travesseiros, sua respiração era soprada e sugada de volta, e soprada outra vez, com medo da avalanche que poderia acontecer se de alguma forma ela se esparramasse demais, e seu peso a sufocasse, sua carne engolfasse e esmagasse os pulmões, e apagasse sua voz e luz para sempre. Ela nunca falava sobre isso, mas uma vez, quando alguém perguntou por que não havia uma cama em seu quarto, seus olhos brilharam com uma luz terrível, e camas nunca mais foram mencionadas. A gordura, aquela assassina, estava sempre com ela. Ela dormia em sua montanha, com medo, e acordava de manhã feliz por mais uma noite a que sobrevivera.

Uma caixa de piano aguardava no beco abaixo do cortiço.

— É para mim — disse Fannie. — Quando eu morrer, traga a caixa do piano para cima, coloque-me dentro, ice-me para baixo. É para mim. Ah, e já que você está aí, querido, me alcance aquele pote de maionese e aquela colher *grande*.

FIQUEI NA PORTA DA frente do cortiço, escutando.

Sua voz fluía pelos corredores. Começou tão pura como um riacho de água doce da montanha e cascateou do segundo ao primeiro andar e depois pelo corredor. Eu quase podia beber seu canto, de tão límpido.

Fannie.

Enquanto eu subia os degraus do primeiro andar, ela vibrou uma passagem de *La Traviata*. Enquanto eu me movia no segundo lance de escadas, parando, de olhos fechados, para escutar, Madame Butterfly cantou as boas-vindas ao brilhante navio no porto e ao tenente vestindo branco.

Era a voz de uma esguia donzela japonesa na colina em uma tarde de primavera. Havia uma foto daquela donzela, aos dezessete anos, em uma mesa perto da janela que dava para a varanda do segundo andar do cortiço. A menina pesava então no máximo cinquenta e quatro quilos, mas isso foi há muito tempo. Foi a voz dela que me puxou pela velha escada, a promessa de um brilho por vir.

Eu sabia que, quando chegasse à porta, a cantoria iria parar.
— Fannie — eu diria. — Ouvi alguém cantando aqui agora.
— Ouviu?
— Algo do *Butterfly*.
— Que estranho. Me pergunto quem poderia ter sido...

Tínhamos feito esse jogo por anos, conversado sobre música, discutido sinfonias/balés/óperas, escutando em rádios, tocando em seu velho fonógrafo Edison no último volume, mas nunca, nem uma vez em três mil dias, Fannie cantou quando eu estava na sala com ela.

Mas hoje era diferente.

Quando cheguei ao segundo andar, seu canto parou. Mas ela deve ter feito de propósito, planejado. Talvez tenha olhado para fora e visto o caminho que eu tomava pela rua. Talvez tenha lido meu esqueleto através da minha carne. Talvez minha voz, ligando para o outro lado da cidade (impossível), tivesse trazido com ela a tristeza da noite e a chuva. De todo modo, uma poderosa intuição tomou conta da corpulência estival de Fannie Florianna. Ela estava pronta com surpresas.

Parei na porta dela, escutando.

Rangidos como os de um navio imenso ziguezagueando pelas marés. Uma grande consciência agitou-se ali.

Um sibilo suave: o fonógrafo!

Bati na porta.

— Fannie — chamei. — O Doidinho está aqui.

— *Voilà!*

Ela abriu a porta deixando sair um estrondo de música. Grande dama, ela havia posto a agulha de madeira sobre a faixa de chiados iniciais, então correu para a porta, e segurou a maçaneta, esperando. No instante em que a agulha *chegou* à música, ela *escancarou* a porta. Puccini irrompeu inundando tudo, me envolvendo e me puxando para dentro. Fannie Florianna ajudou.

Era o primeiro lado de *Tosca*. Fannie me colocou em uma cadeira bamba, ergueu minha pata vazia e colocou uma taça de bom vinho nela.

— Eu não bebo, Fannie.
— Bobagem. Olhe para o seu rosto. Beba!

Ela saltitou ao redor como aqueles maravilhosos hipopótamos que se tornam leves feito flores em *Fantasia*, e afundou pesadamente em sua pobre cadeira.

Ao final do disco, eu estava chorando.

— Calma, calma — sussurrou Fannie, enchendo meu copo novamente. — Pronto, pronto.

— Eu sempre choro com Puccini, Fannie.
— Sim, meu caro, mas não *tanto* assim.
— Não tanto assim, é verdade. — Bebi metade do segundo copo. Era um St. Emilion 1938 de um bom vinhedo, trazido e deixado por um dos amigos ricos de Fannie que vinham até a cidade para boas conversas, grandes risadas, lembrar de tempos melhores para ambos, não importando quem tivesse a renda maior. Eu tinha visto alguns parentes de Toscanini subindo as escadas certa noite e esperei. Eu tinha visto Lawrence Tibbett descendo uma vez, e meneamos a cabeça num cumprimento, passando. Sempre traziam as melhores garrafas com sua conversa e sempre saíam sorrindo. O centro do mundo pode estar em qualquer lugar. Aqui estava no segundo andar de um cortiço do lado errado de Los Angeles.

Limpei as lágrimas com o punho do casaco.

— Conte-me — disse a grande dama gorda.
— Encontrei um morto, Fannie. E ninguém quer me ouvir falar disso!

— Meu Deus. — Seu rosto redondo ficou mais redondo quando a boca se abriu, os olhos se arregalaram e depois se suavizaram com a comiseração. — Pobrezinho. Quem era?

— Era um daqueles velhos simpáticos que se sentam na bilheteria na parada da Venice Short Line, estão sentados lá desde que Billy Sunday começou a pregar a Bíblia e William Jennings Bryan fez seu discurso da Cruz de Ouro. Eu os via lá desde que eu era criança. Quatro velhos. Você sentia que eles estariam ali para sempre, colados nos bancos de madeira. Acho que nunca vi um deles de pé e andando. Eles estavam lá o dia todo, a semana inteira, o ano todo, fumando cachimbo ou charuto e falando sem parar de política e decidindo o que fazer com o país. Quando eu tinha quinze anos, um deles olhou para mim e disse: "Você vai crescer e mudar o mundo apenas para melhor, garoto?". "Sim, senhor!", eu respondi. "Acho que você vai fazer isso", falou ele. "Não vai, senhores?" "Sim", todos concordaram, e sorriram para mim. O velho que me perguntou isso foi aquele que encontrei na jaula do leão ontem à noite.

— Na *jaula*?

— Debaixo d'água, no canal.

— Isso pede mais um lado de *Tosca*.

Fannie era como uma avalanche ao se levantar, uma maré fluindo até o aparelho, uma força poderosa acionando o braço da corda, e o sussurro de Deus colocando a agulha em uma nova superfície.

Enquanto a música aumentava, ela voltou para a cadeira feito um navio-fantasma, majestoso e pálido, quieto e preocupado.

— Eu sei por que isso está abalando tanto você — disse ela. — Peg. Ela ainda está no México, estudando?

— Foi embora já faz três meses. Poderia muito bem ser três anos — falei. — Jesus, estou sozinho.

— E vulnerável — completou Fannie. — Não deveria ligar para ela?

— Meu Deus, Fannie, não posso pagar. E não quero ligar a cobrar. Só espero que ela me telefone amanhã ou depois.

— Pobre menino. Doente de amor.

— Doente de morte. O pior, Fannie, é que eu nem sabia o nome daquele velho! Não é uma vergonha?

O segundo lado de *Tosca* realmente bateu. Fiquei sentado ali, cabisbaixo, com as lágrimas escorrendo da ponta do nariz para o vinho.

— Você estragou seu St. Emilion — comentou Fannie gentilmente quando o álbum terminou.

— Agora estou furioso — falei.

— Por quê? — Fannie, de pé, como uma grande romã maternal, ao lado do fonógrafo, afiou uma nova agulha e encontrou um disco mais feliz. — Por quê?

— Alguém o *matou*, Fannie. Alguém o enfiou naquela jaula. Não haveria outro modo de ele ter entrado ali.

— Minha nossa — murmurou.

— Quando eu tinha doze anos, um dos meus tios na costa leste foi baleado em um assalto tarde da noite, em seu carro. No funeral, meu irmão e eu juramos que encontraríamos o assassino e o mataríamos. Mas ele ainda está por aí, pelo mundo, em algum lugar. E isso foi há muito tempo, em outra cidade. Desta vez, é aqui. Seja lá quem for que tenha afogado o velho, mora a poucos quarteirões de mim em Venice. E quando eu o encontrar...

— Você vai entregá-lo à polícia. — Fannie se inclinou para a frente em um movimento imponente, porém terno. — Você vai se sentir melhor depois de uma boa dormida.

Então ela observou meu rosto.

— Não — disse ela, fúnebre —, você não vai se sentir melhor. Bem, vá em frente. Seja o idiota que todos os homens são. Deus, a vida que nós mulheres levamos, vendo os tolos se matando, e matadores matando matadores, e nós, lá fora, gritando para que parem e ninguém ouvindo. *Você* não poderia me escutar, meu bem?

Ela colocou outro disco e deixou a agulha descer como um beijo amoroso nos sulcos, e veio correndo para tocar minha bochecha com seus grandes dedos rosados de crisântemo.

— Oh, por favor, tenha cuidado. Eu não gosto de Venice. Não há iluminação suficiente na rua. E aqueles malditos poços de petróleo bombeando a noite toda, sem descanso, com aqueles gemidos.

— Venice não me pega, Fannie, ou seja lá o que esteja vagando por Venice.

De pé em corredores, esperando, pensei, do lado de fora das portas de homens e mulheres velhas.

Fannie se tornou uma geleira gigante sobre mim.

Ela deve ter visto meu rosto novamente, onde tudo estava entregue, nada se escondia. Instintivamente, ela olhou para a própria porta, como se uma sombra tivesse passado do lado de fora. Sua intuição me surpreendeu.

— Seja lá o que você vai fazer — sua voz se perdeu no fundo de centenas de quilos de carne repentinamente assombrada —, não traga para cá.

— A morte não é uma coisa que se pode levar consigo, Fannie.

— Ah, é, sim. Limpe os pés antes de descer. Você tem dinheiro para mandar lavar o terno? Vou te dar algum. Engraxe os sapatos. Escove os dentes. Nunca olhe para trás. Olhares podem matar. Se você olhar para alguém e eles virem que você quer ser morto, eles o acompanham. Venha aqui, querido, mas se lave primeiro e olhe para a frente.

— Baboseiras, Fannie, e tolices. Isso não vai afastar a morte e você sabe disso. De qualquer forma, eu não traria nada aqui para você além de mim; de muitos anos de vida, Fannie, e de amor.

Isso derreteu as neves no Himalaia.

Ela se virou em um lento movimento de carrossel. De repente, nós dois ouvimos a música que há muito tinha começado no disco sibilante.

Carmen.

Fannie Florianna afundou os dedos no peito e agarrou um leque de renda preta, o fez florescer ao abrir, e o balançou diante de seus olhos subitamente flamencos, recatadamente fechou os cílios e deixou sua voz perdida renascer, fresca como a água fria da montanha, jovem como me sentira na semana anterior.

Ela cantou. E, enquanto cantava, ela se movia.

Era como assistir à pesada cortina se levantar delicadamente no Metropolitan e ser enrolada ao redor do Rochedo de Gibraltar, girando aos gestos de um maestro maníaco que sabia como tornar eletrizantes balés de elefantes e invocar das profundezas baleias--brancas esguichando água.

No final da primeira música, eu estava chorando de novo.

Desta vez, de rir.

Só mais tarde pensei comigo mesmo, meu Deus. Pela primeira vez. No quarto dela. Ela cantou.

Para *mim*!

Lá embaixo, caía a tarde.

Fiquei parado na rua iluminada pelo sol, cambaleando, saboreando o retrogosto do vinho, olhando para o segundo andar do cortiço.

Soavam as notas da canção de despedida; a despedida de Butterfly para seu jovem tenente, todo de branco, navegando para longe.

Fannie apareceu em sua varanda, olhando para mim, sua pequena boca em forma de botão de rosa sorrindo tristemente, a jovem aprisionada em seu rosto redondo de lua cheia, deixando a música atrás dela expressar nossa amizade e minha despedida por enquanto.

Vê-la ali me fez pensar em Constance Rattigan trancada em seu forte mourisco à beira-mar. Eu queria ligar e perguntar sobre a semelhança.

Mas Fannie acenou. Só pude acenar de volta.

Eu estava pronto para enfrentar Venice agora.

Homenzinho careca que nem parece um detetive, Elmo Crumley, aí *vou* eu!, pensei.

Mas tudo que fiz foi ficar parado em frente à delegacia de polícia de Venice, me sentindo um covarde.

Eu não conseguia decidir se Crumley era a Bela ou a Fera lá dentro.

Tamanha indecisão fez eu me condoer na calçada até que alguém parecido com Crumley olhou pela janela da delegacia no andar de cima.

Eu fugi.

Pensar nele abrindo a boca feito um maçarico para queimar a penugem de pêssego da minha cara fez meu coração cair feito uma ameixa. Jesus, pensei, quando vou enfrentá-lo e finalmente botar para fora todas as sombrias maravilhas que estão se acumulando como poeira de lápide em minha caixa de manuscritos? Quando?

Em breve.

* * *

Durante a noite, aconteceu.

Uma pequena tempestade chegou em frente ao meu apartamento por volta das duas da manhã.

Idiota!, pensei, na cama, escutando. Uma *pequena* tempestade? Quão pequena? Um metro de largura, por um metro e oitenta de altura, tudo num só lugar? Chuva encharcando meu capacho, sem cair em nenhum outro lugar, e então indo embora rapidamente!

Inferno!

Pulei para abrir a porta.

Não havia uma nuvem no céu. As estrelas estavam brilhantes, sem névoa, sem cerração. Não havia como a chuva ter chegado ali.

Mesmo assim, havia uma poça d'água perto da minha porta.

E um conjunto de pegadas vindo, apontadas para mim, e outro conjunto, descalço, indo embora.

Devo ter ficado ali parado uns bons dez segundos até finalmente estourar.

— Ora, espera um pouco!

Alguém ficou parado ali, molhado, por meio minuto, quase pronto para bater à porta, se perguntando se eu estava acordado, e então caminhou em direção ao mar.

Não. Pisquei os olhos. Não em direção ao mar. O mar ficava a minha direita, a oeste.

Estas pegadas descalças iam para minha esquerda, para leste.

Eu as segui.

Corri como se pudesse alcançar aquela tempestade em miniatura.

Corri até alcançar o canal.

Onde as pegadas paravam na borda...

Meu Deus!

Olhei para baixo, para as águas oleosas.

Eu podia ver onde alguém havia subido e caminhado pela rua à meia-noite até minha casa, e então correu de volta, as passadas se alargando, para...

Um mergulho?

Deus, quem iria nadar nessas águas imundas?

Alguém que não dava a mínima, que nunca se preocupou com doenças? Alguém que amava chegar à noite e partir nas sombras rumo ao inferno, à diversão ou à morte?

Avancei ao longo da margem do canal, ajustando os olhos, atento para ver se algo rompia a superfície negra.

A maré foi e voltou surgindo através de uma comporta enferrujada. Uma manada de pequenas focas passou, mas eram apenas algas que não iam a lugar algum.

— Você ainda está *aí*? — sussurrei. — De onde você veio? Por que foi à minha casa?

Respirei fundo e segurei o fôlego.

Pois em um esconderijo oco de concreto, sob um pequeno bunker de cimento, do outro lado de uma ponte frágil...

Pensei ter visto se erguer uma franja de cabelo ensebado, e em seguida, uma sobrancelha oleosa. Olhos me encararam de volta. Pode ter sido uma lontra do mar, um cachorro ou uma toninha negra que de algum modo se perdera no canal.

A cabeça ficou parada por um longo momento, meio fora d'água.

E me lembrei de uma coisa que li quando menino, folheando romances africanos. Sobre crocodilos que infestaram as cavernas subterrâneas junto às margens do rio Congo. Os animais afundavam e nunca mais subiam. Submersos, deslizavam para se esconder dentro da própria caverna secreta, esperando por alguém tolo o suficiente para passar nadando. Em seguida, os répteis se contorciam para fora das tocas subaquáticas para se alimentar.

Estaria eu olhando para um animal semelhante? Alguém que amava marés noturnas, que se escondia em tocas debaixo das margens para subir e caminhar suavemente, deixando chuva por onde passava?

Observei a cabeça escura na água. Ele me olhou com olhos brilhantes.

Não. Aquilo não pode ser humano!

Estremeci. Pulei para a frente, como alguém pula em direção a algo horrendo para fazê-lo desaparecer, para assustar aranhas, ratos, cobras. Não foi a bravura, foi o medo que me fez avançar.

A cabeça escura afundou. A água ondulou. A cabeça não se ergueu outra vez.

Tremendo, voltei pela trilha de chuva escura que veio visitar minha porta.

A pequena poça de água ainda estava lá na soleira da minha porta.

Abaixei-me e arranquei um pequeno amontoado de algas marinhas do meio da poça.

Só então me dei conta que havia corrido até o canal e voltado, vestindo apenas uma bermuda.

Respirei fundo, olhei rapidamente ao redor. A rua estava vazia. Pulei para dentro para fechar a porta.

Amanhã, pensei, vou lá de punhos em riste para Elmo Crumley.

No meu punho direito, um monte de restos de bilhete de bonde.

No meu punho esquerdo, um monte de algas marinhas úmidas.

Mas não na delegacia!
Cadeias, como hospitais, me deixam de pernas bambas.
A casa de Crumley ficava em algum lugar.
Com meus punhos em riste. Eu a encontraria.

Por cerca de cento e cinquenta dias por ano em Venice, o sol não aparece em meio à névoa até o meio-dia.

Durante cerca de sessenta dias por ano, o sol não sai da névoa até que esteja pronto para se pôr no oeste, por volta das quatro ou cinco horas.

Por cerca de quarenta dias, não sai sol algum.

No resto do tempo, se você tiver sorte, o sol nasce, como no resto de Los Angeles e Califórnia, às cinco e meia ou seis da manhã e fica o dia todo.

São os ciclos de quarenta ou sessenta dias que gotejam na alma e fazem os fuzileiros limparem suas armas. Velhinhas compram veneno de rato no décimo segundo dia sem sol. Mas no décimo terceiro dia, quando estão prestes a tomar arsênico no chá da manhã, o sol nasce perguntando por que todos estão tão chateados, e as velhinhas alimentam os ratos à beira do canal e voltam para o conhaque.

Durante os ciclos de quarenta dias, a sirene de nevoeiro perdida em algum lugar da baía soa continuamente e nunca para, até que você sinta as pessoas no cemitério local começando a se agitar. Ou, tarde da noite, quando a sirene de nevoeiro começa, algum tipo de fera anfíbia surge em seu id e nada em direção à terra. Está nadando em algum lugar, ansiando, talvez, apenas pelo sol. Todos os animais espertos foram para o sul. Você está preso em uma duna gelada com uma máquina de escrever vazia, uma conta bancária abandonada e uma cama não tão quente. Você espera que a fera submersa se erga alguma noite enquanto você dorme. Para se livrar dela, você se levanta às três da manhã e escreve um conto sobre ela, mas não o manda para nenhuma revista por anos, porque está com medo. Thomas Mann não deveria ter escrito sobre a morte, e sim sobre a rejeição em Veneza.

Tudo isso sendo real ou imaginário, o sábio vive no interior o mais longe possível do litoral. A jurisdição da polícia de Venice termina, assim como a névoa, perto da avenida Lincoln.

Lá, bem nas margens do território oficial do mau tempo, havia um jardim que eu vira apenas uma ou duas vezes.

Se havia uma casa no jardim, ela não era visível. Era tão cercada por arbustos, árvores, plantas tropicais, folhas de palmeira, juncos e papiros que você precisaria abrir caminho com uma foice. Não havia calçada, apenas um caminho de chão batido. Havia um bangalô lá, sim, afundando em um campo de grama não cortada, alta até o queixo, mas tão longe da rua que parecia um elefante afundando em um poço de piche, prestes a desaparecer para sempre. Não havia caixa de correio na frente. O carteiro devia jogar a correspondência e dar no pé antes que algo saltasse da selva para pegá-lo.

Desse lugar verde vinha o cheiro de laranjas e damascos da estação. E o que não era laranja ou damasco era cacto, epifilo ou dama-da-noite. Nenhum cortador de grama jamais zuniu por aqui. Nenhuma gadanha jamais sussurrou. Nenhuma névoa jamais apareceu. Nos limites do eterno crepúsculo úmido de Venice, o bangalô sobreviveu em meio a limões que brilhavam feito luzes de uma árvore de Natal durante todo o inverno.

E de vez em quando, ao passar por perto, você pensaria ter escutado um ocapi correndo e golpeando uma planície do Serengueti ali, ou grandes nuvens de flamingos ao pôr do sol se levantando e girando animados.

E naquele lugar, sensato quanto ao clima e dedicado à preservação de sua alma eternamente bronzeada de sol, vivia um homem de cerca de quarenta e quatro anos, de cabeça calva e voz rouca, cujo assunto, quando ele se movia na direção do mar e respirava a névoa, eram infrações morais, leis violadas e alguma morte ocasional que poderia ser um assassinato.

Elmo Crumley.

E encontrei a ele e sua casa porque uma série de pessoas ouviu minhas perguntas, acenou com a cabeça e apontou o caminho.

Todos concordavam que, a cada final de tarde, o pequeno detetive entrava no território da selva verde e desaparecia em meio ao som de hipopótamos subindo e flamingos descendo.

Pensei: o que devo fazer? Ficar à beira de sua terra selvagem e gritar seu nome?

Mas Crumley gritou primeiro.

— Meu Deus, é *você*?

Ele estava saindo daquele seu complexo na selva e vindo pelo caminho de mato, assim que cheguei ao portão da frente.

— Sou eu.

Enquanto o detetive desbravava sua própria trilha intacta, pensei ter escutado os sons que sempre imaginei ao passar: as gazelas-de--thomson saltando, zebras de palavras-cruzadas em pânico logo atrás de mim, além de sentir um cheiro de xixi dourado ao vento: leões.

— Me parece — reclamou Crumley — que já encenamos isso ontem. Você veio se desculpar? Você tem coisas ainda mais engraçadas para dizer?

— Se você parar e me ouvir — falei.

— Seu tom de voz se impõe, te digo isso. Uma senhora que conheço, a três quarteirões de onde você encontrou o corpo, disse que, por causa do seu grito naquela noite, os gatos dela ainda não voltaram para casa. Ok, eu estou aqui *de pé*. E...?

Com cada uma de suas palavras, meus punhos enfiaram-se mais fundo nos bolsos da minha jaqueta esportiva. De algum modo, não conseguia retirá-los. Cabisbaixo, desviando o olhar, tentei recuperar o fôlego.

Crumley olhou para o relógio de pulso.

— Havia um homem atrás de mim no trem naquela noite — gritei de súbito. — Foi ele quem meteu aquele velhinho na jaula dos leões.

— Fale mais baixo. Como sabe disso?

Meus punhos se agitaram em meus bolsos, apertando.

— Eu podia sentir suas mãos estendidas atrás de mim. Eu podia sentir seus dedos trabalhando, implorando. Ele queria que eu me virasse para vê-lo! *Todos* os assassinos não querem ser descobertos?

— Isso é o que dizem os psicólogos de botequim. Por que você não olhou para ele?

— Não se faz contato visual com gente bêbada. Eles vêm se sentar e bafejar em você.

— Certo. — Crumley se permitiu um toque de curiosidade. Pegou um pacote de tabaco e sedas e começou a enrolar um cigarro, deliberadamente sem olhar para mim. — E...?

— Você tinha que ter escutado o tom de voz dele. Você acreditaria se tivesse escutado. Meu Deus, era como o fantasma do pai de Hamlet, vindo do fundo da sepultura, gritando, "lembre-se de mim"! Mas mais do que isso, me *veja*, me *conheça*, me *prenda*!

Crumley acendeu o cigarro e olhou para mim através da fumaça.

— A voz dele me envelheceu dez anos em poucos segundos — falei. — Nunca *senti* algo com tanta certeza na vida!

— Todo mundo tem sentimentos. — Crumley examinou o cigarro como se não conseguisse decidir se gostava dele ou não. — Toda vovó inventa canções na hora de servir o cereal e cantarola até que você queira arrancar o milho maltado da velha a pontapés. Escritores, poetas, detetives amadores, todo idiota acha que é todos os três. Sabe do que você me lembra, filho? Daquela multidão de idiotas que se aglomeraram atrás de Alexander Pope agitando seus poemas, romances e ensaios, pedindo conselhos, até que Pope enlouqueceu e escreveu seu *Ensaio sobre a crítica*.

— Você conhece Alexander *Pope*?

Crumley deu um suspiro ressentido, jogou fora o cigarro e pisou nele.

— Você acha que todos os detetives são uns broncos que não têm nada na cabeça? Sim, Pope, pelo amor de Deus. Eu lia escondido debaixo dos lençóis tarde da noite, para que o pessoal não pensasse que eu era fresco. Agora, sai da frente.

— Você quer dizer que tudo isso foi em vão — choraminguei. — Você não vai tentar *salvar* o velho?

Corei ao ouvir o que tinha falado.

— Eu quis dizer...

— Eu sei o que você quis dizer — disse Crumley, pacientemente. Ele olhou para a rua, como se pudesse ver todo o caminho até meu apartamento e a mesa e a máquina de escrever ali.

— Você se agarrou a uma coisa boa, ou pensa que sim. Então você corre feito louco. Você quer entrar naquele grande bonde vermelho e voltar uma noite e pegar aquele bêbado e puxá-lo para dentro, mas, se você fizer isso, ele não estará lá, ou, se estiver, não será o mesmo cara, ou você não o reconhecerá. Então, nesse momento, você está com as unhas sangrando de tanto bater na máquina de escrever, e as coisas estão ficando boas, como diz Hemingway, e sua intuição está criando longas antenas, que são sempre tão sensíveis. Isso, e nada, é a mesma coisa!

Ele deu a volta pela frente de seu carro, em repetição do desastre de ontem.

— Ah, não, essa não! — gritei. — De novo, não. Você sabe o que tem? Inveja!

A cabeça de Crumley quase caiu dos ombros. Ele girou.

— Eu tenho o quê?

Quase vi seus dedos alcançarem uma arma que não estava lá.

— E, e, e... — Eu me atrapalhei. — Você, você não vai *conseguir*!

Minha insolência o surpreendeu. Sua cabeça girou para me olhar por cima do carro.

— Conseguir *o quê*? — ele perguntou.

— O que quer que esteja tentando fazer, você... não... vai... fazer... isso.

Eu dei um pulo e parei, perplexo. Eu não conseguia me lembrar de já ter gritado assim com ninguém. Na escola, eu era um cordeirinho. Sempre que alguma professora olhava torto, eu me desmanchava. Mas agora...

— A menos que você aprenda a — falei, sem jeito, sentindo meu rosto ficar vermelho —, ah, escutar seu instinto e não sua cabeça.

— Conselhos filosóficos de Norman Rockwell para detetives rebeldes. — Crumley encostou-se no carro como se fosse a única coisa no mundo que o segurasse. Uma risada explodiu em sua boca, que ele tapou com a palma da mão, e falou, abafado: — Continue.

— Você não quer escutar.

— Garoto, eu não rio há dias.

Minha boca ficou fechada como cola. Fechei meus olhos.

— Continue — disse Crumley, com um tom mais gentil.

— É que — falei lentamente — aprendi anos atrás que quanto mais raciocinava, pior meu trabalho ficava. Todo mundo acha que você tem que sair por aí pensando o tempo todo. Não, eu saio por aí e fico sentindo, e escrevo e sinto outra vez e escrevo mais e, no *final* do dia, *penso* a respeito de tudo. O ato de pensar vem depois.

Havia uma luz de curiosidade no rosto de Crumley. Ele agora inclinava a cabeça para olhar para mim, e então a deitou para o outro lado, como um macaco no zoológico olhando através das grades e se perguntando por que diabos aquele animal está lá fora.

Então, sem dizer uma palavra, dar outra risada ou sorriso, ele simplesmente deslizou para o banco da frente do carro, calmamente ligou a ignição, pisou no acelerador suavemente e foi embora devagar, bem devagar.

Cerca de vinte metros depois, ele pisou no freio, pensou por um momento, deu ré, se inclinou para olhar para mim e gritou:

— Meu Deus do céu! Provas! Merda! Provas.

O que me fez arrancar a mão direita do bolso da jaqueta tão rápido que quase rasguei o tecido.

Eu finalmente estendi meu punho e abri meus dedos trêmulos.

— Aqui! — falei. — Você sabe o que é isso? Não. *Eu* sei o que é? Sim. Eu sei quem é o velho? Sim. *Você* sabe o nome dele? Não!

Crumley apoiou a cabeça nos braços cruzados sobre o volante. Ele suspirou.

— Ok, vamos dar uma olhada nisso.

— Isto — falei, olhando para aquele lixo na palma da minha mão — são pequenos "ás", pequenos "bês" e minúsculos "cês". Alfabetos, letras, picotados de bilhetes de bonde. Você usa um carro, e por isso não vê nada disso há anos. Porque tudo que *eu* faço, desde que parei de andar de patins, é caminhar ou pegar bondes, e estou até o pescoço com esses picotes!

Crumley ergueu a cabeça, lentamente, não querendo parecer curioso ou ansioso.

— Este velho — falei —, lá embaixo na estação do bonde, estava sempre abarrotando os bolsos com isto. Ele jogava estes confetes nas pessoas na véspera de Ano-Novo, ou às vezes em julho e gritava "Feliz Quatro de Julho"! Quando eu vi você puxar os bolsos daquele pobre velho do avesso, eu sabia que só podia ser ele. *Agora*, o que você acha?

Houve um longo silêncio.

— Merda. — Crumley parecia estar orando para si, de olhos fechados, como eu estava apenas um minuto atrás. — Deus que me perdoe. Entra aí.

— Quê?

— Entra aí, droga. Você vai me provar o que acabou de dizer. Você acha que sou idiota?

— Sim. Digo, não. — Eu abri a porta, lutando com meu punho esquerdo no bolso esquerdo. — Eu peguei essa outra coisa, alga marinha, deixada na minha porta ontem à noite e...

— Cale a boca e me passe o mapa.

O carro deu um salto para a frente.

Eu entrei bem a tempo de pegar o embalo.

Elmo Crumley e eu mergulhamos naquele odor de tabaco de um sótão eternamente fechado.

Crumley olhou para o espaço vazio entre os velhos que se apoiavam uns nos outros feito cadeiras de palha.

Crumley avançou para estender a mão e mostrar a eles o confete seco de letrinhas.

Os velhos tiveram agora dois dias para pensar no assento vazio entre eles.

— Filho da puta — sussurrou um.

— Se um policial — murmurou outro, olhando para os picotes na palma da mão — me mostra algo assim, deve vir dos bolsos de Willy. Quer que eu vá identificar o corpo?

Os outros dois velhos se afastaram daquele que falava, como se ele tivesse dito algo indigno.

Crumley acenou com a cabeça.

O velho meteu a bengala entre as mãos trêmulas e ergueu-se. Crumley tentou ajudar, mas o olhar feroz que o velho lançou o deteve.

— Afaste-se!

O velho bateu no chão de madeira com a bengala, como se estivesse castigando-o pelas más notícias, e saiu pela porta.

Nós o seguimos em meio àquela névoa, neblina e chuva por onde a luz de Deus acabara de sucumbir em Venice, no sul da Califórnia.

Entramos no necrotério com um homem de oitenta e dois anos, mas quando saímos ele tinha cento e dez anos e não podia mais usar a bengala. A vida havia sumido de seu olhar, então ele nem sequer nos afastou quando tentamos ajudá-lo a chegar ao carro, e ele lamentava repetidamente:

— Meu Deus, quem fez aquela coisa horrível no cabelo dele? Quando isso aconteceu? — balbuciou porque precisava falar qualquer coisa sem sentido. — Você fez isso com ele? — ele resmungou para ninguém. — Quem foi? Quem?

Eu sabia, pensei, mas não falei, enquanto o tirávamos do carro e o colocávamos de volta em seu lugar naquele banco frio onde os outros velhos esperavam, fingindo não notar nossa volta, os olhos voltados para o teto ou para o chão, esperando até que partíssemos para que pudessem decidir se deveriam ficar longe do estranho que seu velho amigo havia se tornado, ou se aproximar para mantê-lo aquecido.

Crumley e eu ficamos muito calados enquanto voltávamos para a casa do tem-mas-acabou-canários-à-venda.

Fiquei do lado de fora da porta, enquanto Crumley entrava para olhar as paredes vazias do quarto do velho e ver os nomes, os nomes, os nomes, William, Willy, Will, Bill. Smith. Smith. Smith, rabiscado à unha ali no reboco, tornando-se imortal.

Quando saiu, Crumley parou e olhou incrédulo para a sala terrivelmente vazia.

— Cristo — murmurou.

— Você leu as palavras na parede?

— Todas elas. — Crumley olhou ao redor e ficou consternado ao se ver do lado de fora da porta, olhando para dentro. — "Ele está parado no corredor". Quem esteve aqui? — Crumley se virou para me analisar. — Foi você?

— Você sabe que não — respondi, recuando.

— Eu poderia prendê-lo por arrombamento e invasão, suponho.

— Mas você não vai fazer isso — falei, nervoso. — A porta, todas as portas, estão abertas há anos. Qualquer um pode entrar. Alguém entrou.

Crumley olhou de volta para a sala silenciosa.

— Como vou saber que não foi você que arranhou essas palavras na parede com a sua maldita unha, só para me deixar de cabelo em pé e me fazer acreditar em sua teoria estapafúrdia?

— A escrita na parede é trêmula, são os rabiscos de um velho.

— Você poderia ter pensado nisso e imitado os rabiscos de um velho.

— Poderia, mas não fiz. Meu Deus, do que é que você precisa para se convencer?

— Mais do que uns calafrios, pode ter certeza.

— Então — falei, com minhas mãos de volta nos bolsos, cerrando os punhos, a alga ainda escondida, mas aguardando —, o resto está lá em cima. Suba. Olhe. Desça. E me diga o que você viu.

Crumley inclinou a cabeça para me lançar um daqueles olhares de macaco, depois suspirou e subiu, feito um velho vendedor de sapatos carregando uma bigorna em cada mão.

No topo da escada, ele ficou parado por um longo momento, feito lorde Carnarvon do lado de fora da tumba à espera de Tutancâmon. Então entrou. Pensei ter ouvido os fantasmas de velhos pássaros farfalhando e piando. Eu pensei ter ouvido o sussurro de uma múmia, subindo da poeira do rio. Mas essa era a velha musa em mim, ansiosa por sobressaltos.

O que ouvi foi Crumley andando de um lado para o outro sobre a camada de flores do chão da velha, o que abafou seus passos. Uma gaiola emitiu um som metálico de campainha; ele a havia tocado. Então o que ouvi foi ele se curvando para dar ouvidos a um vento dos tempos que saía de uma boca seca e dolorida.

E o que finalmente escutei foi o som do nome na parede sendo sussurrado uma, duas, três vezes, como se a velha dos canários estivesse lendo os hieróglifos egípcios, símbolo por símbolo.

Quando Crumley desceu, carregava as bigornas na barriga e seu rosto estava cansado.

— Vou largar essa vida — anunciou.

Eu esperei.

— Hirohito ascende ao trono — citou o velho papel de jornal que acabara de ver no fundo da gaiola.

— Adis Abeba? — perguntei.

— Foi há *tanto* tempo assim?

— Agora você já viu tudo — falei. — Qual é a sua conclusão?

— Que conclusão devo tirar disso?

— Você não notou no rosto dela? Você não viu?

— O quê?

— Ela é a próxima.

— O quê?

— Está tudo lá, nos olhos dela. Ela sabe sobre o homem que fica no corredor. Ele subiu até o quarto dela também, mas não entrou. Ela está simplesmente esperando e orando por ele. Isso me dá calafrios, e não há nada que possa evitar.

— Só porque você estava certo sobre aqueles picotes dos bilhetes do bonde, e encontrou a casa dele e identificou o homem, isso não o torna o campeão da semana em leitura de tarô. Você está com calafrios? *Eu* estou com calafrios. Mas seu palpite e meu calafrio não valem um tostão furado.

— Se você não colocar alguém de guarda aqui, ela estará morta em dois dias.

— Se colocássemos guardas para todos que vão morrer em dois dias, não teríamos mais polícia. Você quer que eu diga ao capitão o que fazer com seus homens? Ele me jogaria na rua e jogaria meu distintivo depois. Olha, ela não é ninguém. Odeio dizer isso. Mas é assim que a lei funciona. Se ela fosse alguém, talvez colocássemos...

— Vou fazer isso sozinho, então.

— Pense no que acabou de dizer. Você tem que comer alguma hora, ou dormir. Você não pode ficar aqui e sabe disso. Na primeira ocasião em que for atrás de um cachorro-quente será quando ele, seja lá quem for, *se* é que existe, vai entrar, fazer ela dar um espirro e já era. Nunca houve homem nenhum aqui. Era apenas uma velha bola de pelo soprando à noite. O velho ouviu primeiro. A senhora dos canários ouviu agora.

Crumley olhou para as longas, compridas e escuras escadas em direção ao lugar onde não havia canto de pássaros, não havia primavera nas Montanhas Rochosas, nenhum mau organista tocando para seus minúsculos amigos amarelos em algum ano perdido.

— Dê-me tempo para pensar, garoto — disse ele.

— E deixar você ser cúmplice de assassinato?

— Lá vem você de novo! — Crumley puxou a porta de modo que ela guinchou nas dobradiças. — Como é possível que eu passe metade do meu tempo quase gostando de você, e o resto ficando puto da vida?

— Eu faço isso com você? — perguntei.

Mas ele se foi.

CRUMLEY NÃO DEU NOTÍCIAS por vinte e quatro horas.

Rangendo meus dentes até não poder mais, azeitei minha Underwood e meti Crumley no cilindro.

— Fale! — datilografei.

— Como é possível — Crumley respondeu, teclando de algum lugar dentro da minha máquina maravilhosa — que eu passe metade do meu tempo quase gostando de você, e o resto ficando puto da vida?

Em seguida, a máquina escreveu:

— Vou te ligar no dia em que a velha senhora dos canários morrer.

É óbvio que anos atrás eu colei duas etiquetas na minha Underwood. Uma delas dizia: TABULEIRO OFICIAL DE OUIJA. A outra, em letras grandes: NÃO PENSE.

Não pensei. Apenas deixei o velho tabuleiro Ouija martelar e fazer barulho.

— Quando vamos nos unir para resolver o problema?

— Você — respondeu Crumley, na ponta dos meus dedos — é que é o problema!

— Você vai se tornar um personagem no meu romance?

— Já sou.

— Então me ajude.

— É pouco provável.

— Droga!

Arranquei a página da máquina.

Nesse momento, meu telefone particular tocou.

PARECIA QUE EU TINHA corrido quinze quilômetros até chegar lá, pensando:

Peg!

Todas as mulheres da minha vida eram bibliotecárias, professoras, escritoras ou livreiras. Peg foi, ao menos, três itens dessa lista, mas estava longe agora, e isso me apavorava.

Ela tinha passado o verão todo no México, terminando seus estudos em literatura espanhola, aprendendo o idioma, viajando em trens com peões malvados ou em ônibus com porcos felizes, escrevendo-me cartas cheias de amor em Tamazunchale ou cartas entediadas em Acapulco, onde o sol brilhava forte e os gigolôs não brilhavam o suficiente; pelo menos não para ela, amiga de Henry James e consultora de Voltaire e Benjamin Franklin. Ela carregava uma lancheira cheia de livros para todo lado. Muitas vezes pensei que ela comia os irmãos Goncourt como sanduíches nos chás do fim de tarde.

Peg.

Uma vez por semana ela ligava de algum lugar perdido nos vilarejos ou nas grandes cidades, recém-saída das catacumbas de múmias de Guanajuato ou ofegante após uma descida a Teotihuacán, e ouvíamos os batimentos cardíacos um do outro por três curtos minutos e ficávamos repetindo e repetindo as mesmas coisas idiotas um para o outro; o tipo de litania que soa bem não importa por quanto tempo ou com que frequência você a diga.

Toda semana, quando recebia a ligação, o sol brilhava sobre a cabine telefônica.

Toda semana, quando a conversa terminava, o sol morria e a névoa surgia. Eu queria correr e puxar as cobertas sobre minha cabeça. Em vez disso, fiz minha máquina de escrever soltar poemas ruins ou escrevi um conto sobre uma esposa marciana que, apaixonada, sonha que um terráqueo cai do céu para levá-la embora, e toma um tiro pelo incômodo causado.

Peg.

Algumas semanas, pobre como eu era, fazíamos uns truques de telefone.

A telefonista, da Cidade do México, perguntava meu nome.

— Quem? — eu dizia. — Pode repetir? Telefonista, pode falar mais alto, por favor?

Peg suspirava, ao longe. Quanto mais falava bobagens, mais tempo ficava na linha.

— Só um momento, telefonista, deixe-me ligar de novo.

A telefonista repetiu meu nome.

— Espere, vou ver se ele está aqui. Quem está chamando?

E a voz de Peg, rapidamente, responderia a três mil quilômetros de distância:

— Diga-lhe que é Peg! Peg.

E eu fingia ir embora e voltar.

— Ele não está aqui. Ligue daqui a uma hora.

— Uma hora ... — repetia Peg. E clique, zunzum, hum, ela se foi.

Peg.

Entrei na cabine e tirei o telefone do gancho.

— Sim? — gritei.

Mas não era Peg.

Silêncio.

— Quem é? — perguntei.

Silêncio. Mas havia alguém ali, não a três mil quilômetros de distância, mas muito perto. E a recepção foi tão nítida que pude escutar o ar se movendo nas narinas e na boca da pessoa quieta do outro lado.

— Então? — falei.

Silêncio. E o som que o silêncio faz em uma linha telefônica. Quem quer que fosse estava com a boca aberta, perto do transmissor.

Sussurros. Sussurros.

Meu Deus, pensei, não pode ser uma respiração pesada me ligando em uma cabine telefônica. As pessoas não ligam para cabines telefônicas! Ninguém sabe que este é meu escritório particular.

Silêncio. Respiração. Silêncio. Respiração.

Eu juro que aquele ar fresco sussurrou pelo receptor e gelou meu ouvido.

— Não, obrigado — falei.

E desliguei.

Eu estava no meio da rua, correndo de olhos fechados, quando ouvi o telefone tocar novamente.

Fiquei parado no meio da rua, olhando para o telefone, com medo de tocar nele, com medo de respirar.

Porém, quanto mais eu ficava ali, correndo o risco de ser atropelado, mais o aparelho soava como um telefone fúnebre ligando de um cemitério com notícias ruins que tivessem chegado por telegrama. Eu tive que pegar o fone.

— Ela ainda está viva — disse uma voz.

— Peg? — gritei.

— Calma — falou Elmo Crumley.

Eu caí contra a lateral da cabine, lutando para respirar, aliviado, mas com raiva.

— Foi você que ligou agora há pouco? — Suspirei. — Como você tem esse número?

— Todo mundo nessa porcaria de cidade vê aquele telefone tocar e você correndo para atender.

— Quem está viva?

— A senhora dos canários. Dei uma passada lá tarde da noite...

— Isso foi ontem à noite.

— Não é por isso que estou ligando, droga. Vá para minha casa no final da tarde. Eu vou te esfolar vivo.

— Por quê?

— Às três da madrugada, o que você estava fazendo parado de pé do lado de fora da minha casa?

— Eu?!

— É melhor você ter uma boa desculpa, por Deus. Não gosto de ser assustado. Estarei em casa por volta das cinco. Se você falar rápido, talvez consiga uma cerveja. Se tentar me enrolar, acabo com você.

— Crumley! — gritei.

— *Esteja* lá. — E desligou.

Caminhei devagar até minha porta da frente. O telefone tocou outra vez.

Peg!

Ou o homem com gelo na respiração?

Ou Crumley sendo mau?

Abri a porta com violência, saltei para dentro, fechei com força e então, com paciência excruciante, enrolei uma folha em branco de Elmo Crumley em minha Underwood e o obriguei a me dizer apenas coisas boas.

E dez mil toneladas de névoa caíram sobre Venice e tocaram minhas janelas e entraram pelas frestas da porta.

Toda vez que minha alma se torna um novembro úmido e sombrio, sei que é hora de me afastar do mar outra vez, e deixar alguém cortar meu cabelo.

Há algo em um corte de cabelo que aplaca o sangue, acalma o coração e alivia os nervos.

Além disso, eu escutava no fundo da minha mente o velho saindo do necrotério aos tropeços, lamentando:

— Meu Deus, quem fez aquilo no cabelo dele?

Cal, é claro, foi o responsável por aquele trabalho horrível. Então, eu tinha vários motivos para fazer uma visita. Cal, o pior barbeiro de Venice, talvez do mundo, mas barato, chamava através das ondas gigantes de névoa, esperando com sua tesoura cega, brandindo sua máquina elétrica de cortar que chocara e surpreendera escritores pobres e clientes inocentes que entravam na barbearia.

Cal, pensei. Corte fora a escuridão.

Curto na frente. Para que eu possa enxergar.

Curto nas laterais. Para que eu possa ouvir.

Curto na nuca. Para então poder sentir as coisas se aproximando de mim.

Curto!

Mas acabei não indo ao Cal.

Quando saí do meu apartamento névoa adentro, um desfile de grandes elefantes escuros passou na avenida Windward. O que significa uma pavana de caminhões pretos com enormes guindastes e imensas empilhadeiras atrás. Eles estavam a toda, indo em direção ao píer para colocá-lo abaixo, ou começar a derrubá-lo. Fazia meses que existiam rumores. E agora o dia havia chegado. Ou, no mais tardar, amanhã de manhã.

Eu tinha que me ocupar com algo até chegar a hora de ir ver Crumley.

E Cal não era exatamente o melhor passatempo do mundo.

Os elefantes chacoalharam e gemeram suas máquinas e sacudiram o pavimento a caminho de devorar o parque de diversões e os cavalos do carrossel.

Sentindo-me como um velho escritor russo, louco de amor por invernos assassinos e o avanço de nevascas, o que eu poderia fazer além de acompanhar aquilo tudo?

NA HORA EM QUE cheguei ao píer, metade dos caminhões já havia avançado para a areia e ia em direção à maré, para abocanhar o lixo que seria jogado por cima das grades. A outra metade ia na direção da China, por sobre as tábuas de madeira podre, moendo tudo até virar serragem.

Fui atrás, espirrando e usando Kleenex. Eu deveria estar em casa deitado com o meu resfriado, mas a ideia de ir para a cama com tanta neblina, cerração e chuva nos meus pensamentos me fazia resistir.

Fiquei pasmo com a minha própria cegueira, na metade do caminho do píer, vendo todas as pessoas ali que eu já havia visto, mas não conhecia. Metade dos brinquedos estava fechada com tábuas novas de pinho. Uns poucos permaneciam abertos, esperando que o tempo ruim entrasse e arremessasse as argolas ou derrubasse as garrafas de leite. Do lado de fora de meia dúzia de barracas, os jovens que pareciam velhos ou os velhos que pareciam mais velhos ficavam olhando aqueles caminhões rosnando na extremidade do píer, se preparando para pôr abaixo e devorar sessenta anos de diversão.

Olhei ao redor, me dando conta de que raras vezes eu tinha olhado atrás das portas planas derrubadas ou dos toldos enrolados e fechados.

Tive novamente a sensação de estar sendo seguido.

Uma grande pluma de névoa veio ao longo do píer, me ignorou e seguiu adiante.

Que grande premonição...

Aqui, a meio caminho do mar, há um pequeno barracão escuro pelo qual eu tinha passado em frente por ao menos dez anos sem ver as persianas levantadas.

Hoje, pela primeira vez, elas foram levantadas.

Olhei para dentro.

Meu Deus, pensei. Há uma biblioteca inteira ali.

Eu me aproximei rapidamente, imaginando quantas bibliotecas semelhantes estavam escondidas no píer ou perdidas nos velhos becos de Venice.

Fiquei parado junto à janela, relembrando noites em que vi uma luz atrás da sombra e uma mão sombria virando as páginas de um livro invisível, e ouvi uma voz sussurrando as palavras, declamando poemas, filosofando sobre um universo sombrio. Sempre me soou como um escritor com dúvidas ou um ator escorregando ladeira abaixo em um repertório de fantasmas, Lear com dois conjuntos adicionais de filhas malvadas e apenas metade da esperteza.

Mas agora, ao meio-dia desse dia, as persianas estavam abertas. Lá dentro, uma pequena luz ainda estava acesa em uma sala vazia de ocupantes, mas preenchida por uma mesa, uma cadeira e um sofá de couro antigo, porém enorme. Em volta do sofá, por todos os lados, elevando-se até o teto, estavam penhascos, torres e parapeitos de livros. Deviam existir milhares, socados e amontoados até o teto.

Recuei e olhei para as placas que eu já havia visto, mas não tinha olhado ao redor e acima da porta da cabana.

CARTAS DE TARÔ. Mas a impressão estava desbotada.

A placa seguinte, embaixo, dizia QUIROMANCIA.

A terceira, em letras maiúsculas, era FRENOLOGIA.

E embaixo, GRAFOLOGIA.

E de um lado, HIPNOTISMO.

Aproximei-me da porta, pois havia um cartão de visita muito pequeno preso com um percevejo logo acima da maçaneta.

Eu li o nome do dono do barracão:

A. L. SHRANK.

E abaixo do nome, escrito a lápis não tão fraco quanto *canários à venda*, estas palavras:

Psicólogo praticante.

O homem era uma ameaça sêxtupla.

Coloquei meu ouvido na porta e escutei.

Lá dentro, entre estantes de livros empoeirados, teria eu ouvido Sigmund Freud sussurrar que um pênis é apenas um pênis, mas um bom charuto é uma fumaça? Hamlet morrendo e levando todo mundo junto? Virginia Woolf, como uma Ofélia afogada, esticando-se para secar naquele sofá, contando sua triste história? Cartas de tarô sendo embaralhadas? Cabeças sendo medidas feito melões? Canetas arranhando?

— Vamos dar uma espiada — falei.

De novo, olhei pela janela, mas tudo o que vi foi o divã vazio, com a marca delineada de muitos corpos no meio. Era a única cama. À noite, A. L. Shrank dormia ali. De dia, será que estranhos se deitavam naquele móvel, agarrando-se ao seu íntimo como se fossem vidro quebrado? Eu não podia acreditar.

Mas os livros eram o que me fascinava. Eles não apenas abarrotavam as prateleiras, mas enchiam a banheira que eu conseguia vislumbrar através da porta entreaberta de um dos lados. Não havia cozinha. Se houvesse, a geladeira estaria cheia, sem dúvida, com cópias de *Peary no Polo Norte* ou *Byrd sozinho na Antártida*. A. L. Shrank, era óbvio, banhou-se no mar, como muitos outros aqui, e fazia seus banquetes nos cachorros-quentes de Herman, descendo a rua.

Mas não era tanto a presença de novecentos ou de mil livros, mas seus títulos, seus assuntos, seus nomes incrivelmente sombrios, amaldiçoados e terríveis.

No alto, centralizado em destaque, estava Thomas Hardy em toda a sua tristeza, ao lado de *Declínio e queda do Império Romano*, que se apoiava num temível Nietzsche e em um desesperançado Schopenhauer, de rostinho colado com *A anatomia da melancolia*, Edgar Allan Poe, Mary Shelley, Freud, as tragédias de Shakespeare (nenhuma comédia à vista), marquês de Sade, Thomas De Quincey, o *Mein Kampf* de Hitler, *A decadência do Ocidente*, de Spengler... E assim por diante...

Eugene O'Neill estava lá. Oscar Wilde, mas apenas seu triste ensaio na prisão, nenhuma de suas amabilidades de lilases ou risos de gencianas. Gengis Khan e Mussolini apoiavam-se um no outro. Livros de títulos como *Suicídio como resposta* ou *A noite escura de Hamlet* ou *Lemingues ao mar* estavam na prateleira mais alta. No chão estava *Segunda Guerra Mundial* e *Krakatoa, a explosão ouvida ao redor do mundo*, junto de *Índia, a faminta* e *Nasce o sol vermelho*.

Se você passar os olhos e a mente por livros assim, e olhar de novo, incrédulo, só há uma coisa que você pode fazer. Como uma versão ruim para o cinema de *Electra enlutada*, em que vem um suicídio atrás do outro, assassinato transcende assassinato, e incesto incita incesto, e a chantagem substitui as maçãs envenenadas e as pessoas caem escada abaixo ou pisam em tachinhas com estricnina, você finalmente bufa, joga a cabeça para trás, e...

Ri!

— Qual é a graça? — alguém atrás de mim perguntou.

Me virei.

— Eu perguntei: qual é a *graça*?

Ele ficou parado com seu rosto magro e pálido a cerca de quinze centímetros da ponta do meu nariz.

O homem que dormia naquele sofá de analista.

O homem que possuía todos aqueles livros apocalípticos.

A. L. SHRANK.

— Então? — ele insistiu.

— SUA BIBLIOTECA — GAGUEJEI.

A. L. Shrank me encarou, esperando.

Por sorte espirrei, o que interrompeu a risada e me permitiu tapar minha confusão com um lenço de papel.

— Perdão, perdão — falei. — Tenho exatamente catorze livros. Não é todo dia que você vê a Biblioteca Pública de Nova York transportada para o píer de Venice.

As chamas se extinguiram nos minúsculos e amarelos olhos de raposa de A. L. Shrank. Seus ombros finos como arame tombaram. Seus minúsculos punhos se abriram. Meu elogio o fez olhar pela própria janela como um estranho e ficar boquiaberto.

— Ora — ele murmurou, espantado —, sim, são todos meus.

Fiquei olhando para um homem que não tinha muito mais que um metro e meio de altura, talvez menos quando descalço. Senti uma necessidade terrível de verificar se ele usava salto alto, mas mantive os olhos ao nível de sua cabeça. Ele nem percebeu minha inspeção, de tão orgulhoso que estava com a proliferação de animais literários que infestavam suas estantes sombrias.

— Tenho cinco mil, novecentos e dez livros — anunciou.

— Tem certeza de que não são cinco mil, novecentos e *onze*?

Ele examinou sua biblioteca cuidadosamente e falou com uma voz fria:

— Por que você está rindo?

— Os títulos...

— Os títulos? — Ele se inclinou mais perto da janela para vasculhar as prateleiras em busca de algum traidor que se destacasse entre todos aqueles livros assassinos.

— Bem — falei, sem muita convicção —, não há verões, bons ventos ou tempo bom em sua biblioteca? Você não tem nenhum livro alegre, achados felizes como *Esboços ensolarados de uma cidadezinha*, de Leacock? *O sol é minha ruína? A noiva desconhecida? Risadas de junho?*

— Não! — Shrank ficou na ponta dos pés para dizer, então se controlou e abaixou. — Não...

— Que tal o *Salão de Headlong*, de Peacock, ou *Huck Finn, Três homens num barco, Como era verde meu pai? As aventuras do sr. Pickwick?* Robert Benchley? James Thurber? S. J. Perelman...

Eu metralhei os títulos. Shrank escutou e quase se encolheu com o meu recital de alegria. E me deixou seguir.

— Que tal *As melhores piadas de Savonarola* ou *Provérbios engraçadinhos de Jack, o Estripador...* — Eu parei.

A. L. Shrank era todo sombra e gelo, e virou as costas.

— Desculpe — falei, e eu me sentia mal mesmo. — O que eu realmente gostaria de fazer algum dia é passar por aqui para bisbilhotar. Isto é, se você me permitir.

A. L. Shrank avaliou, decidiu que eu estava arrependido e moveu-se para tocar a porta de sua loja. Ela rangeu suavemente ao abrir. Ele se virou para me examinar com seus minúsculos olhos âmbar brilhantes, seus dedos finos se contraindo ao lado do corpo.

— Por que não agora? — propôs.

— Não posso. Mais tarde, senhor...

— Shrank. A. L. Shrank. Psicólogo consultor. Não, não *shrink* como em "psiquiatra", como você pode estar pensando. Apenas Shrank, médico de campo para criaturas perdidas.

Ele estava imitando minha brincadeira. Seu sorriso fino era uma duplicata fraca do meu. Senti que ele iria desaparecer se eu, por minha vez, calasse a boca. Olhei por cima dele.

— Como é que você deixou aquela velha placa de tarô no lugar? E quanto à frenologia e ao hipnotismo...

— Você se esqueceu de mencionar minha placa de grafologia. E aquela que menciona numerologia está logo atrás da porta. Fique à vontade.

Eu me movi, mas parei.

— Venha comigo — convidou A. L. Shrank. — Vamos — disse ele, realmente sorrindo agora, o sorriso de um peixe, porém, não de um cachorro. — Entre.

A cada comando gentil, avancei, meus olhos tocando com óbvia ironia a placa de hipnotismo acima da cabeça do homem minúsculo. Seus olhos não piscaram.

— Venha — insistiu A. L. Shrank, apontando para sua biblioteca sem olhar para ela.

Achei o convite irresistível, apesar dos acidentes de carro, dirigíveis em chamas, explosões de minas terrestres e delapidações mentais que eu sabia que cada livro continha.

— Bem... — falei.

Foi então que todo o píer balançou. Bem ao final, no nevoeiro, uma grande criatura o atingiu. Era como uma baleia atropelando um navio ou o *Queen Mary* se chocando contra as antigas estacas. Aqueles brutamontes de ferro lá fora, escondidos, estavam começando a despedaçar as tábuas.

As vibrações atingiram as tábuas e subiram pelo meu corpo e pelo corpo de Shrank, com choques de mortalidade e destruição. Nossos ossos chacoalharam nosso sangue. Nós dois sacudimos as cabeças para tentar olhar, através da névoa, para a devastação em algum lugar além. Os golpes poderosos me afastaram um pouco da porta. A batida titânica fez A. L. Shrank estremecer e arrepiar-se e mover-se lentamente em sua soleira feito um brinquedo perdido. Outra palidez floresceu dentro da palidez de seu rosto. Ele parecia um homem em pânico por causa de um terremoto ou maremoto atingindo o píer. Repetidamente, as grandes máquinas martelavam e martelavam na névoa a cem metros de distância, e rachaduras invisíveis pareciam surgir na testa e nas bochechas leitosas de A. L. Shrank. A guerra havia começado! Logo os tanques sombrios se moveriam pesados ao longo do píer, destruindo tudo pelo caminho, uma enxurrada de emigrados do carnaval correndo na direção deles para a terra, A. L. Shrank prestes a se juntar a eles quando sua casa de cartas de tarô escuras tombasse.

Foi minha chance de escapar, mas falhei.

O olhar de Shrank havia se voltado para mim, como se eu pudesse salvá-lo daquela invasão logo além. A qualquer momento, ele poderia agarrar meu braço buscando apoio.

O píer estremeceu. Fechei os olhos.

Pensei ter escutado o telefone do meu escritório secreto tocando. Quase gritei *meu telefone! É para mim!*

Mas fui salvo por uma maré de homens e mulheres, e algumas crianças, correndo para o outro lado, não em direção à terra, mas para a extremidade do píer, com um grandalhão numa capa escura e chapéu mole estilo G. K. Chesterton abrindo o caminho.

— Último passeio, último dia, última vez! — ele gritou. — Última chance! *Vamos!*

— Shapeshade — murmurou A. L. Shrank.

E era isso mesmo. Shapeshade, o único dono e proprietário do antigo Cinema Venice, no sopé do píer, que seria pavimentado e transformado em pasta de celuloide dentro de uma semana.

— Por *aqui!* — chamou a voz de Shapeshade a partir da névoa. Eu olhei para A. L. Shrank.

Ele deu de ombros e assentiu com a cabeça, dando sua permissão.

Corri para o nevoeiro.

O LONGO RANGIDO E os estalos, o lento clangor, o chocalhar e o rugido ascendente, feito uma imensa centopeia-robô escalando a lateral de um pesadelo, parando no topo para respirar, e então cair rolando em um serpentear de guinchos, arranhões, e um rugido trovejante, em gritos, em guinchos humanos descendo o vão abismal, para lá atacar, desta vez mais rápido, outra colina, outra escalada em que vai subindo cada vez mais alto, para a queda na histeria.

A montanha-russa.

Fiquei olhando para ela através da névoa.

Em uma hora, disseram, estaria morta.

Havia sido parte da minha vida desde que me conheço por gente, aqui você podia ouvir à noite as pessoas rindo e gritando enquanto subiam às alturas da assim chamada existência e mergulhavam rumo à sua ruína imaginária.

Então, esta seria a última viagem de final de tarde, pouco antes de os especialistas em dinamite prenderem os explosivos nas pernas daquele dinossauro e colocá-lo de joelhos.

— Vem nessa! — um menino gritou. — É de graça!

— Mesmo de graça, nunca achei que fosse outra coisa senão uma tortura — falei.

— Ei, olha quem está aqui no banco da frente — alguém berrou. — E atrás!

O sr. Shapeshade estava lá, puxando seu enorme chapéu preto até as orelhas, rindo. Atrás dele estava Annie Oakley, a mulher dos rifles.

Atrás dela, sentado, o homem que dirigia a "Casa de espelhos"; ao lado dele estava a velha que girava a máquina de algodão-doce cor-de-rosa, vendendo ilusões que derretiam na boca e te deixavam com fome muito antes da comida chinesa.

Atrás deles estava o pessoal do "Derrube as garrafas" e do "Jogo de argolas", todos parecendo posar para uma foto de passaporte para a eternidade.

Apenas o sr. Shapeshade, como timoneiro, estava cheio de júbilo.

— Como disse o capitão Ahab, não se acovardem! — ele chamou.

Isso fez eu me sentir como uma ovelha.

Deixei o bilheteiro da montanha-russa me ajudar a entrar na última fila dos covardes.

— Esta é sua primeira viagem? — Ele riu.
— E minha última.
— Todo mundo pronto para gritar?
— Por que não? — berrou Shapeshade.
Me tirem daqui, pensei. Vamos todos morrer!
— Lá vamos nós! — bradou o bilheteiro.
Era subir até o céu e descer direto para o inferno.

Tive a terrível sensação de que haviam explodido os pilares da montanha-russa enquanto descíamos.

Quando chegamos ao topo, olhei por cima. A. L. Shrank estava no píer, olhando para nós, lunáticos, que havíamos embarcado voluntariamente no *Titanic*. A. L. Shrank recuou na névoa.

Mas cá estávamos subindo outra vez. Todo mundo gritou. *Eu* gritei. Jesus, pensei, e parecia que gritávamos a sério!

QUANDO TUDO ACABOU, os celebrantes se afastaram na névoa, enxugando os olhos, apoiando-se um no outro.

O sr. Shapeshade ficou ao meu lado enquanto os homens da dinamite correram para embrulhar seus explosivos em torno das vigas e suportes do grande brinquedo.

— Você vai ficar para assistir? — perguntou o sr. Shapeshade suavemente.

— Não acho que eu aguentaria — respondi. — Vi um filme uma vez em que atiravam em um elefante bem diante da câmera. A maneira como ele caiu e se desfez, desabando, me deixou terrivelmente mal. Foi como assistir a alguém bombardear a cúpula de São Pedro. Eu queria matar os caçadores. Não, obrigado.

De todo modo, um homem estava acenando para nós com bandeirinhas.

Shapeshade e eu voltamos através da névoa. Ele segurou meu cotovelo, como um bom tio da Europa Oriental aconselhando seu sobrinho favorito.

— Esta noite. Sem explosões. Sem destruições. Apenas alegria. Diversão. Bons velhos tempos. Meu cinema. Talvez esta noite seja nossa última noite de cinema. Talvez amanhã. De graça. Grátis. Bom garoto, *esteja* lá.

Ele me abraçou e avançou pela névoa como um grande barco rebocador.

Ao passar pela casa de A. L. Shrank, vi que a porta ainda estava aberta. Mas não entrei.

Eu queria correr, ligar a cobrar no telefone do meu posto de gasolina, mas temia que três mil quilômetros de silêncio sussurrassem de volta para mim sobre mortes em ruas iluminadas pelo sol, carnes vermelhas penduradas nas janelas de alguma *carnecería* e uma solidão tão vasta que seria como uma ferida aberta.

Meu cabelo ficou grisalho. Ele cresceu um centímetro.

Cal!, pensei. Meu querido e horrível barbeiro, aqui vou eu.

A BARBEARIA DE CAL em Venice ficava do outro lado da rua da prefeitura, contígua a uma loja de penhores onde moscas pendiam de rolos de papel pega-mosca feito trapezistas mortos, deixadas na vitrine por dez anos, e onde homens e mulheres saídos da prisão do outro lado entravam feito sombras e saíam como roupas inabitadas. Ao lado havia uma pequena mercearia familiar, da qual os pais já tinham partido, o filho ficava sentado de bruços na janela o dia todo, vendia talvez uma lata de sopa e anotava apostas de corridas de cavalos feitas por telefone.

A barbearia, embora tivesse algumas moscas na janela mortas há não mais de dez dias, pelo menos era lavada uma vez por mês por Cal, que administrava o local com uma tesoura bem lubrificada, cotovelos nem tanto e fofocas em hálito de hortelã saídas de sua boca toda rosada. Ele agia como se administrasse um apiário com medo de que as abelhas saíssem de controle enquanto lutava contra o grande inseto prateado e trôpego em torno de suas orelhas até que de repente congelava, cortava e segurava seu cabelo até que amaldiçoasse e puxasse para trás como se estivesse arrancando dentes.

Motivo pelo qual, além do financeiro, eu cortava meu cabelo com Cal apenas duas vezes por ano.

E duas vezes por ano, também, porque, de todos os barbeiros do mundo, Cal falava, borrifava, cortava, aconselhava e zumbia mais do que todos, o que entorpecia os pensamentos. Cite qualquer assunto, ele conhece tudo, de cima a baixo, pelos lados e até pelo fundo, e no meio de uma explicação sobre alguma bobagem qualquer de Einstein, ele iria parar, fechar um olho, erguer o queixo e fazer a Grande Pergunta sem Resposta Segura:

— Ei, alguma vez já te contei sobre mim e o velho Scott Joplin? Ora, o velho Scott e eu, por Deus e por Jesus, escuta só. Naquele dia em 1915, quando ele me ensinou a tocar "Maple leaf rag". Deixa eu te contar.

Havia uma foto de Scott Joplin na parede, assinada a tinta alguns séculos atrás e desbotada como a mensagem da mulher dos canários. Naquela foto você podia ver um Cal muito jovem, sentado em um banquinho de piano, e, curvado sobre ele, Joplin, suas grandes mãos negras cobrindo as do menino feliz.

Lá estava aquele garoto alegre, para sempre na parede, capturado no filme, curvando-se para agarrar as teclas do piano, pronto para mergulhar na vida, no mundo, no universo, devorar tudo. A expressão no rosto daquele menino era tal que partia meu coração toda vez que eu a via. Então, não olhava para ela com frequência.

Já era doloroso o bastante ver Cal a observando, juntando sua saliva para fazer a antiquíssima Grande Pergunta e, sem que ninguém pedisse, correr para o piano e tocar aquele *ragtime*.

Cal.

Cal parecia um caubói que agora montava cadeiras de barbeiro. Pense nos vaqueiros do Texas, magros, castigados pelo tempo, permanentemente tingidos pelo sol, dormindo com seus Stetsons, grudados para toda a vida, tomando banho com os malditos chapéus. Era Cal, circulando o inimigo, o cliente, de arma na mão, devorando o cabelo, cortando costeletas, escutando as tesouras, admirando a sinfonia de máquinas elétricas de cortar cabelo, falando, falando, enquanto eu o imaginava como um vaqueiro dançando ao redor de minha cadeira, com o Stetson jogado para trás, ansioso em pular para o piano e fazê-lo sorrir.

Às vezes eu fingia que não o via lançando aquelas encaradas malucas, soltando seus olhares amorosos para as teclas pretas e brancas, brancas e pretas a sua espera. Mas, finalmente, eu soltava um grande suspiro masoquista e bradava:

— Tudo bem, Cal, manda ver.

Cal mandava ver.

Eletrificado, ele disparava pela sala numa ginga de caubói, dois dele, um no espelho, mais rápido e brilhante do que o real, puxando a tampa do piano para mostrar toda aquela arcada dentária amarelada pulsando para que lhe tirassem uma música.

— Escuta isso, filho. Você já ouviu alguma coisa, alguma vez na vida, alguma vez ouviu algo assim?

— Não, Cal — eu falava, esperando na cadeira com minha cabeça arruinada pela metade. — Não — eu dizia honestamente —, nunca escutei.

* * *

— Meu Deus — bradou, dentro da minha cabeça, o velho saindo do necrotério uma última vez —, quem fez aquilo no cabelo dele?

Vi a parte culpada parada de pé na janela de sua barbearia, olhando para a névoa lá fora, parecendo-se com uma dessas pessoas em salas ou cafeterias ou esquinas vazias das pinturas de Hopper.

Cal.

Tive que me forçar a abrir a porta da frente e entrar, olhando para baixo, cautelosamente.

Havia cachos de cabelo castanho, preto e cinza por todo o lugar.

— Ei — eu disse, com falsa jovialidade. — Parece que você teve um ótimo dia!

— Sabe — disse Cal, olhando pela janela —, aquele cabelo está ali há cinco, seis semanas. Ninguém em sã consciência entra por aquela porta, exceto vagabundos, o que você não é, ou idiotas, o que você não é, ou carecas, o que você não é, perguntando o caminho do hospício, e coitados, o que *você* é, então sente-se na cadeira e prepare-se para ser eletrocutado, os cortadores elétricos estão quebrados há dois meses e não tenho dinheiro para consertar aquelas coisas malditas. Sente-se.

Obediente ao meu carrasco, me adiantei e me sentei, observando os fios de cabelo espalhados pelo chão, símbolos de um passado silencioso que deve ter significado alguma coisa, mas não falei nada. Mesmo olhando de soslaio, eu não conseguia imaginar formas estranhas ou previsões iminentes.

Por fim, Cal se virou e atravessou aquele mar de porcelanato e madeixas abandonadas para deixar suas mãos pegarem, por conta própria, o pente e a tesoura. Ele hesitou atrás de mim, feito um lenhador triste por ter que cortar a cabeça de algum jovem rei.

Ele me perguntou quão curto eu queria, ou quão arruinado eu queria, você decide, mas eu estava ocupado olhando para o branco e ofuscante vazio ártico da loja em...

O piano de Cal.

Pela primeira vez em quinze anos, estava coberto. Seu sorrisão oriental cinza-amarelado estava invisível debaixo da mortalha de um lençol branco.

— Cal. — Meus olhos estavam no lençol. Eu tinha esquecido, por um momento, o velho da bilheteria de Venice deitado, frio, com um corte de cabelo terrível. — Cal — falei —, por que não está dedilhando o seu *rag*?

Cal ficou com sua tesoura fazendo *zip-zip-zip* e depois *zip-zip-zip* em volta do meu pescoço.

— Cal? — perguntei. — O que está acontecendo? — prossegui.

— Quando a morte para? — disse Cal, muito distante.

E agora o zangão zumbiu e picou minhas orelhas e fez o velho calafrio correr por minha espinha, e então Cal se ocupou em cortar com sua tesoura cega como se estivesse colhendo uma safra de trigo selvagem, xingando baixinho. Senti um leve odor de uísque, mas mantive meus olhos fixos à frente.

— Cal? — falei.

— Me mata. Não, eu queria dizer merda.

Ele atirou a tesoura, o pente e aquela abelha cromada e morta na prateleira, e cambaleou através do oceano de cabelos velhos para arrancar o lençol do piano, que sorriu feito uma grande coisa estúpida quando ele se sentou e colocou as duas mãos sobre as teclas como pincéis fracos, prontas para pintar Deus sabe o quê.

O que saiu dali foi como dentes quebrados em uma mandíbula esmagada.

— Droga. Inferno. Porcaria. Eu estava acostumado com isso, costumava tirar um bom som daquela coisa que o Scott me ensinou, o velho Scott... Scott.

Sua voz morreu.

Ele olhou para a parede acima do piano. Desviou o olhar quando me viu olhando, mas era tarde demais.

Pela primeira vez em vinte anos, aquela foto de Scott Joplin havia sumido.

Eu me inclinei para a frente na cadeira, meu queixo caiu.

Nesse momento, Cal se forçou a jogar o lençol mais uma vez sobre o sorrisão e voltar, de luto em seu próprio velório, para ficar atrás de minha cadeira e pegar os instrumentos de tortura novamente.

— Scott Joplin noventa e sete, o barbeiro Cal, zero — disse ele, descrevendo um jogo perdido.

Ele correu os dedos trêmulos por minha cabeça.

— Jesus, olha o que eu fiz com você. Meu Deus, que corte porco, e não estou nem na metade. Eu deveria te pagar por todos os anos que o fiz andar por aí se parecendo com um terrier sarnento. Não bastasse isso, deixa eu te contar o que eu fiz com um cliente três dias atrás. Foi terrível. Talvez eu tenha feito o pobre coitado ficar parecendo tão mal que alguém o matou para aliviá-lo do sofrimento!

Me inclinei para a frente outra vez, mas Cal me puxou suavemente para trás.

— Eu devia te dar novocaína, mas não dou. Quanto ao velho, escuta só!

— Estou escutando, Cal — avisei, pois era para isso que eu estava ali.

— Sentou-se exatamente onde você está sentado agora — disse Cal. — Sentou-se bem aqui, como você está sentado, olhou-se no espelho e disse: mãos à obra. Foi o que ele disse. Cal, mãos à obra. A maior noite da minha vida, ele disse. Salão de Bailes Myron, no centro de Los Angeles. Não vou lá há anos. Me ligaram, falaram que ganhei o grande prêmio, ele disse. De quê?, eu perguntei. O mais importante residente de Venice, me falaram. Por que isso é um motivo de celebração? Cale a boca e se arruma, me falaram. Então aqui estou, Cal. Deixa tudo bem curto, mas não me faça parecer uma bola de bilhar. E jogue um pouco daquele Tônico Tiger. Cortei até não poder mais. O velho deve ter economizado uns dois anos de cortes de cabelo naquele monte nevado. O ensopei de tônico até as pulgas fugirem. Saiu daqui feliz, deixando os seus últimos dois dólares para trás, eu não poderia imaginar. Sentado bem onde você está. E agora ele está morto — acrescentou Cal.

— Morto! — quase gritei.

— Alguém o encontrou em uma jaula de leão submersa nas águas do canal. Morto.

— Alguém — falei. Mas não acrescentei "eu!".

— Acho que o velho nunca tomou champanhe antes ou então foi há muito tempo, se entupiu de bebida e caiu. Cal, ele disse, quero serviço completo. Só para você ver, certo? Poderia ser eu ou você naquele canal, com a mesma probabilidade, e agora, meu Deus, ele está sozinho para sempre. Não te faz pensar? Ei, olhe só para você, meu filho. Não parece muito bem. Eu falo demais, não é?

— Ele disse quem iria buscá-lo e como, quando e por quê? — perguntei.

— Nada extravagante, até onde sei. Alguém viria no grande bonde da Venice Short Line, o pegaria, o levaria direto para a porta do Salão de Bailes Myron. Você já pegou o trem no sábado à noite por volta da uma? Velhas senhoras e senhores saindo amontoados do Myron com suas peles cheirando a naftalina e os smokings verdes, cheirando a perfume Ben Hur e charutos baratos, felizes por não terem quebrado uma perna na pista de dança, as cabeças carecas suando, rímel escorrendo e as peles de raposa começando a estragar? Eu fui uma vez, olhei em volta e saí. Percebi que o bonde poderia parar no cemitério Rose Lawn, no caminho para o mar, e metade dessas pessoas desceria. Não, obrigado. Eu falo demais, não falo? É só dizer se eu estiver falando... De qualquer forma — ele continuou enfim —, ele está morto e se foi, e o pior é que ele vai ficar deitado na cova pelos próximos mil anos, lembrando de quem diabos lhe deu seu último corte de cabelo horrível, e a resposta é "fui eu". Então, foi uma dessas semanas. Pessoas com cortes de cabelo ruins desaparecem, acabam se afogando, e por fim eu sei muito bem que minhas mãos não servem para nada, e...

— Você não sabe quem foi que pegou o velho e o levou ao baile?

— Quem vai saber? Quem se importa? O velho disse que, seja lá quem fosse, havia lhe dito para encontrá-lo na frente do Cinema Venice às sete, ver parte de um show, jantar no Modesti's, o último café do píer ainda aberto, dar um olá e ir para o salão de baile no centro da cidade. Para uma valsa rápida com uma rainha do baile de 99 anos, que noite, hein? Então, para casa, para a cama, para sempre! Mas por que você quer saber de tudo isso, filho?

O telefone tocou.

Cal olhou para ele, seu rosto perdendo a cor. O telefone tocou três vezes.

— Você não vai atender, Cal? — perguntei.

Cal o olhou da mesma forma que olhei para o telefone do escritório do posto de gasolina, e três mil quilômetros de silêncio e respiração ofegante pelo caminho. Ele balançou a cabeça.

— Por que eu atenderia o telefone quando só tem más notícias ali? — falou.

— Alguns dias, a gente se sente assim — comentei.

Tirei o avental do pescoço, devagar, e me levantei.

Automaticamente, Cal estendeu a palma para pegar meu dinheiro. Quando ele viu sua mão ali, praguejou e a deixou cair, se virando e batendo na caixa registradora.

Saltou a plaquinha de NENHUMA VENDA.

Eu me olhei no espelho e quase gritei feito uma foca com o que vi.

— É um ótimo corte de cabelo, Cal — afirmei.

— Cai fora.

Na saída, levantei a mão para encostar onde a foto de Scott Joplin costumava ficar pendurada, tocando coisas ótimas com dedos que eram como dois cachos de grandes bananas negras.

Se Cal viu, ele não comentou.

Ao sair, escorreguei sobre um pouco de cabelo velho.

ANDEI ATÉ ENCONTRAR A luz do sol e o bangalô de Crumley em meio à grama alta.

Fiquei do lado de fora.

Crumley deve ter sentido minha presença ali. Ele abriu a porta e disse:

— Você está fazendo *isso* de novo?

— Não era eu. Não sou bom em sair assustando as pessoas às três da madrugada — respondi.

Ele olhou para sua mão esquerda e a estendeu em minha direção.

Havia um pequeno amontoado de algas verdes e oleosas em sua palma, com marcas de amassado.

Estendi a mão, como alguém largando um ás na mesa, e abri meus dedos.

Meu tufo idêntico de alga marinha, mais seca e quebradiça, estava na palma da minha mão.

Os olhos de Crumley moveram-se das nossas mãos para os meus olhos, minha testa, minhas bochechas, meu queixo. Ele suspirou.

— Torta de damasco, abóboras de Halloween, tomates de fundo de quintal, pêssegos de fim de estação, filho de Papai Noel da Califórnia, você está com cara disso tudo. Com uma cara assim, como posso acusá-lo de algo?

Ele baixou as mãos e se afastou.

— Você gosta de cerveja, né?

— Não muito — falei.

— Prefere um leite achocolatado?

— Você teria aí?

— Não, droga. Você vai beber cerveja e vai gostar. Entra aqui.

— Ele se afastou, balançando a cabeça, entrei e fechei a porta, sentindo-me como um estudante do ensino médio voltando para visitar seu professor do nono ano.

Crumley estava parado na janela da sala, olhando para o caminho de terra seca que eu havia percorrido pouco antes.

— Às três da madrugada, por Deus — ele murmurou. — Às três. Bem ali. Eu ouvi alguém chorando, pode imaginar? Chorando? Me deu arrepios. Parecia o espírito de uma *banshee*. Inferno. Deixe-me olhar para o seu rosto de novo.

Mostrei meu rosto a ele.

— Jesus — disse ele. — Você sempre cora tão facilmente?

— Eu não posso evitar.

— Cristo, você poderia massacrar metade de uma aldeia hindu e ainda se parecer com o Ursinho Pooh. O que você comeu hoje?

— Barras de chocolate. E tenho seis tipos de sorvete na geladeira, quando posso comprar.

— Aposto que compra isso em vez de pão.

Eu queria dizer não, mas ele teria notado a mentira.

— Senta aí e relaxa, e me diz: que tipo de cerveja você mais detesta? Eu tenho uma Budweiser que é péssima, uma Budweiser que é horrível, e a Bud, que é a pior de todas. Pode escolher. Não, não escolha. Permita-me.

Ele foi até a cozinha e voltou com duas latas.

— Ainda tem um pouco de sol. Vamos sair daqui.

Ele abriu caminho até seu quintal.

O JARDIM DE CRUMLEY era inacreditável.

— Por quê? — Ele me conduziu pela porta dos fundos de seu bangalô, adentrando a luxuriante luz verde de milhares de plantas, heras, papiros, aves-do-paraíso, suculentas e cactos. Crumley sorriu. — Tem seis dezenas de espécies diferentes de epifilo ali, aquilo ali contra a cerca é milho de Iowa, isso, uma ameixeira, isso é damasco, isso é laranja. Quer saber por quê?

— Todo mundo precisa de duas, três ocupações — falei, sem hesitar. — Uma só não é o bastante, assim como uma vida não é o bastante. Eu quero uma dúzia de ambos.

— Na mosca. Médicos deveriam cavar valas. Escavadores deveriam cuidar de jardins de infância um dia por semana. Os filósofos deveriam lavar pratos com uma colher gordurosa duas em cada dez noites. Os matemáticos deveriam soprar apitos nos ginásios do ensino médio. Os poetas deveriam dirigir caminhões para variar o cardápio, e detetives da polícia...

— Devem ter e cuidar de um Jardim do Éden — completei calmamente.

— Jesus. — Crumley riu, balançou a cabeça e olhou para as algas verdes que esmagou na palma da mão. — Você é um sabe-tudo chato. Acha que me sacou? Surpresa! — Ele dobrou e girou uma válvula de jardim. — Escutai, como diziam antigamente. Observai!

Uma chuva suave abriu-se em flores brilhantes que tocaram todo o Éden com sussurros que diziam: Suavidade. Quietude. Serenidade. Fique aqui. Viva para sempre.

Senti todos os meus ossos encolhendo sob minha carne. Algo como uma pele escura caiu das minhas costas.

Crumley inclinou a cabeça para o lado para estudar meu rosto.

— Então?

Dei de ombros.

— Você vê tanta podridão toda semana, você precisa disso.

— O problema é que os caras da delegacia não vão tentar nada *desse* tipo. Triste, hein? Ser apenas um policial e mais nada, para sempre? Meu Deus, eu me mataria. Quer saber, eu gostaria de poder trazer para cá toda a podridão que vejo toda semana e usá-la como fertilizante. Rapaz, as rosas que eu plantaria!

— Ou as papa-moscas — falei.

Ele ponderou e concordou.

— Essa te valeu uma cerveja.

Ele abriu caminho até a cozinha e fiquei observando a floresta tropical, aspirando fundo o ar frio, mas incapaz de sentir o cheiro devido ao resfriado.

— Passei pela sua casa anos e anos — comentei —, e me perguntava quem poderia viver dentro de uma grande floresta caseira. Agora que o conheço, sei que *tinha que* ser você.

Crumley se conteve para não cair no chão se contorcendo de alegria com o elogio. Ele se controlou e abriu duas cervejas horríveis, uma das quais consegui beber.

— Não consegue fazer uma cara melhor que essa aí? — me perguntou. — Você *realmente* prefere leite achocolatado?

— Sim. — Tomei um gole maior e isso me deu coragem para perguntar. — A propósito, o que estou fazendo aqui? Você me convidou por causa daquilo que encontrou na frente de sua casa, aquela alga? Agora estou aqui, olhando sua selva e bebendo sua cerveja ruim. Não sou mais um suspeito?

— Ah, pelo amor de Deus. — Crumley deu um gole em sua própria bebida e me encarou. — Se eu achasse que você fosse algum tipo de domador de leões maluco que enfia pessoas em jaulas, você já estaria atrás das grades há dois dias. Acha que não sei tudo sobre você?

— Não tem muito o que saber — respondi timidamente.

— Uma ova que não tem. Escute. — Crumley tomou outro gole, fechou os olhos e leu os detalhes por trás das pálpebras. — A um quarteirão do seu apartamento fica uma loja de bebidas e uma sorveteria, e ao lado, uma mercearia chinesa. Todos pensam que você é maluco. O Doidinho, é como te chamam. De vez em quando é o Abobado. Você fala alto e fala muito. Eles escutam. Cada vez que você vende um conto para a *Weird Tales* ou a *Astonishing Stories*, todo mundo no píer fica sabendo, porque você abre a janela e grita. Jesus. Mas o ponto principal, garoto, é que eles gostam de você. Você não tem futuro, isso é certo, todos concordam, afinal, quem diabos vai realmente pousar na lua, e quando? Entre hoje e o ano 2000, alguém vai se importar com Marte? Só você, Flash Gordon. Só o Doidinho, o Buck Rogers.

Eu estava ficando muito vermelho, de cabeça baixa, meio zangado e um tanto envergonhado, mas de alguma forma satisfeito com toda essa atenção. Eu já havia sido chamado de Flash e Buck com alguma frequência, mas de algum modo, quando Crumley disse, passou direto sem ser ofensivo.

Crumley abriu os olhos, viu meu rubor e disse:

— Agora, *corta* essa.

— Por que você saberia tudo isso sobre mim, muito tempo antes de o velho ser... — parei e reformulei — ... Antes de ele morrer?

— Sou curioso com tudo.

— A maioria das pessoas não é. Descobri isso quando tinha catorze anos. Todo mundo parou de dar brinquedos naquele ano. Eu falei para os meus pais, sem brinquedos, sem Natal. Então continuaram me dando brinquedos todos os anos. Os outros meninos ganhavam camisas e gravatas. Eu fiz astronomia. Dos quatro mil alunos do meu colégio, havia apenas quinze outros meninos e catorze meninas que olhavam os céus comigo. O resto estava correndo ao redor da pista e olhando para os pés. Então, aconteceu que...

Virei-me instintivamente, pois algo me agitou. Me vi vagando pela cozinha.

— Tive um pressentimento — falei. — Posso...?

— O quê? — perguntou Crumley.

— Você tem um escritório aqui?

— Claro. Por quê? — Crumley franziu a testa, levemente alarmado.

Isso só me fez forçar um pouco mais.

— Se importa se eu der uma olhada?

— Bem...

Eu me movi na direção para a qual os olhos de Crumley haviam se dirigido.

O cômodo ficava logo depois da cozinha. Havia sido um quarto, mas agora estava vazio, exceto por uma escrivaninha, uma cadeira e uma máquina de escrever sobre a escrivaninha.

— Sabia — falei.

Me coloquei atrás da cadeira e olhei para a máquina, que não era uma Underwood Standard velha e surrada, mas uma Corona relativamente conservada com uma fita nova e uma pilha de folhas amarelas esperando de um lado.

— *Isso* explica por que você me olha desse jeito — falei. — Deus, sim, sempre inclinando a cabeça para um lado e para o outro, carrancudo, estreitando os olhos!

— Tentando tirar um raio X dessa sua cabeçona, ver se há um cérebro ali e como ele faz o que faz — disse Crumley, inclinando a cabeça ora para a esquerda, ora para a direita.

— Ninguém sabe como o cérebro funciona, nem escritores, ninguém. Tudo o que faço é *vomitar* toda manhã, e *limpar* tudo ao meio-dia.

— Bobagem — disse Crumley gentilmente.

— É verdade.

Olhei para a escrivaninha, que tinha três gavetas de cada lado do cubículo.

Estiquei a mão em direção à última gaveta à esquerda.

Crumley balançou a cabeça.

Mudei de posição e estendi a mão para tocar a gaveta inferior à direita.

Crumley assentiu.

Abri a gaveta lentamente.

Crumley suspirou.

Havia um manuscrito em uma caixa aberta. Parecia ter cerca de cento e cinquenta a duzentas folhas, começando na página um, sem página de título.

— Há quanto tempo isso está aqui na gaveta de baixo? — perguntei. — Perdão.

— Tudo bem — disse Crumley. — Cinco anos.

— Você vai terminar agora — falei.

— O diabo que vou. Por que terminaria?

— Porque eu te disse para terminar. E eu sei que vai.

— Feche a gaveta — ordenou Crumley.

— Ainda não. — Puxei a cadeira, sentei-me e coloquei uma folha de papel amarelado na máquina.

Escrevi cinco palavras em uma linha e, em seguida, mudei para baixo e escrevi mais três palavras.

Crumley semicerrou os olhos por cima do meu ombro e leu em voz alta, baixinho.

— A morte é um negócio solitário. — Respirou fundo e terminou. — Por Elmo Crumley. — Ele teve que repetir. — Por Elmo Crumley, meu Deus.

— Aqui está. — Coloquei minha nova página de título por cima das outras do manuscrito e fechei a gaveta. — Isso foi um presente. Vou encontrar outro título para o meu livro. Agora, você *vai ter* que terminar.

Enrolei outra folha de papel na máquina e perguntei:

— Qual era o número da última página na parte inferior do seu manuscrito?

— Cento e sessenta e dois — respondeu Crumley.

Digitei 163 e deixei o papel na máquina.

— Pronto — falei. — Está à sua espera. Amanhã de manhã você sai da cama, anda até a máquina, sem dar telefonemas, sem ler o jornal, não vá nem mesmo ao banheiro, sente-se, escreva, e Elmo Crumley se tornará imortal.

— Bobagem — discordou Crumley, mas muito baixinho.

— Deus ajuda a quem cedo madruga.

Levantei-me, Crumley e eu ficamos olhando para sua Corona como se fosse o único filho que ele teria.

— Está me dando ordens, garoto? — disse Crumley.

— Não. É o seu cérebro que está, se você ao menos escutar.

Crumley recuou, foi até a cozinha e pegou mais cerveja. Esperei na mesa até ouvir a porta telada traseira bater.

Encontrei Crumley no jardim, deixando o irrigador giratório cobrir seu rosto com gotas de chuva refrescantes, pois o dia estava quente agora e o sol brilhava forte aqui nas fronteiras da terra do nevoeiro.

— Foram... Quantos? — perguntou Crumley. — Uns quarenta contos que você vendeu até agora?

— A trinta dólares cada, sim. O Autor Rico.

— Você *é* rico. Eu estive na estante de revistas do mercadinho Abe ontem e li aquele que você escreveu sobre o homem que descobre que tem um esqueleto dentro dele e isso o assusta muito. Cristo, era uma beleza. De onde diabos você tira ideias como essa?

— Tenho um esqueleto dentro de *mim* — respondi.

— A maioria das pessoas nunca se dá conta. — Crumley me entregou uma cerveja e me observou fazer mais uma careta. — O velho...

— William Smith?

— Sim, William Smith, o relatório da autópsia chegou esta manhã. Não havia água nos pulmões.

— Isso significa que ele não se afogou. Isso significa que ele foi morto na beira do canal e jogado na jaula depois de morto. Isso prova...

— Não coloque a carroça na frente dos bois. E não diga "eu avisei", ou vou pegar aquela cerveja de volta.

Ofereci-lhe a cerveja, de bom grado. Ele cutucou minha mão de lado.

— O que você fez quanto ao corte de cabelo? — perguntei.

— Que corte de cabelo?

— O sr. Smith recebeu um corte de cabelo bem ruim na tarde antes de morrer. Seu amigo resmungou a respeito disso no necrotério, lembra? Eu sabia que só havia um barbeiro capaz de fazer um corte tão ruim quanto aquele.

Contei a Crumley sobre Cal, os prêmios prometidos a William Smith, o Salão de Baile Myron, o Modesti's, o grande bonde vermelho.

Crumley ouviu pacientemente e disse:

— Frágil.

— É tudo o que temos — falei. — Você quer que eu dê uma olhada no Cinema Venice para checar se viram ele na frente da casa na noite em que desapareceu?

— Não — disse Crumley.

— Você quer que eu verifique o Modesti's, o bonde, o Salão de Bailes Myron?

— Não — falou Crumley.

— O que quer que eu faça, então?

— Fique fora disso.

— Por quê?

— Porque... — começou Crumley, e parou. Ele olhou para a porta dos fundos de sua casa. — Se alguma coisa acontecer com você, a droga do meu romance fica inacabado. Alguém tem que ler aquilo, e eu não conheço mais ninguém.

— Você se esquece — falei — que quem quer que tenha ficado do lado de fora da sua casa ontem à noite já estava do lado de fora da minha. Não posso deixar ele fazer isso, posso? Não posso continuar tendo medo daquele cara que me deu o título que acabei de digitar na sua máquina. Posso?

Crumley olhou para o meu rosto e pude ver que seu pensamento era: torta de damasco, bolo de banana e sorvete de morango.

— Apenas tenha cuidado — ele aconselhou por fim. — O velho pode ter escorregado e batido a cabeça e ter caído já morto na água, por isso não havia água em seus pulmões.

— E então ele nadou e se colocou na jaula. Claro.

Crumley semicerrou os olhos para mim, tentando adivinhar meu peso.

Silenciosamente, ele foi para a selva e sumiu por cerca de um minuto. Aguardei.

Então, ao longe, ouvi um elefante trombetear ao vento. Virei-me devagar, encharcado pela chuva do jardim, escutando. Um leão, mais perto, abriu seus enormes pulmões de colmeia e exalou um enxame assassino. Uma manada de antílopes e gazelas passou feito uma ventania sonora de verão, tocando a terra seca, fazendo meu coração bater no ritmo de sua corrida.

Crumley de súbito estava na trilha, sorrindo loucamente, como um menino um pouco orgulhoso, um pouco envergonhado de uma loucura desconhecida no mundo todo até agora, neste momento. Ele riu e apontou, com duas novas cervejas em mãos, para seis caixas de som suspensas como grandes flores escuras em árvores. Delas, antílopes, gazelas e zebras circundaram nossas vidas e nos protegeram das feras inomináveis para além das cercas do bangalô. O elefante assoou o nariz mais uma vez e nocauteou minha alma.

— Gravações africanas — explicou Crumley desnecessariamente.

— Beleza — falei. — Ei, o que foi isso?

São dez mil flamingos africanos trazidos de uma brilhante lagoa de água doce há cinco mil dias, quando eu era um garoto do ensino médio e Martin e Osa Johnson voavam das trilhas de gnus africanos para caminhar entre nós, gente comum da Califórnia, e contar grandes histórias.

E então me lembrei.

No dia em que eu pretendia sair correndo a toda velocidade para escutar Martin Johnson falar, ele morreu em um acidente de avião perto de Los Angeles.

Mas agora, naquele complexo edênico que era o retiro na selva de Elmo Crumley, estavam os pássaros de Martin Johnson.

Meu coração seguiu com eles.

Olhei para o céu e perguntei:

— O que você vai fazer, Crumley?

— Nada — respondeu. — A velha mulher dos canários vai viver para sempre. Você pode apostar seu dinheiro nisso.

— Estou sem um tostão — falei.

MAIS TARDE NAQUELE DIA, quando os afogados apareceram, acabou com o clima para piqueniques por toda a praia. As pessoas ficaram indignadas, fizeram as malas e foram para casa. Cachorros que corriam ansiosos para olhar aqueles estranhos deitados na praia eram chamados de volta por mulheres zangadas ou homens irritados. As crianças foram afastadas e mandadas embora com uma reprimenda, para não se associarem com estranhos tão peculiares nunca mais.

O afogamento, afinal, era um tema proibido. Como o sexo, nunca era discutido. Então, quando uma pessoa afogada ousava chegar na praia, era *persona non grata*. As crianças podiam se apressar em conceber cerimônias sombrias em suas mentes, mas as senhoras que ficavam depois que as famílias, reticentes, iam embora, erguiam os guarda-sóis e davam as costas, como se alguém com a respiração descontrolada chamasse em meio à rebentação. Nada nas regras de etiqueta de Emily Post poderia ajudar naquela situação. Os afogados perdidos simplesmente chegavam sem convite, permissão ou aviso, e, tal qual parentes indesejados, tinham que ser empurrados para misteriosas câmaras frias no interior, o mais rápido possível.

Mas, mal um estranho afogado partia, você escutava as vozes das crianças que brincavam na areia, gritando:

— Olhe, mamãe, ó, olhe!

— Saia daí! Saia!

E você escutava a agitação de pés correndo para longe daquelas minas terrestres ainda mornas na praia.

Ao voltar da casa de Crumley, ouvi a respeito dos visitantes indesejáveis, os afogados.

Detestei ter que abandonar o sol que parecia brilhar eternamente no pomar de Crumley.

Chegar ao mar era como tocar outro país. O nevoeiro veio como se estivesse feliz com todas as más notícias do litoral. Os afogamentos não tiveram nada a ver com polícia, traumas noturnos ou surpresas sombrias em canais que chupavam as presas a noite toda. Era apenas o repuxo do mar.

A praia estava vazia agora. Mas eu tive uma sensação ainda mais vazia quando levantei o olhar para o antigo píer de Venice.

— Arroz estragado! — ouvi alguém murmurar. Era eu.

Uma velha imprecação chinesa, dita à beira das plantações para garantir a boa colheita contra a devastação de deuses invejosos.

— Arroz estragado...

Pois alguém havia finalmente pisado na grande cobra.

Alguém pisou nela com força.

A montanha-russa havia sumido para sempre do outro lado do píer.

O que tinha restado dela agora ficava, ao final da tarde, como um grande jogo de varetas espalhado. Mas só uma grande escavadeira a vapor jogava aquele jogo agora, bufando, abaixando-se para agarrar os ossos e vendo se eram bons.

"Quando a morte para?", foi o que tinha escutado Cal dizer algumas horas atrás.

Com o píer vazio à frente, seu esqueleto sendo destroçado e uma onda de nevoeiro avançando em direção ao litoral, senti uma fuzilaria de dardos frios nas costas. Eu estava sendo seguido. Me virei.

Mas não estava sendo seguido à toa.

Do outro lado da rua, vi A. L. Shrank. Ele correu, as mãos enfiadas nos bolsos do sobretudo, a cabeça afundada no colarinho escuro, olhando para trás, como um rato fugindo de cães de caça.

Deus, pensei, agora sei quem ele me lembra.

Poe!

As fotografias famosas, os retratos sombrios de Edgar Allan com a vasta testa brilhando como se sob uma luz branco-leitosa e taciturnos olhos de fogo-fátuo e a boca perdida e condenada oculta sob o bigode escuro, a gravata torta no colarinho desarrumado, sobre sua garganta deglutindo sempre em convulsões.

Edgar Allan Poe.

Poe correu. *Shrank* correu, olhando para trás em uma névoa rápida sem forma.

Jesus, pensei, está atrás de *todos* nós.

Quando cheguei ao Cinema Venice, a névoa, impaciente, já havia se dissipado.

O velho Cinema Venice do sr. Shapeshade era especial porque era o último de uma série de barcos fluviais noturnos, flutuando na margem, em qualquer lugar do mundo.

A fachada do cinema ficava na calçada de concreto que ia de Venice até o Ocean Park e Santa Monica.

A metade dos fundos se projetava no píer de modo que sua extremidade traseira ficasse sobre a água.

Eu estava diante do cinema naquele final de tarde, olhei para a marquise e engasguei.

Não havia filmes listados. Apenas uma palavra enorme de sessenta centímetros de altura.

ADEUS.

Foi como ser apunhalado no estômago.

Avancei até a bilheteria.

Shapeshade estava lá sorrindo para mim com uma boa vontade maníaca enquanto acenava.

— Adeus? — perguntei tristemente.

— Isso mesmo! — Shapeshade riu. — Ta-rá, tudi-du. Adeus. E é de graça! Entre! Qualquer amigo de Douglas Fairbanks, Thomas Meighan, Milton Sills e Charles Ray é meu amigo.

Amoleci ao escutar os nomes da minha infância; pessoas que eu tinha visto piscando em antigas telas quando eu tinha dois, três, quatro anos no colo da minha mãe em um cinema bacana no norte de Illinois, antes que o arroz estragado viesse e navegássemos para o oeste em um Kissel velho e detonado, à frente dos imigrantes, meu pai procurando um emprego de doze dólares por semana.

— Eu *não posso* entrar, sr. Shapeshade.

— Veja só, o menino que não vai entrar! — Shapeshade jogou as mãos para o céu e revirou os olhos feito Stromboli, irritado com Pinóquio e ansioso para cortar as cordas. — Por que não?

— Quando saio do cinema à luz do dia, fico deprimido. Nada está certo.

— Mas onde está o sol? — berrou Shapeshade. — Quando você sair, será noite!

— De todo modo, eu queria lhe perguntar sobre algo de três noites atrás — eu disse. — Por acaso o senhor viu aquele velho da bilheteria, Bill, Willy, William Smith, esperando aqui na frente naquela noite?

— Sim, eu gritei para ele. O que aconteceu com a sua cabeça?, eu falei. Um urso-pardo arrancou sua peruca com as garras?, eu falei. O cabelo dele estava uma bagunça. Então, quem passou um cortador de grama nele? O diabo do Cal?

— Sim. O senhor viu alguém encontrar William Smith e levá-lo embora?

— Fiquei ocupado. De repente, seis pessoas vieram buscar os ingressos, seis! Quando olhei em volta, o Sr. Smith, Willie, havia sumido. Por quê?

Meus ombros afundaram. A frustração deve ter ficado evidente em meu rosto. Shapeshade foi rápido em se mostrar simpático e falou, com seu hálito de balas de anis através do vidro da bilheteria:

— Adivinha quem está lá dentro, na grande tela prateada e toda comida de traças desde 1922? Fairbanks! *O pirata negro*. Gish! *Lírio partido*. Lon Chaney! *O fantasma da ópera*. Quem era o maior?

— Meu Deus, sr. Shapeshade, são todos filmes mudos.

— E daí? Onde você estava em 1928, que não se deu conta? Quanto mais falação, menos filme! *Estátuas*, é o que eles interpretavam. As bocas se mexiam e seus pés dormiam. Então, nessas últimas noites, silêncio, hein? Quietinhos, sim? Silêncio e gestos de doze metros de largura, carrancas e olhares maliciosos de seis metros de altura. Fantasmas silenciosos. Piratas mudos. Gárgulas e corcundas que conversavam com vento e chuva e deixavam o órgão falar por eles, hein? Tem poltronas de sobra. Vá.

Ele apertou a tecla de latão para ingressos.

A máquina me entregou um belo bilhete cor de laranja novinho em folha.

— Sim.

Peguei o ingresso e olhei para o rosto desse velho que não tomava sol há quarenta anos, que adorava filmes e preferia ler a *Silver Screen* à *Enciclopédia Britânica*. Seus olhos estavam levemente loucos de amor pelos rostos antigos nos cartazes de ontem.

— Shapeshade é seu nome verdadeiro? — perguntei finalmente.

— Significa uma casa como esta, onde sombras são formadas e todas as formas são sombras. Você teria um nome melhor?

— Não, senhor, sr. Shapeshade. — E não tinha mesmo. — O que... — comecei a perguntar.

Mas Shapeshade adivinhou, satisfeito.

— O que acontecerá *comigo* amanhã, quando derrubarem meu cinema? Ora, não se preocupe! Eu estou protegido! Assim como meus filmes, todos os trezentos que estão na cabine de projeção agora, mas em breve, descendo pela praia um quilômetro e meio ao sul, estarão no porão onde eu vou projetar filmes e rir.

— Constance Rattigan! — gritei. — Eu sempre vejo aquela luz estranha piscando na janela do porão ou na sala da frente, tarde da noite. Era o *senhor*?

— Quem mais? — Shapeshade cintilou. — Há anos que, quando termino aqui, vou trotando ao longo do calçadão com dez quilos de filme debaixo de cada braço. Constance dorme o dia todo, e assiste a filmes e come pipoca comigo a noite toda, Constance Rattigan no caso, e nos sentamos e ficamos de mãos dadas feito duas crianças loucas, e invadimos os cofres da memória do cinema, e às vezes choramos tanto que não conseguimos ver direito para rebobinar os carretéis de filme.

Olhei para a praia bem diante da fachada do cinema e não pude deixar de ver o sr. Shapeshade correndo nas ondas no escuro, carregando pipoca e Mary Pickford, Holloway Suckers e Tom Mix, a caminho daquela antiga rainha, pronto para ser o amante subserviente das muitas sombras e luzes que enfeitavam aquela tela feita de sonhos, cheia de amanheceres e entardeceres.

E então, pouco antes do amanhecer, Shapeshade assistindo enquanto Constance Rattigan, segundo as fofocas, corria nua para pular nas frias águas salgadas e se erguer com saudáveis algas marinhas em seus dentes brancos e perfeitos e trançando majestosamente o cabelo, enquanto Shapeshade voltava mancando para casa sob o sol nascente, embriagado com a lembrança, murmurando e cantarolando os zunidos do poderoso Wurlitzer gravados em sua medula, sua alma, seu coração e sua boca feliz.

— Escute — ele se inclinou para a frente como Ernest Thesiger nos corredores sombrios de *A casa sinistra* ou como dr. Pretorius aparecendo em *A noiva de Frankenstein*. —, quando entrar, vá para trás da tela, já foi lá? Não. Suba no palco de noite atrás da tela. Que experiência! É como estar no gabinete do dr. Caligari. Você vai me agradecer pelo resto da vida.

Eu apertei sua mão e encarei.

— Meu Deus — gritei —, essa sua mão. Não é a pata que sai do escuro por trás das estantes da biblioteca em *O gato e o canário*, para agarrar e sumir com o advogado antes que ele pudesse ler o testamento?

Shapeshade olhou para sua mão agarrada à minha, e sorriu.

— Ora, se não é um bom menino? — comentou.

— Eu tento, sr. Shapeshade — falei. — Eu tento.

Lá dentro, atravessei aos tropeços o corredor até encontrar o corrimão de latão e quase torci o pé nos degraus do proscênio até entrar em um palco de eterna meia-noite, para me esconder atrás da tela e ver os grandes fantasmas.

E fantasmas é o que eles eram, os altos, pálidos fantasmas do tempo, com seus olhos sombreados, torcidos como caramelos pelo ângulo inclinado em que os via, gesticulando e balbuciando no silêncio, esperando pela música do órgão, que ainda não havia começado.

E ali, em uma montagem ágil de vários trechos curtos, estava Fairbanks com o rosto distorcido e Gish derretendo na tela, e Fatty Arbuckle afinado por aquele ângulo oblíquo e batendo com sua cabeça famélica no topo do enquadramento e deslizando para o escuro enquanto eu ficava sentindo a maré se mover debaixo do piso, o píer, a sala de cinema que afundava nas águas fervilhantes, agora se inclinando e rangendo e tremendo, com a maresia subindo pelas tábuas e mais imagens, brancas como creme, escuras como tinta, piscando na tela enquanto o cinema se erguia como um fole e descia soprando como um fole, e eu afundando com ele.

Só então o órgão explodiu.

Foi como aquele momento algumas horas antes, quando o grande barco a vapor invisível vinha para atingir o píer.

O teatro oscilou, subindo e descendo como se estivesse em uma montanha-russa.

O órgão gritou e zurrou e ricocheteou um prelúdio de Bach de tal modo que a poeira voou dos lustres antigos, as cortinas se mexeram inquietas como saiotes fúnebres e eu, atrás da tela, estendendo a mão para me segurar em algo, mas receoso de que algo pudesse me segurar de volta.

Acima de mim, as imagens pálidas contorciam as bocas e tagarelavam e o Fantasma descia as escadas da Ópera de Paris com sua máscara de caveira branca e chapéu emplumado, assim como Shapeshade, pouco antes, deve ter caminhado pelo corredor escuro para chacoalhar e badalar as argolas de latão que seguravam a cortina curta ao redor do órgão, e sentar-se incorporando o Destino e a Ruína para dedilhar as teclas e fechar os olhos e abrir a boca para que Bach saísse.

Com medo de olhar para trás, olhei adiante, para além dos fantasmas de nove metros, para uma audiência invisível, fixada em seus lugares, estremecendo com a música, atraída por imagens terríveis, erguida e então sacudida pela maré noturna sob o deque do teatro.

Entre todos aqueles rostos pálidos, fixando os olhos no passado bruxuleante, estaria ele lá? O lamuriento do bonde, o andarilho ao longo da orla do canal, o observador nas chuvas das três da manhã, seria seu rosto este daqui, ou aquele ali? Luas incolores tremendo no escuro, um aglomerado de almas mais na frente, outras no meio da plateia, cinquenta, sessenta pessoas, suspeitos terríveis em mais uma excursão do nevoeiro correndo para colidir com pesadelos e afundar sem nenhum som, apenas o mar sorvendo e voltando para buscar reforços.

Entre todos esses viajantes noturnos, qual seria ele, eu me perguntei, e o que eu poderia gritar para fazê-lo sair em pânico pelos corredores, comigo atrás em uma perseguição selvagem?

A caveira gigante sorriu da tela, os amantes fugiram para o telhado da Ópera, o Fantasma os perseguiu para desenrolar sua capa e ouvir sua temerosa conversa de amor e sorrir; o órgão guinchou, o cinema se erguia e se agitava com as pesadas águas celebrando enterros marinhos, caso as tábuas do chão se abrissem e fôssemos engolidos.

Meus olhos correram de um rosto ligeiramente erguido ao outro, e subindo até a pequena janela da cabine de projeção, onde parte de uma sobrancelha e um olho maníaco espiava as deliciosas perdições pintadas na tela com gêiseres de luz e sombras.

O olho negro de Poe.

Ou, no caso, Shrank!

Tarólogo, psicólogo, frenologista, numerólogo e...

Projetista de filmes.

Alguém tinha que rodar o filme enquanto Shapeshade arranhava o órgão em seus paroxismos de deleite. Na maioria das noites, o velho corria da bilheteria para a sala de projeção e ao órgão, saltando de um para o outro feito um garoto maníaco disfarçado de homem errante.

Mas agora...?

Quem mais para um cardápio noturno de corcundas, esqueletos andantes e patas peludas arrancando pérolas do pescoço de uma mulher adormecida?

Shrank.

A música do órgão atingiu o auge. O fantasma desapareceu. Um novo trecho, de O *médico e o monstro*, 1920, tremulou pela tela.

Pulei do palco e saí a toda pelo corredor, por entre todos aqueles malfeitores e assassinos.

O olho de Poe na janela do projecionista havia sumido.

Quando cheguei à cabine de projeção, ela estava vazia. O filme se desenrolou na máquina do projetor. Jekyll, a caminho de se tornar Hyde, deslizou pelo raio luminoso até atingir uma bola cabeluda na tela.

A música parou.

No andar de baixo, ao sair, encontrei um Shapeshade exausto, mas feliz, de volta à bilheteria, vendendo assentos para o nevoeiro.

Estiquei as mãos para agarrar as dele e apertá-las.

— Nada de "arroz estragado" para o *senhor*, hein?

— O quê?! — gritou Shapeshade, sentindo-se elogiado, mas sem saber por quê.

— O senhor vai viver para sempre — falei.

— Você sabe algo que Deus não sabe? — perguntou Shapeshade. — Volte mais tarde. À uma da manhã, Veidt em *Caligari*.

Às duas, Chance em *Ridi, pagliacci!*. Às três, *O gorila*. Às quatro, *O morcego*. O que mais se poderia querer?

— Eu que não sei, sr. Shapeshade. — Me afastei na névoa.

— Você não está deprimido? — ele gritou depois.

— Acho que não.

— Se você precisa pensar sobre isso, então não está!

A noite havia chegado por completo.

Vi que o Café Modesti's havia fechado mais cedo, ou para sempre, não sabia dizer. Eu não poderia fazer perguntas lá sobre William Smith e cortes de cabelo e jantares comemorativos.

O píer estava escuro. Apenas uma única luz brilhava, na janela da barraca de cartas de tarô de A. L. Shrank.

Eu pisquei.

Assustada, a maldita luz se apagou.

— "Arroz estragado"? — perguntou Crumley no telefone. Mas sua voz ficou animada ao escutar que era eu. — Que história é essa?

— Crumley — falei, engolindo em seco —, tenho outro nome para acrescentar à nossa lista.

— Que lista?

— Aquela da mulher dos canários...

— Essa lista não é nossa, é sua...

— Shrank — falei.

— Quê?

— A. L. Shrank, o psicólogo do píer de Venice...

— ... tarólogo, livreiro maluco, numerólogo amador. Quinto cavaleiro do apocalipse?

— Você o conhece?

— Garoto, eu conheço todo mundo de alto a baixo, dentro e fora do píer, cada levantador de peso chutando a areia, cada vagabundo morto na praia à noite ressuscitado pelo cheiro de moscatel de setenta e nove centavos que vem pelo amanhecer. A. L. Shrank, aquele anão mesquinho? De jeito nenhum.

— Não desligue! Eu posso ver na cara dele. Ele está pedindo por isso. Ele é o próximo. Eu escrevi um conto no ano passado, na *Dime Detective*, sobre dois trens em uma estação, indo em direções opostas, parados lado a lado por um minuto. Um homem olha para outro, eles trocam olhares, e um deles percebe que nunca deveria ter olhado para o outro lado, porque aquele no outro trem é um assassino. O assassino olha para trás e sorri. Isso é tudo. Sorrisos. E meu herói percebe que ele próprio está condenado. Então desvia o olhar, tentando se salvar. Mas o outro, o assassino, continua encarando. E quando meu herói levanta os olhos novamente, a janela do trem do outro lado está vazia. Ele percebe que o assassino saiu do trem. Um minuto depois, ele surge no trem do meu herói, no mesmo vagão, caminha pelo corredor e se senta em um assento bem atrás do meu herói. Pânico, hein? Puro pânico.

— Ótima ideia, mas não é como acontece — disse Crumley.

— É mais comum do que você imagina. Um amigo meu dirigiu um Rolls-Royce pelo país no ano passado. No caminho, ele quase foi jogado para fora da estrada seis vezes, ao longo de Oklahoma e do Kansas e do Missouri e de Illinois, por homens que se ressentiam daquele carrão. Se tivessem conseguido, teria sido um assassinato e ninguém ia saber.

— É diferente. Um carro caro é um carro caro. Eles não se importavam com quem estava dentro dele. Matam. Mas o que você está dizendo é...

— Há assassinos e assassináveis nesse mundo. O velho na sala de espera do bonde era um assassinável, assim como a mulher dos canários. Está nos olhos: me leve, dizem, me escolha, me arruíne para sempre. Shrank — finalizei. — Eu apostaria minha vida nisso.

— Não — contestou Crumley, subitamente mais quieto. — Você é um bom garoto, mas, por Deus, você está muito verde ainda.

— Shrank — insisti. — Agora que o píer está desabando, ele também tem que desabar. Se alguém não o matar, ele vai amarrar *A decadência do Ocidente* e *A anatomia da melancolia* no pescoço e pular do que sobrou do outro lado do píer. Shrank.

Como se concordasse comigo, um leão rugiu, faminto por sangue, no território africano de Crumley.

— Justo quando você e eu estávamos começando a nos dar tão bem — disse Crumley.

E desligou.

Por toda Venice, as cortinas e persianas das janelas estavam sendo abertas pela primeira vez em semanas, meses ou anos.

Era como se o oceano estivesse acordando pouco antes de adormecer para sempre.

Uma persiana bem em frente ao meu apartamento, em um pequeno bangalô pintado de branco, tinha sido levantada durante o dia, e...

Quando entrei em meu apartamento naquela noite, olhei para trás e fiquei fascinado.

Os olhos estavam todos fixos em mim.

Não apenas um par, mas dezenas, não dezenas, mas centenas ou mais.

Os olhos eram de vidro e repousavam em trilhas brilhantes ou exibiam-se em pequenos pedestais.

Os olhos eram azuis, castanhos, verdes, cor de avelã e cor de mel.

Atravessei minha rua estreita e fiquei olhando para baixo e para o fabuloso mostruário de bolas de gude.

— Que jogo isso daria na sujeira do pátio da escola — falei, só para mim.

Os olhos não disseram nada. Eles descansavam em suas arquibancadas ou espalhados em pequenos grupos sobre panos de veludo branco, fixando seu olhar através e para além de mim, em algum futuro frio logo acima do meu ombro e descendo por minha espinha.

Quem fez os olhos de vidro e quem os colocou na janela e quem esperou lá dentro para vendê-los e metê-los nas órbitas das pessoas, eu não sei dizer.

Fosse quem fosse, era outro dos vendedores e artesãos invisíveis de Venice. E havia visto, em uma ocasião, nas profundezas daquele bangalô, uma penetrante chama azul-esbranquiçada e as mãos de alguém trabalhando em lágrimas de vidro derretido. Mas o velho (todo mundo é velho em Venice, Califórnia) tinha o rosto oculto detrás de uma espessa máscara de ferreiro de metal e vidro. Tudo o que você podia ver, de longe, era um novo olhar ganhando vida, um olho cego à vista da chama, para ser colocado como um bombom brilhante na janela no dia seguinte.

Se alguém vinha comprar essas joias especiais, isso eu também não sabia. Eu nunca tinha visto ninguém adentrando o lugar ou saindo com um olhar novinho em folha. A persiana só havia sido erguida uma ou duas vezes por mês durante o ano anterior.

Olhando para baixo, pensei, olhos estranhos, vocês viram os canários que se perderam? E para onde foram?

E acrescentei, cuidem de minha casa, pode ser? Durante a noite, fiquem alertas. O tempo pode mudar. Pode vir chuva. Sombras podem tocar minha campainha. Anotem tudo, por favor, e não esqueçam de nada.

As bolinhas de gude de ágata, companheiras de recreios de muitos anos atrás, nem pestanejaram.

Nesse ponto, a mão, como se fosse de um mágico, deslizou das sombras atrás do mostruário e baixou a pálpebra sobre os olhos.

Era como se o soprador de vidro se ressentisse por eu olhar os seus olhares.

Ou talvez ele temesse que eu perdesse um olho num espirro e fosse lá em busca de reposição.

Um cliente! Isso poderia estragar seu histórico perfeito. Dez anos soprando vidro e nenhuma venda.

Como alternativa, me perguntei, será que ele vende maiôs dos anos 1910?

De volta ao meu apartamento, olhei para fora.

A sombra havia voltado outra vez, agora que eu não era mais a Inquisição parada do lado de fora.

Os olhos aguardavam, brilhantes.

O que, me perguntei, eles veriam esta noite?

"E NADA TEME..."

Acordei no mesmo instante.

— Quê? — falei para o teto vazio.

Não foi lady Macbeth quem disse isso?

E nada teme.

Não temer nada sem motivo.

E ter que conviver com esse nada até o amanhecer.

Escutei.

Seria a névoa que estava arranhando minha porta? Seria a névoa testando o buraco da fechadura? E seria aquela tempestade especial em miniatura que estava rondando meu capacho, deixando algas marinhas?

Tive medo de ir olhar.

Abri os olhos. Olhei para o corredor que levava à minha cozinha minúscula e ao meu banheiro feito para os Anões Cantores.

Eu havia pendurado lá um velho roupão branco puído ontem à noite.

Mas agora o roupão não era um roupão. Sem os óculos e deitado no chão ao lado da minha cama, com minha visão sendo o que era, quase oficialmente cego, o manto tinha... mudado.

Foi a Fera.

Quando eu tinha cinco anos, vivendo no leste de Illinois e precisando subir algumas escadas escuras no meio da noite para ir ao banheiro, a Fera estava sempre no topo, a menos que a pequena luz da escada estivesse acesa. Às vezes, minha mãe se esquecia de ligá-la. Eu tentava com todas as minhas forças subir sem olhar para cima. Mas eu estava sempre com medo e precisava olhar. E a Fera estava sempre lá, com o som das locomotivas escuras correndo ao longe pela noite, trens fúnebres, levando primos ou tios queridos embora. E eu parava ao pé da escada e...

Gritava.

Agora a Fera estava pendurada ali na beira da minha porta que conduzia à escuridão, ao corredor, à cozinha, ao banheiro.

Fera, pensei, vá embora.

Fera, falei para aquela forma. Eu sei que você não está aí. Você não é nada. Você é meu velho roupão de banho.

O problema era que eu não conseguia ver com clareza.

Se ao menos eu pudesse alcançar meus óculos, pensei, colocá-los, me levantar.

Deitado ali, eu tinha oito anos e então sete e então cinco e então quatro anos, ficando cada vez menor, menor e menor conforme a Fera na porta ficava maior, mais escura e mais alta.

Eu estava com medo até de piscar. Com medo de que esse movimento fizesse a Fera flutuar suavemente até...

— Ah! — alguém gritou.

Porque o telefone do outro lado da rua tocou.

Cale-se!, pensei. Você vai fazer a Fera se mover.

O telefone tocou. Quatro da manhã. Quatro! Cristo. Quem...? Peg? Presa em uma catacumba mexicana? Perdida?

O telefone tocou.

Crumley? Com um relatório de autópsia que eu odiaria ouvir?

O telefone tocou.

Ou seria uma voz de chuva fria, noite longa e puro álcool delirando na tempestade e lamentando acontecimentos terríveis, enquanto o grande bonde guinchava em uma curva?

O telefone parou.

Com olhos fechados, dentes cerrados, as cobertas sobre a cabeça, virado contra o travesseiro suado. Pensei ter escutado um sussurro no ar. Congelei.

Controlei a respiração, parei meu coração.

Pois, agora mesmo, naquele mesmo instante...

Teria eu sentido algo se encostando e... se afundando...

Na beirada da minha cama?

* * *

A. L. Shrank não foi a próxima vítima.

Tampouco a mulher dos canários de súbito levantou voo ao redor de seu quarto e morreu.

Outra pessoa desapareceu.

E, pouco depois do amanhecer, os brilhantes olhos de vidro do outro lado da rua, no lado oposto ao meu apartamento cansado, viram a chegada de provas.

Um caminhão parou do lado de fora.

Insone e exausto, escutei, me agitei.

Alguém bateu na porta do meu caixão.

Dei um jeito de levitar e flutuar em um balão para abrir a porta e espreitar com os olhos remelentos o rosto de um grande touro. O rosto me chamou, concordei com o nome, o touro mandou eu assinar aqui, assinei algo que parecia um formulário de "morto ao chegar", e observei o entregador voltar para a caminhonete e lutar na traseira com um objeto familiar embrulhado e empurrá-lo ao longo da calçada.

— Meu Deus — falei. — O que é isso? Quem...?

Mas o grande pacote rolante atingiu o batente da porta e soltou um acorde musical. Eu desabei, sabendo a resposta.

— Onde você quer que eu coloque? — disse o touro, olhando ao redor da cabine superlotada de Groucho Marx. — Pode ser aqui?

Ele empurrou o objeto embrulhado de lado contra a parede, olhou em volta com desprezo para meu sofá do Exército da Salvação, meu piso sem tapete e minha máquina de escrever, e trotou de volta para sua caminhonete, deixando a porta aberta.

Ao longo do caminho, vi dez dúzias de olhos de vidro azul, marrom e castanho-claro observando, enquanto eu arrancava o embrulho para ver...

O sorriso.
— Meu Deus! — gritei. — Esse é o piano que ouvi tocar... O "Maple leaf rag".
Bam! A porta da caminhonete bateu. O caminhão foi embora.
Desabei no meu sofá já desabado, totalmente descrente daquele grande e vazio sorriso de marfim.
Crumley, falei mentalmente. Senti o corte de cabelo horrível muito alto na nuca, muito curto nas laterais. Meus dedos estavam dormentes.
Sim, garoto?, diria Crumley.
Mudei de ideia. Eu pensei, Crumley, não vai ser Shrank ou a velha senhora que vai desaparecer.
Puxa, diria Crumley, então quem?
Cal, o barbeiro.
Silêncio. Um suspiro. Então...
Clique. Tu-tu-tu.
É por isso que, ao contemplar essa relíquia dos anos de Scott Joplin, não corri para telefonar para meu amigo detetive da polícia.
Todos os olhos de vidro do outro lado da rua examinaram meu corte de cabelo e me viram fechar a porta.
Meu Deus, pensei, não sei tocar nem o "Bife".

A BARBEARIA ESTAVA ABERTA e vazia. As formigas, as abelhas, os cupins e os parentes haviam chegado antes do meio-dia.
Eu fiquei na porta da frente olhando a evisceração total. Foi como se alguém tivesse empurrado um aspirador de pó gigantesco pela porta da frente e sugado tudo.
O piano, é claro, veio para mim. Me perguntei quem tinha ganhado, ou iria querer, a cadeira de barbeiro, os linimentos, os

unguentos, as loções que costumavam colorir a parede espelhada com seus matizes e tinturas. Eu me perguntei quem ficou com todo o cabelo.

Havia uma pessoa no meio da barbearia, o proprietário, pelo que me lembro, um homem na casa dos cinquenta anos movendo uma vassoura sobre cabelo algum, apenas deslizando sobre os ladrilhos vazios sem motivo aparente. Ele olhou para cima e me viu.

— Cal se foi — me avisou.

— Estou vendo — falei.

— O desgraçado foi embora me devendo quatro meses de aluguel.

— Os negócios estavam tão mal assim, é?

— Não era tanto os negócios, e sim os cortes de cabelo. Mesmo por duas pratas eles eram os piores de todo o estado, disparados.

Senti o topo do meu crânio e minha nuca e concordei.

— O desgraçado se foi me devendo cinco meses de aluguel. Ouvi o dono do armazém ao lado dizer que Cal esteve aqui às sete da manhã. O Exército da Salvação veio às oito para pegar a cadeira de barbeiro. O Exército da Salvação ficou com o resto. Vá saber quem ficou com o piano. Eu gostaria de encontrar e vender aquilo, pegar um pouco do meu dinheiro.

O proprietário olhou para mim.

Não falei nada. O piano era o piano. Por qualquer motivo, Cal o tinha enviado para mim.

— Para onde você acha que ele foi? — perguntei.

— Tem parentes em Oklahoma, Kansas e Missouri, pelo que soube. Alguém entrou há pouco e disse que ouviu Cal dizer há dois dias que iria dirigir até que a terra cedesse e então cair direto no Atlântico.

— Cal não faria isso.

— Não, é mais provável que ele afunde em algum lugar perto da região dos Cherokee, e boa viagem. Jesus, aquele ali cortava cabelo muito mal.

Vaguei pelos ladrilhos brancos e limpos através do território sem cabelo, sem saber o que estava procurando.

— Quem é você? — perguntou o proprietário, erguendo a vassoura em posição de ataque.

— O escritor — falei. — Você me conhece. O Doidinho.

— Diabos, eu não te reconheci. Foi o Cal que fez *isso* contigo?

Ele olhou para o meu cabelo. Senti o sangue correr pelo meu couro cabeludo.

— Ontem mesmo — falei.

— Ele poderia levar um tiro por isso.

Caminhei por trás de uma divisória de madeira fina que escondia os fundos da barbearia, os barris de lixo e o banheiro.

Observei o barril de lixo e achei o que estava procurando.

A fotografia de Cal e Scott Joplin, coberta com suprimento de cabelo para um mês, o que não era muito.

Abaixei-me e peguei a foto.

Nos cinco ou seis segundos seguintes, todo o meu corpo se transformou em gelo.

Porque Scott Joplin havia sumido.

Cal ainda estava lá, eternamente jovem, sorrindo, seus dedos finos percorrendo as teclas do piano.

Mas o homem que estava parado perto dele, sorrindo.

Não era Joplin.

Era outro, negro, mais jovem, com aspecto mais perverso.

Eu olhei bem de perto.

Havia velhas marcas de cola seca onde a cabeça de Scott estivera.

Jesus, que Deus tenha piedade de Cal, pensei. Ninguém jamais havia pensado em olhar de perto. E, claro, a imagem estava sempre sob um vidro e pendurada bem alta na parede, não era fácil de alcançar ou retirar.

Em algum momento, muito tempo atrás, Cal tinha encontrado uma foto de Scott Joplin, a recortou, e a colou sobre o rosto de outro sujeito, cabeça sobre cabeça. Ele deve ter falsificado a assinatura também. E por todos esses anos nós olhamos para ele e suspiramos, rimos e dissemos: "Ei, Cal, que bacana! Você é especial! Olhe só ali!".

E todos aqueles anos Cal olhou para aquilo sabendo que era uma fraude como ele também era e cortava cabelos fazendo parecer que eles tinham sido secados por um tornado do Kansas e penteados por uma colheitadeira de trigo descontrolada.

Virei a fotografia e enfiei a mão no barril, tentando encontrar a parte decapitada e perdida de Scott Joplin.

Eu sabia que não iria encontrar. Alguém a havia pegado.

E quem quer que tenha retirado a foto tinha ligado e passado um recado para Cal. Você foi desmascarado! Você foi exposto! Você foi *revelado*! Lembrei-me do telefone de Cal tocando. E Cal, com medo, recusando-se a atender.

E ao entrar em sua barbearia, quando? Uns dois, três dias atrás, checando casualmente a fotografia, Cal levou um choque. Sem a cabeça de Joplin, não havia Cal.

Tudo o que ele podia fazer era repassar a cadeira de barbeiro, doar os tônicos para o Exército da Salvação e tocar seu piano para minha casa.

Parei de procurar. Dobrei a fotografia de Cal sem Joplin e saí para observar o proprietário limpar os ladrilhos sem cabelos.

— Cal — falei.

O proprietário parou sua vassoura.

— Cal não fez isso — falei. — Digo, Cal não iria... Digo, Cal ainda está vivo?

— Aquele merda — disse o proprietário. — Está vivo e a cerca de seiscentos e cinquenta quilômetros a leste daqui, ainda devendo sete meses de aluguel.

Graças a Deus, pensei. Não vou ter que contar a Crumley sobre este. Agora não, pelo menos. Ir embora não é o mesmo que matar ou ser assassinado.

Será?

Indo para o leste? Cal morto, dirigindo um carro?

Saí pela porta.

— Rapaz — disse o proprietário —, você parece estar mal de cima a baixo.

Não tanto quanto outros, pensei.

Para onde vou agora?, eu me perguntei, agora que o sorriso está lá, preenchendo minha sala de estar e eu capaz apenas de escrever em uma Underwood Standard?

O TELEFONE DO POSTO de gasolina tocou às duas e meia daquela tarde. Exausto por não conseguir dormir na noite anterior, voltei para a cama.

Fiquei escutando.

O telefone não parava.

Tocou por dois minutos e depois três. Quanto mais tocava, com mais frio eu ficava. No momento em que pulei para fora da cama, vesti meu calção de banho e atravessei a rua, eu estava tremendo feito alguém em uma tempestade de neve.

Quando tirei o fone do gancho, pude sentir Crumley bem longe na outra extremidade e, sem que ele falasse, pude adivinhar as novidades.

— Aconteceu, né? — eu disse.

— Como você sabia? — Crumley também parecia ter passado a noite inteira acordado.

— O que fez você passar por lá? — perguntei.

— Enquanto fazia a barba, uma hora atrás, tive um pressentimento, Jesus, como aqueles de que você fala. Ainda estou aqui, esperando o legista. Você vem para dizer "eu avisei"?

— Não, mas estou indo.

Desliguei.

De volta ao apartamento, o Nada ainda estava pendurado na porta do corredor que levava ao banheiro. Eu o arranquei da porta, joguei-o no chão e pisei nele. Parecia o certo, já que tinha saído à noite para visitar a mulher dos canários e voltar sem me avisar, pouco antes do amanhecer.

Meu Deus, pensei, atordoado de pé sobre o roupão, agora todas as gaiolas estão vazias!

CRUMLEY ESTAVA DE UM lado do Baixo Nilo, o leito seco do rio. Eu fiquei do outro lado. Um carro da polícia e a van do necrotério estavam esperando lá embaixo.

— Você não vai gostar disso — avisou Crumley.

Ele fez uma pausa, esperando que eu acenasse para ele puxar o lençol. Eu perguntei:

— Você me ligou no meio da noite?

Crumley balançou a cabeça.

— Há quanto tempo ela está morta?

— Calculamos cerca de onze horas.

Eu revi minhas lembranças. Quatro da manhã. Quando o telefone tocou do outro lado da rua durante a noite. Quando o Nada me ligou para me dizer algo. Se eu tivesse corrido para atender, um vento frio teria soprado do receptor para me contar... aquilo.

Assenti. Crumley puxou o lençol.

A mulher dos canários à venda estava lá e não estava mais. Parte dela havia fugido na escuridão. O que restou era terrível de ver.

Seus olhos estavam fixos em algum Nada terrível, a coisa em cima da porta do meu corredor, o peso invisível no final da minha cama. A boca que antes sussurrava aberta, dizendo, "sobe", "entra", "bem-vindo", estava agora boquiaberta em choque, em protesto. Queria que algo fosse embora, saísse, não ficasse!

Segurando o lençol entre os dedos, Crumley olhou para mim.

— Eu acho que devo a você um pedido de desculpas.

— Pelo quê?

Era difícil falar, porque ela estava olhando entre nós para algum terror no teto.

— Por ter adivinhado corretamente. Quanto a mim, duvidei.

— Não foi difícil adivinhar. Esse foi meu irmão, morto. Meu avô e minhas tias mortos. E minha mãe e meu pai. Todas as mortes são iguais, não são?

— Sim. — Crumley deixou o lençol cair, como uma nevasca sobre o vale do Nilo em um dia de outono. — Mas esta é apenas uma morte simples, garoto. Não um assassinato. Aquela expressão no rosto dela você pode encontrar em todos os tipos de pessoas quando sentem o coração saindo do peito em um ataque.

Eu queria berrar e discutir. Mordi minha língua. Algo visto de soslaio fez com que me virasse e fosse até as gaiolas vazias. Demorei alguns instantes para ver o que estava olhando:

— Jesus — eu sussurrei. — Hirohito. Adis Abeba. Eles se foram. — Eu me virei para olhar para Crumley e apontar. — Alguém tirou as manchetes dos jornais antigos das gaiolas. Quem veio aqui não só a assustou até a morte, mas levou os jornais. Meu Deus, ele é um colecionador de souvenirs. Aposto que está com o bolso cheio de confetes de bilhetes de trem e com a cabeça arrancada de Scott Joplin também.

— O que de Scott Joplin?

Ele não queria, mas finalmente Crumley veio olhar o fundo das gaiolas.

— Encontre aqueles jornais e você o encontrará — falei.

— Vai ser sopa no mel.

Crumley suspirou.

Ele me levou para baixo, passando pelos espelhos voltados para a parede que não viram ninguém subir durante a noite e não o viram sair. Na área da escadaria do térreo ficava a janela empoeirada com a placa. Sem nenhuma razão que eu pudesse imaginar, estendi a mão e puxei a placa para longe de sua moldura com fita adesiva descascada. Crumley estava me observando.

— Posso ficar com isto? — perguntei.

— Vai te machucar toda vez que olhar para ela — advertiu Crumley. — Ah, diabos. Pode ficar.

Dobrei e coloquei no bolso.

No andar de cima, as gaiolas não cantavam mais canção alguma. O legista entrou, assobiando e cheio de cerveja no meio da tarde.

HAVIA COMEÇADO A CHOVER. Choveu por toda Venice conforme o carro de Crumley nos levava para longe da casa dela, para longe da minha casa, para longe dos telefones que tocavam em horas erradas, para longe do mar cinzento e do litoral vazio e da lembrança de nadadores afogados. O para-brisa do carro era como um grande olho, chorando e se secando, chorando de novo, enquanto o limpador girava e parava, girava e parava e rangia para disparar novamente. Fiquei olhando a frente.

Dentro de seu bangalô na selva, Crumley olhou para meu rosto, decidiu-se por um conhaque em vez de uma cerveja, me entregou e acenou com a cabeça para o telefone em seu quarto.

— Você tem algum dinheiro para ligar para a Cidade do México?

Eu balancei negativamente a cabeça.

— Agora tem — disse Crumley. — Ligue. Fale com sua garota. Feche a porta e fale.

Agarrei sua mão e quase quebrei todos os ossos, suspirando.

Então liguei para o México.

— Peg!
— Quem é?
— Sou eu, eu!
— Meu Deus, você parece tão estranho, tão distante.
— Estou distante.
— Você está vivo, graças a Deus.
— Claro que estou.
— Tive uma sensação terrível ontem à noite. Não conseguia dormir.
— Que horas, Peg, que horas?
— Quatro horas, por quê?
— Jesus.
— Por quê?
— Nada. Eu também não consegui dormir. Como está a Cidade do México?

— Cheia de mortos.
— Deus, pensei que eles estavam todos aqui.
— O quê?
— Nada. Minha nossa, é bom ouvir a sua voz.
— Diga algo.

Eu falei algo.

— Repita!
— Por que você está gritando, Peg?
— Não sei. Não, sei sim. Quando você vai me pedir em casamento, droga!
— Peg — falei, consternado.
— Bem, quando?
— Com trinta dólares por semana, quarenta quando dou sorte, em algumas semanas com nada, e alguns meses nem um centavo?
— Vou fazer um voto de pobreza.
— Certo.
— Vou mesmo. Estarei em casa em dez dias e farei os dois votos.
— Dez dias, dez anos.
— Por que as mulheres sempre têm que pedir a mão dos homens?
— Porque somos covardes e temos mais medo do que vocês.
— Eu vou te proteger.
— Que conversa essa nossa. — Pensei na porta ontem à noite e na coisa pendurada na porta e na coisa na beirada da minha cama. — É melhor você se apressar.
— Você se lembra do meu rosto? — ela perguntou de repente.
— Quê?
— Você lembra, não lembra, porque, meu Deus, apenas uma hora atrás aconteceu uma coisa horrível, horrível, eu não conseguia me lembrar do seu, ou da cor dos seus olhos, e eu percebi que idiota

burra eu era em não trazer sua foto, e tudo passou. Isso me assusta, pensar que eu poderia esquecer. Você nunca vai me esquecer, não é?

Não contei a ela que tinha esquecido a cor de seus olhos no dia anterior e como isso me abalou por uma hora e que era uma espécie de morte mas sem que eu fosse capaz de saber quem morreu antes, se Peg ou eu.

— Minha voz ajuda?

— Sim.

— Eu estou aí com você? Você vê meus olhos?

— Sim.

— Pelo amor de Deus, a primeira coisa que você vai fazer quando desligar é me mandar uma foto. Não quero mais ter medo...

— Tudo o que tenho é uma péssima fotografia de vinte e cinco centavos que eu...

— Manda essa mesma! Eu nunca deveria ter descido até aqui e deixado você sozinho aí em cima, desprotegido.

— Você me faz parecer seu filho.

— O que mais você *é*?

— Não sei. Pode o amor proteger uma pessoa, Peg?

— Deve. Se não te proteger, nunca vou perdoar a Deus. Vamos continuar conversando. Enquanto conversamos, o amor está aí e você está bem.

— Eu já estou bem. Você fez com que eu ficasse bem. Hoje eu estava doente, Peg. Nada grave. Algo que eu comi. Mas estou bem agora.

— Vou morar com você quando chegar em casa, não importa o que você diga. Se nos casarmos, tudo bem. Você só vai ter que se acostumar com o meu trabalho enquanto termina o Grande Épico Americano, e para o inferno com isso, cale a boca. Algum dia, mais tarde, você me dará apoio!

— Você está me dando ordens?

— Claro, porque eu detesto ter que desligar e tudo o que quero é que isto continue o dia todo e eu sei que está te custando uma fortuna. Fale um pouco mais, as coisas que eu quero ouvir.

Falei mais um pouco.

E ela se foi, a linha telefônica zumbindo e fui deixado com um pedaço de cabo de aço de três mil e duzentos quilômetros de comprimento e um bilhão de sussurros das sombras pairando ali, vindo em minha direção. Eu as cortei antes que pudessem alcançar meu ouvido e deslizassem para dentro da minha cabeça.

Abri a porta e saí para encontrar Crumley esperando ao lado da geladeira, procurando algo para comer.

— Você está surpreso? — Ele riu. — Esqueceu que estava na minha casa, de tão ocupado que ficou tagarelando?

— Esqueci — admiti.

E tirou alguma coisa da geladeira e me entregou, meu nariz estava escorrendo, meu resfriado fazendo eu me sentir péssimo.

— Pegue alguns lenços de papel, garoto — disse Crumley. — Pegue a caixa inteira. E já que está nisso — acrescentou —, me passe o resto da sua lista.

— *Nossa* lista — falei.

Ele estreitou os olhos, enxugou a cabeça calva com a mão nervosa e assentiu.

— Aqueles que morrerão a seguir, em ordem de execução.

Ele fechou os olhos, sentindo-se sobrecarregado.

— Nossa lista — ele falou.

Não lhe contei imediatamente sobre Cal.

* * *

— E JÁ QUE ESTÁ nisso — Crumley deu um gole em outra cerveja —, escreva o nome do assassino.

— Teria que ser alguém que conhece todo mundo em Venice, Califórnia — falei.

— Esse poderia ser eu — disse Crumley.

— Não diga isso.

— Por quê?

— Porque — falei — isso me assusta.

EU FIZ A LISTA.

Fiz duas listas.

E de repente me vi fazendo três.

A primeira era curta e cheia de possíveis assassinos, mas eu não achava mesmo que fosse algum deles.

O segundo foi "Escolha a vítima", e era um pouco longa, sobre quem iria desaparecer em pouco tempo.

E no meio disso percebi que já fazia algum tempo desde que eu capturara todas as pessoas errantes de Venice. Então fiz uma página sobre Cal, o barbeiro, antes que ele fugisse da minha mente, e outra sobre Shrank correndo pela rua, e outra sobre todas aquelas pessoas na montanha-russa comigo caindo no inferno, e ainda outra sobre o grande cinema noturno do barco a vapor cruzando o Estige para atingir a Ilha dos Mortos e (inimaginável!) afundar o sr. Shapeshade!

Fiz um sermão final sobre dona Passarinho, e uma página sobre os olhos de vidro, e peguei todas essas páginas e as coloquei em minha Caixa de Conversas. Essa era a caixa que eu mantinha ao lado da máquina de escrever, onde estavam minhas ideias, e que falava comigo de manhã cedo para me dizer aonde queriam ir e o que queriam fazer. Eu me deitava meio adormecido, escutando, e então me levantava e ia ajudá-las, com minha máquina de escrever, a ir aonde elas mais precisavam ir para fazer alguma coisa especial e selvagem; assim eram escritas minhas histórias. Às vezes, era um cachorro que precisava cavar um cemitério. Às vezes era uma máquina do tempo que precisava retroceder. Às vezes era um homem de asas verdes que precisava voar à noite para não ser visto. Às vezes era eu, sentindo falta de Peg em minha cama-túmulo.

Levei uma das listas para Crumley.

— Por que você não usou a *minha* máquina de escrever? — perguntou Crumley.

— A sua ainda não está acostumada comigo e só atrapalharia. A minha está sempre à minha frente e tenho que correr para alcançá-la. Leia.

Crumley leu minha lista de possíveis vítimas.

— Cristo — murmurou. — Você tem metade da Câmara de Comércio de Venice, o Lions Club, o circo de pulgas e a Associação Americana dos Proprietários de Parques de Diversão aqui.

Ele a dobrou e a guardou no bolso.

— Por que você não colocou alguns dos amigos de onde você morava no centro de Los Angeles?

Um calafrio percorreu minha espinha.

Pensei no cortiço e nos corredores escuros e na simpática sra. Gutierrez e na adorável Fannie.

O calafrio correu outra vez.

— Não diga isso — falei.

— Onde está a outra lista, a de assassinos? Você incluiu a Câmara de Comércio nessa também?

Balancei a cabeça negativamente.

— Tem medo de me mostrar porque estou listado também? — indagou Crumley.

Tirei a lista do bolso, dei uma olhada e rasguei.

— Onde está a lixeira? — perguntei.

Enquanto eu estava falando, a névoa havia chegado do outro lado da rua da casa de Crumley. Ela hesitou, como se procurasse por mim, e então, para verificar minhas suspeitas paranoicas, esgueirou-se e cobriu seu jardim, apagando as luzes de Natal nas laranjeiras e limoeiros e afogando as flores para que calassem a boca.

— Como ela se atreve a vir aqui? — falei.
— Tudo vem — disse Crumley.

— *Qué*? É o Doidinho?
— *Sí*, sra. Gutierrez!
— Devo passar para o escritório?
— *Sí*, sra. Gutierrez.
— Fannie está chamando lá fora na varanda!
— Eu a ouço, sra. Gutierrez...

Lá longe, no interior ensolarado, onde não havia neblina, névoa ou chuva, e nenhuma rebentação para atrair visitantes estranhos, estavam o cortiço e a voz de soprano de Fannie chamando como as sereias.

— Diga a ele — a ouvi cantar — que tenho uma nova gravação de *A flauta mágica*, de Mozart!
— Ela disse...
— Eu escutei bem, sra. Gutierrez. Diga a ela que, graças a Deus, isso é uma alegria.

— Ela quer que você venha ver, ela sente sua falta e espera que você a perdoe, ela disse.

Pelo quê? Tentei me lembrar.

— Ela disse...

A voz de Fannie flutuou no ar límpido e quente.

— Diga a ele para vir, mas para não trazer ninguém!

Isso me deixou sem ar. Os fantasmas de antigos sorvetes subiram no meu sangue. Quando foi que fiz isso?, me perguntei. Quem ela achava que eu poderia levar, sem ser convidado?

E então me lembrei.

O roupão pendurado na porta tarde da noite. Deixe isso aí. Canários à venda. Não feche as gaiolas vazias. A jaula do leão. Não role pelas ruas. Lon Chaney. Não o tire da tela prateada e o esconda em seu bolso. Não.

Meu Deus, Fannie, pensei, estará o nevoeiro rolando para o interior em sua direção? A névoa alcançará seu cortiço? A chuva vai tocar na sua porta?

Gritei tão alto ao telefone que Fannie poderia ter ouvido lá embaixo.

— Diga a ela, sra. Gutierrez, que eu vou sozinho. *Sozinho*. Mas diga que não é certo se irei. Não tenho dinheiro, nem mesmo para a passagem de bonde. Talvez eu vá amanhã...

— Fannie disse que, se você vier, ela lhe dará dinheiro.

— Ótimo, mas, enquanto isso, meus bolsos estão vazios.

Só então vi o carteiro atravessar a rua e colocar um envelope na minha caixa de correio.

— Espere — gritei e corri.

A carta era de Nova York com um cheque de trinta dólares por um conto que eu tinha acabado de vender para a *Bizarre Tales*, sobre um homem que temia o vento que o seguia ao redor do mundo desde o Himalaia e agora sacudia sua casa tarde da noite, faminto por sua alma.

Corri de volta ao telefone e gritei:

— Se eu conseguir chegar ao banco, irei esta noite!

Fannie escutou a tradução e cantou três notas da "Canção do sino" de *Lakmé* antes de sua tradutora desligar.

Corri para o banco.

Névoa do cemitério, pensei, não entre no trem antes de mim, atrás da Fannie.

SE O PÍER FOSSE um grande *Titanic* a caminho de encontrar um iceberg à noite, com pessoas ocupadas reorganizando as espreguiçadeiras e alguém cantando "Nearer my God to you" enquanto pressionava o detonador de TNT...

Mas o cortiço na esquina da Temple com a Figueroa ainda flutuava no meio do bairro, com cortinas, pessoas e roupas íntimas penduradas na maioria das janelas, roupa lavada até a morte em máquinas da varanda dos fundos e o cheiro de tacos e de carne enlatada comprada em mercadinhos nos corredores.

Era em si uma pequena Ilha Ellis, à deriva com pessoas de uns dezesseis países. Nas noites de sábado, havia festivais de *enchilada* no último andar e filas de conga pelos corredores, mas na maior parte da semana as portas ficavam fechadas e as pessoas dormiam cedo porque todos trabalhavam no centro, nas lojinhas de moda, nas lojas de bugigangas ou no que havia sobrado da indústria bélica no Valley ou na rua Olvera, vendendo joias baratas.

Não havia ninguém encarregado do cortiço. A proprietária, a sra. O'Brien, vinha visitá-lo tão raramente quanto possível; temerosa de ladrões de bolsas, temerosa de seus setenta e dois anos de virtude. Se havia alguém encarregado do cortiço, era Fannie Florianna, que, do balcão de ópera no segundo andar, cantava ordens tão docemente que até os meninos na sinuca do outro lado da rua paravam de se alvoroçar como pombos e galos e vinham, com tacos nas mãos, acenando e gritando *"Olé!"*.

Havia três chineses no primeiro andar junto dos *chicanos* de praxe, e no segundo andar um senhor japonês e seis rapazes da Cidade do México que possuíam um único terno branco de sorveteiro, cada um podendo usá-lo uma noite por semana. Havia também alguns portugueses, um vigia noturno haitiano, dois vendedores filipinos e mais *chicanos*. A sra. Gutierrez, com o único telefone do cortiço, estava lá, também, no terceiro andar.

O segundo piso era principalmente Fannie e seus cento e setenta quilos, junto de duas irmãs solteironas da Espanha, um vendedor de joias do Egito e duas senhoras de Monterey que, segundo fofocas, vendiam seus favores a preço baixo, para qualquer apostador perdido e luxurioso que tropeçasse escada acima, indiferente, nas noites de sexta-feira. Cada rato em seu labirinto, como dizia Fannie.

Fiquei feliz por estar do lado de fora do cortiço ao anoitecer, feliz por ouvir todos os rádios ao vivo tocando em todas as janelas, feliz por sentir todos os cheiros de comida e ouvir as risadas.

Estava feliz em entrar e encontrar toda aquela gente.

A VIDA DE ALGUMAS pessoas pode ser resumida com tanta rapidez que não passa de uma porta que bate ou de alguém tossindo em uma rua escura tarde da noite.

Você espia pela janela; a rua está vazia. Quem tossiu foi embora.

Há algumas pessoas que vivem até os trinta e cinco ou quarenta anos, mas, como ninguém percebe, suas vidas são breves, invisíveis e pequenas.

Dentro e ao redor do cortiço havia várias pessoas invisíveis ou semivisíveis que habitavam, mas não exatamente viviam no cortiço.

La estava Sam e lá estava Jimmy e lá estava Pietro Massinello e lá estava aquele cego muito especial, Henry, a pele tão escura quanto os corredores por onde vagava com seu Orgulho Negro.

Todos ou a maioria deles iriam sumir em alguns dias, cada um a seu modo. Como seus desaparecimentos ocorriam com tanta regularidade e variedade, ninguém os percebia. Até eu quase deixei passar o significado de suas últimas despedidas.

Sam.

Sam era marinheiro e saiu do México para lavar pratos, mendigar, comprar vinho barato e passar dias sem fazer nada, para depois se levantar feito um morto que ronda a noite para lavar mais pratos, ganhar mais uns trocados, e se afundar no *vino*, que levava em uma valise marrom. Seu espanhol era ruim e seu inglês pior, porque era sempre filtrado pelo moscatel. Ninguém sabia o que ele dizia, ninguém se importava. Ele dormia no porão, fora de perigo.

E isso era tudo sobre Sam.

Jimmy era outro que a gente também não conseguia entender, não por causa do vinho, mas porque alguém roubou sua dentadura. Seus dentes, entregues gratuitamente pelo departamento de saúde da cidade, haviam desaparecido uma noite quando ele foi descuidado o suficiente para se enfiar em um albergue na Main Street. Os dentes foram roubados de um copo de água ao lado do travesseiro. Quando acordou, seu grande sorriso branco tinha sumido para sempre. Jimmy, boquiaberto, mas alegre devido ao gim, voltou ao cortiço, apontando para as gengivas rosadas e rindo. E com a perda de sua dentadura e com seu sotaque de imigrante tcheco, ele era, como Sam, ininteligível. Ele dormia em banheiras vazias do cortiço às três da manhã e fazia pequenos serviços pela casa todos os dias, rindo muito de nada em particular.

E isso era tudo sobre Jimmy.

Pietro Massinello era um circo de um homem só, a quem foi permitido, como os outros, mudar sua turma de cães, gatos, gansos e periquitos do telhado, onde viviam no verão, para uma despensa no porão em dezembro, onde sobreviveram em um mistura de latidos, gargalhadas, tumultos e cochilos ao longo dos anos. Dava para vê-lo correndo pelas ruas de Los Angeles com seu rebanho de animais adoráveis em seu rastro, os cachorros brincando, um pássaro em cada ombro, um pato perseguindo, enquanto ele carregava um fonógrafo portátil que colocava nas esquinas para tocar "Contos dos bosques de Viena" e fazer seus cachorros dançarem pelo que quer que as pessoas jogassem nele. Ele era um homem minúsculo com sinos no chapéu, rímel preto ao redor dos grandes e inocentes olhos de louco e guizos costurados nos punhos e lapelas. Ele não falava com as pessoas, ele *cantava*.

A placa do lado de fora de seu depósito de madeira no porão dizia MANJEDOURA, e o amor preenchia o lugar, o amor de animais lindamente tratados, afagados e mimados por seu incrível mestre.

E isso era tudo sobre Pietro Massinello.

Henry, o negro cego, era ainda mais especial. Especial porque não só ele falava de modo claro e simples, mas por caminhar por nossas vidas sem bengala e ter sobrevivido quando os outros partiram, à noite, sem pompas.

ELE ESTAVA ME ESPERANDO quando passei pela entrada no andar de baixo do cortiço.

Ele estava esperando por mim no escuro, escondido encostado na parede, seu rosto tão preto que não podia ser visto.

Foram seus olhos, cegos, mas com bordas brancas, que me assustaram.

Dei um pulo e me engasguei.

— Henry. É você?

— Assustei você, não foi? — Henry sorriu, e então lembrou por que estava ali. — Eu estava te esperando — disse ele, baixando a voz, olhando ao redor como se pudesse realmente ver as sombras.

— Algum problema, Henry?

— Sim. Não. Não sei. As coisas estão mudando. O lugar já não é mais o mesmo. As pessoas estão nervosas. Até eu.

Vi sua mão direita tatear no escuro para tocar e agarrar uma bengala verde listrada. Eu nunca o tinha visto levando uma bengala antes. Meus olhos correram para a ponta, que era arredondada com o que parecia ser um bom peso de chumbo. Não era a guia de um cego. Era uma arma.

— Henry — sussurrei.

E ficamos parados por um instante enquanto eu olhava para ele e via o que sempre esteve ali.

Henry, o cego.

Ele tinha tudo de memória. Em seu orgulho, ele havia contado e podia recordar cada passo dado neste quarteirão e no seguinte e no seguinte, e quantos degraus havia neste ou naquele cruzamento. E poderia nomear as ruas por onde passava, com uma certeza soberana, pela fumaça e pelos cheiros do açougueiro ou do engraxate ou da farmácia ou da sinuca. E mesmo quando as lojas estavam fechadas, ele "via" os cheiros de picles kosher ou das caixas de tabaco, ou os aromas de marfim africano das bolas de bilhar aninhadas em suas caçapas, ou o cheiro afrodisíaco do posto de gasolina quando algum tanque ficava cheio, e Henry caminhando, olhando para a frente, sem óculos escuros, sem bengala, sua boca contando as batidas, para se virar para o Bar do Al e caminhar firme e inabalável pelas mesas lotadas em direção a um banquinho de piano vazio, para se sentar lá e estender a mão para a cerveja que era automaticamente colocada no lugar por Al antes de sua chegada, para tocar exatamente três músicas, incluindo a "Maple leaf", infelizmente melhor do que Cal, o barbeiro, beber aquela única cerveja e sair andando pela noite que ele dominava com seus passos e contas, indo para casa, chamando vozes invisíveis, citando nomes, orgulhoso de seu gênio fechado, apenas seu nariz guiando o caminho e suas pernas firmes e musculosas por dezesseis quilômetros de caminhada por dia.

Se você tentasse ajudá-lo a atravessar a rua, um erro que já cometi certa vez, ele afastava o ombro com um puxão e o encarava tão irritado que o rosto corava.

— Não me toque — ele murmurava. — Não me atrapalhe. Você me fez errar a conta agora. Onde estava? — Ele repassava algumas contas de ábaco em sua cabeça escura. Fazia contas em seu crânio. — Ah, sim. São trinta e cinco passos à frente, e depois mais trinta e sete. — E seguia sozinho, deixando você no meio-fio, em seu próprio desfile, trinta e cinco passos à frente para chegar até a Temple, e mais trinta e sete para chegar até a Figueroa. Uma bengala invisível batia sua cadência. Ele marchava, com fé em Deus, ele realmente marchava.

E era Henry Sem Sobrenome, Henry, o cego, quem escutava o vento e conhecia os buracos na calçada e aspirava o pó noturno do cortiço. Era ele quem alertava primeiro sobre coisas esperando nas escadas ou excessos de meia-noite se inclinando pesados no telhado, ou uma transpiração equivocada nos corredores.

E aqui estava ele agora, acuado contra o gesso rachado da entrada do cortiço, com a noite por inteiro do lado de fora e nos corredores. Seus olhos vacilaram e fecharam, suas narinas dilataram-se, ele parecia dobrar um pouco os joelhos como se alguém o tivesse batido na cabeça. A bengala se contraiu em seus dedos escuros. Ele ouviu, ouviu tão atentamente que me virei para olhar o longo corredor cavernoso até o final do cortiço, onde a porta dos fundos estava aberta e mais noites me aguardavam.

— Algum problema, Henry? — perguntei outra vez.

— Promete que não vai contar a Florianna? Fannie tem surtos, você conta a ela muita coisa errada. Promete?

— Eu não vou fazer ela surtar, Henry.

— Onde esteve nos últimos dias?

— Eu tive meus próprios problemas, Henry, e estava sem dinheiro. Eu poderia ter pegado carona, mas, bem...

— Muita coisa acontece em apenas quarenta e oito horas. Pietro, ele e aqueles cachorros e pássaros e gansos, já conheceu os gatos?

— O que tem o Pietro?

— Alguém o denunciou, chamou a polícia. Perturbação da ordem, disseram. A polícia veio, levou embora todos os seus bichinhos, o levou embora. Ele conseguiu dar alguns deles para o pessoal. Fiquei com o gato dele no meu quarto. A sra. Gutierrez comprou outro cachorro. Quando o levaram, o Pietro, ele estava chorando. Nunca ouvi um homem chorar tanto antes. Foi horrível.

— Quem o denunciou, Henry? — Eu mesmo fiquei chateado. Eu vi os cães adorando Pietro, vi os gatos e os gansos que carinhosamente o seguiam e os canários em seu chapéu cheio de sinos e ele dançando nas esquinas durante metade da minha vida. — Quem o denunciou?

— O problema é que ninguém sabe. Os policiais simplesmente vieram e disseram: "Aqui!" e todos os animais de estimação se foram para sempre e Pietro ficou preso, por provocar algum incômodo, ou talvez tenha feito alguma confusão lá na frente, batido em alguém, batido em um policial. Ninguém sabe. Mas alguém denunciou. E não é tudo...

— O que mais? — perguntei, encostado na parede.

— Sam.

— O que tem ele?

— Está no hospital. Bebida. Alguém deu a ele uns dois litros de coisa forte; e o idiota bebeu tudo. Como eles chamam? Coma alcoólico? Se ele estiver vivo amanhã, será pela vontade de Deus. Ninguém sabe quem lhe deu a birita. E então tem o Jimmy, esse foi o pior!

— Meu Deus — sussurrei. — Deixa eu me sentar. — Sentei-me na beira dos degraus que levavam ao segundo andar. — *Sem notícias, ou O que matou o cão.*

— Hein?

— Um velho disco de setenta e oito rotações, de quando eu era criança. *Sem notícias, ou O que matou o cão.* Cachorro come flocos de feno queimado do celeiro que pegou fogo. Como foi que o celeiro pegou fogo? Faíscas sopraram da casa e queimaram o celeiro. Faíscas saíram da casa? De dentro de uma caixa, das velas ao redor do caixão. Velas ao redor do caixão? O tio de alguém morreu. E assim por diante. Tudo termina com o cachorro no celeiro comendo os flocos de feno queimado e morrendo. Ou, "Sem notícias ou O que matou o cachorro". Suas histórias estão me afetando, Henry. Desculpe.

— Está desculpado. Agora, quanto ao Jimmy. Você sabe como ele dorme no chão de andar em andar a cada noite, e uma vez por semana ele simplesmente se levanta e tira a roupa e toma banho na banheira do terceiro andar? Ou no banheiro do primeiro andar? Claro! Bem, ontem à noite ele entrou na tina cheia, bêbado, emborcou e morreu afogado.

— Afogado!

— Afogado. Não é uma estupidez? Não é uma coisa terrível de colocar em sua lápide, exceto que ele não vai *ter* uma lápide? Vala comum. Encontrado em uma banheira de água suja. Virado, tão bêbado que dormiu direto para a sepultura. E com a dentadura nova ainda desta semana. E os dentes sumiram, como pode imaginar, quando o encontraram na banheira! Afogado.

— Ah, meu Jesus Cristo — falei, sufocando uma risada e um soluço.

— Sim, *invoque* o nome de Cristo, que Deus nos ajude a todos. — A voz de Henry tremeu. — Agora, entende o que não quero que diga a Fannie? Vamos deixá-la saber de um de cada vez, espalhar ao longo de semanas. Pietro Massinello na prisão, seus cães perdidos para sempre, seus gatos expulsos, seus gansos cozidos. Sam no hospital. Jimmy afogado. E *eu*? Veja este lenço, todo encharcado de meus olhos, enrolado em meu punho. Eu não me sinto muito bem.

— Ninguém está se sentindo muito bem no momento.

— Agora. — Henry estendeu a mão, infalivelmente em direção à minha voz e segurou meu ombro com gentileza. — Suba lá, e anime as coisas. Com Fannie.

BATI NA PORTA DE Fannie.

— Graças a Deus — eu a ouvi dizer.

Um barco a vapor veio rio acima, escancarou a porta e voltou rio abaixo sobre o piso de linóleo.

Quando Fannie caiu na cadeira, olhou para o meu rosto e perguntou:

— Tem algo errado?

— Errado? Ah. — Eu me virei para olhar a maçaneta em minha mão. — Você deixa sua porta destrancada o tempo todo?

— Por que não? Quem iria querer entrar e invadir a Bastilha? — Mas ela não riu. Estava alerta. Como Henry, ela tinha um faro poderoso. E eu estava suando.

Fechei a porta e afundei em uma cadeira.

— Quem morreu? — perguntou Fannie.

— O que você quer dizer com "quem morreu"? — gaguejei.

— Parece que você acabou de voltar de um funeral chinês e estavam com fome de novo. — Ela tentou sorrir e piscar os olhos.

— Ah. — Eu pensei rápido. — Henry me deu um susto no corredor, só isso. Você conhece Henry. A gente vem por um corredor e não consegue vê-lo à noite.

— Você é um péssimo mentiroso — disse Fannie. — Onde esteve? Estou exausta, esperando sua visita. Você não fica cansado, simplesmente exausto, com a espera? Eu esperei, meu querido rapaz, com medo por você. Você andou triste?

— Muito triste, Fannie.

— Pronto. Eu sabia. Era aquele velho horrível na jaula do leão, não era? Como ele ousou te deixar triste?

— Ele não tinha como evitar, Fannie. — Suspirei. — Imagino que ele preferisse muito mais estar na bilheteria da Pacific Electric contando o papel picado em seu colete.

— Bem, Fannie vai animá-lo. Quer colocar a agulha no disco, meu querido? Sim, é isso. Mozart para dançar e cantar. Devemos convidar Pietro Massinello, não é, algum dia em breve. *A flauta mágica* é bem o que ele gosta, e deixá-lo trazer seus bichinhos.

— Sim, Fannie — falei.

Coloquei a agulha em um disco que sibilou de promessas.

— Pobre rapaz — disse Fannie. — Você parece *mesmo* triste.

* * *

Escutou-se um leve arranhão na porta.

— É o Henry — explicou Fannie. — Ele nunca bate.

Fui até a porta, mas, antes que pudesse abri-la, a voz de Henry atrás dela disse:

— Sou só eu.

Abri a porta e Henry fungou.

— Chiclete de hortelã. É assim que te reconheço. Você alguma vez já mastigou outra coisa?

— Nem mesmo tabaco.

— Seu táxi está aqui — disse Henry.

— Meu o quê?

— Desde quando você pode pagar um táxi? — perguntou Fannie, com as bochechas rosadas e os olhos brilhantes. Tínhamos passado duas gloriosas horas com Mozart e o próprio ar estava luminoso em torno da velha dama. — Então?

— Sim, desde quando posso pagar... — falei, mas parei, pois Henry, do lado de fora da porta, estava balançando a cabeça dizendo: não. Seu dedo foi aos lábios com cautela.

— É seu amigo — ele disse. — O taxista conhece você, de Venice. Certo?

— Certo — confirmei, franzindo a testa. — Se você diz.

— Ah, e aqui. Isto é para Fannie. Pietro disse para passar adiante. Ele está tão abarrotado lá embaixo que não tem espaço para isto.

Ele me entregou um gordo gato malhado ronronando.

Eu peguei e carreguei aquele doce fardo de volta para Fannie, que começou a ronronar enquanto segurava o animal.

— Oh, minha nossa! — Ela chorou, feliz com Mozart e o gato. — Que gato lindo, que lindo!

Henry acenou com a cabeça para ela, acenou para mim e saiu pelo corredor.

Fui dar um grande abraço em Fannie.

— Escute, ah, escute o motorzinho dele — ela falou, segurando aquele gato fofo para um beijo.

— Tranque a porta, Fannie — falei.

— Quê? — ela perguntou. — O quê?

Descendo as escadas, encontrei Henry ainda esperando no escuro, meio escondido contra a parede.

— Henry, pelo amor de Deus, o que você está fazendo?

— Escutando — respondeu.

— Escutando o quê?

— Esta casa, este lugar. Xiu. Cuidado. Agora.

Sua bengala subiu e apontou como uma antena ao longo do corredor.

— Pronto. Você... escuta?

Ao longe, um vento soprou. Ao longe, uma brisa vagava na escuridão. As vigas se acomodaram. Alguém respirou. Uma porta rangeu.

— Eu não escuto nada.

— Isso é porque você está tentando. Não tente. Apenas seja. Apenas ouça. Agora.

Escutei e minha espinha gelou.

— Alguém nesta casa — sussurrou Henry. — Não é daqui. Tenho essa sensação. Não sou bobo. Alguém lá em cima, vagando por aí, não está fazendo nada de bom.

— Não pode ser, Henry.

— Mas é — ele cochichou. — Um cego está dizendo. Há um estranho entre nós. Henry sabe das coisas. Se você não me dá ouvidos, você rola escada abaixo ou...

Afoga-se em uma banheira, pensei. Mas o que falei foi:

— Você vai ficar aqui a noite toda?

— Alguém tem que ficar de guarda.

Um cego?, pensei.

Ele leu minha mente. Ele assentiu.

— O velho Henry, com certeza. Agora, vá embora. É um grande Duesenberg perfumado lá na frente. Não é um táxi. Eu menti. Quem viria buscá-lo tão tarde, conhece alguém que tenha um carro de luxo?

— Ninguém.

— Vá. Eu cuido de Fannie para nós. Mas quem vai cuidar de Jimmy agora? Nem mesmo o próprio Jim. Nem mesmo Sam...

Fui de uma noite para outra.

— Ah, uma última coisa.

Parei. Henry disse:

— Quais foram as más notícias que você trouxe esta noite e não contou? Ao menos não para mim. Nem para Fannie.

Suspirei.

— Como você sabia?

Pensei na velha afundando no leito do rio, silenciosa, em seus lençóis, fora de vista. Pensei em Cal, a tampa do piano batendo em suas mãos.

— Mesmo que — explicou Henry, com bom raciocínio — você masque chiclete de hortelã, seu hálito estava azedo esta noite, meu jovem senhor. O que significa que não está digerindo sua comida direito. O que significa um dia ruim para os escritores que vêm para o interior sem raízes.

— Foi um dia ruim para todos, Henry.

— Eu ainda estou vivo e respirando. — Henry se ergueu e sacudiu a bengala na direção dos corredores escurecendo, onde as lâmpadas queimavam e as almas estavam quase vazias. — Cão de guarda Henry. Você, agora, cai fora!

Saí pela porta em direção a algo que não apenas cheirava como, mas se parecia com um Duesenberg 1928.

Era a limusine de Constance Rattigan. Era tão comprida e brilhante e bela quanto uma vitrine da Quinta Avenida que tivesse vindo parar no lado errado de Los Angeles.

A porta traseira da limusine estava aberta. O chofer estava no banco da frente, o chapéu puxado até a altura dos olhos, olhando direto para a frente. Ele não olhou para mim. Tentei chamar sua atenção, mas a limusine estava esperando, o motor ronronando e eu perdendo tempo.

Nunca havia entrado em um carro assim em toda minha vida.

Poderia ser uma chance única.

Entrei.

Assim que cheguei ao banco de trás, a limusine deu uma guinada feito uma jiboia, deslizando para longe do meio-fio. A porta de trás se fechou na minha cara e estávamos a quase cem por hora quando chegamos ao final do quarteirão. Cortando a Temple Hill, chegamos a uns cento e vinte. Conseguimos pegar todos os sinais verdes até Vermont, de onde rodamos até Wilshire e fomos até Westwood sem nenhum motivo especial, talvez para admirar o caminho.

Sentei-me no banco de trás feito Robert Armstrong no colo de King Kong, grunhindo e balbuciando comigo mesmo, sabendo para onde estava indo, mas me perguntando por que merecia tudo isso.

Então me lembrei das noites em que vim visitar Fannie e encontrei esse mesmo cheiro de Chanel, couro e noites de Paris no ar do lado de fora da porta. Constance Rattigan estivera lá apenas alguns minutos antes. Não nos encontramos por coisa de um ou dois fios de pelo de visom ou uma exalação de Grand Marnier.

Quando nos preparávamos para virar na Westwood, passamos por um cemitério posicionado de forma que, se a gente não tomasse cuidado, entrava num estacionamento. Ou será que em alguns dias, procurando um estacionamento, alguém andou por engano entre as lápides? Uma confusão.

Antes que eu pudesse pensar direito, o cemitério e o estacionamento foram deixados para trás e estávamos a meio caminho do mar.

Na Venice com a Windward, giramos para o sul ao longo da costa. Passamos feito uma chuva leve, silenciosa e rápida, não muito longe do meu pequeno apartamento. Vi a janela da minha máquina de escrever iluminada por uma luz fraca. Pensei: será que estou ali, sonhando? E deixamos para trás o meu escritório de cabine telefônica deserto, com Peg a três mil quilômetros de distância, no final da linha silenciosa. Peg, pensei, se você pudesse me ver agora!

Demos uma guinada e entramos por trás do grande forte mourisco, branco como marfim, exatamente à meia-noite, e a limusine parou tão facilmente quanto uma onda afunda na areia e a porta do veículo bateu e o motorista, ainda quieto após a longa e silenciosa corrida, se apressou para a parte de trás do forte e não voltou a aparecer.

Esperei um minuto inteiro para que algo acontecesse. Quando não aconteceu, deslizei para fora da limusine, feito um ladrão de lojas, me sentindo culpado sem motivo e pensando se deveria fugir.

Vi uma figura escura no andar de cima da casa. As luzes se acenderam enquanto o motorista se movia pelo forte mourisco nas areias de Venice.

Fiquei quieto, de todo modo. Olhei para meu relógio. Enquanto o ponteiro dos minutos contava o último segundo do último minuto, as luzes do pórtico frontal se acenderam.

Caminhei até a porta da frente aberta e entrei em uma casa vazia. À distância, em um corredor, vi uma pequena figura correndo pela cozinha preparando bebidas. Uma menininha vestida de empregada. Ela acenou para mim e correu.

Entrei em uma sala de estar abarrotada com uma coleção de travesseiros de todos os tamanhos, desde o tamanho de um lulu-da-pomerânia até o de um dogue alemão. Sentei-me no maior e afundei enquanto minha alma continuava afundando em mim.

A empregada entrou correndo, colocou duas bebidas em uma bandeja e saiu correndo antes que eu pudesse vê-la (havia apenas luz de velas neste quarto). Por cima do ombro, ela largou um "beba!", no que podia ou não ser um sotaque francês.

Era um bom vinho branco fresco, e eu estava precisando. Meu resfriado havia piorado. Eu estava espirrando, fungando e espirrando o tempo todo.

No ano de 2078, eles escavaram uma velha tumba, ou o que se pensaria ser uma tumba, no litoral da Califórnia onde, segundo rumores, rainhas e reis governaram certa vez, e depois foram embora com as marés ao longo das planícies. Alguns foram enterrados com suas carruagens, dizia-se. Alguns com relíquias de sua arrogância e magnificência. Alguns deixaram para trás apenas imagens de si mesmos em estranhos recipientes que, presos à luz e girados em um aparelho, falavam em línguas e lançavam espetáculos de sombras em preto e branco, em telas de tapeçaria vazias.

Uma das tumbas encontradas e abertas foi a de uma rainha e naquela abóbada não havia uma partícula de poeira, nem móveis, apenas almofadas no meio do andar e ao redor, fileiras e mais fileiras, subindo até o teto, e pilha sobre pilha, que alcançavam até aquele teto, vasilhames etiquetados com as vidas que a rainha viveu e nenhuma dessas vidas era verdadeira, mas pareciam verdadeiras. Eram sonhos enlatados e aprisionados. Eram recipientes de onde gênios gritavam, ou para onde as princesas fugiam para se esconder, por toda a eternidade, da realidade que matava.

E o endereço da tumba era Speedway 27, Ocean Front, Venice, Califórnia, em um ano perdido sob a areia e a água. E o nome da rainha com seu filme em latas que iam do chão ao teto era Rattigan.

E eu estava lá agora, aguardando e pensando: espero que ela não seja como a mulher dos canários. Espero que ela não seja uma múmia com poeira nos olhos.

Parei de ter esperanças.

A segunda rainha egípcia havia chegado. E não com uma entrada grandiosa, e não com um vestido de noite em lamê prateado, nem mesmo um vestido elegante e um lenço ou calças sob medida.

Eu a pressenti na porta do outro lado da sala antes que ela falasse, e o que era ela? Uma mulher de cerca de um metro e meio de altura, em um maiô preto, incrivelmente bronzeada por todo o corpo e com o rosto escuro feito noz-moscada e canela. Seu cabelo era curto e de uma espécie de loiro-castanho-acinzentado e despenteado como se, sei lá, ela tivesse dado uma chance ao pente e desistido no meio do caminho. O corpo era esbelto, firme e ágil, e os tendões das pernas não haviam sido cortados. Ela correu rapidinho, descalça, pelo chão e ficou me olhando com olhos brilhantes.

— Você nada bem?

— Mais ou menos.

— Quantas voltas você consegue dar na minha piscina? — Ela apontou com a cabeça para o grande lago esmeralda para além das portas francesas.

— Vinte.

— Eu posso chegar a quarenta e cinco. Qualquer homem que eu conheço tem que fazer quarenta antes de ir para a cama comigo.

— Acabei de ser reprovado no teste — disse eu.

— Constance Rattigan. — Ela agarrou minha mão e apertou.

— Eu sei — respondi.

Ela recuou e me olhou de cima a baixo.

— Então é você quem masca hortelã e gosta de *Tosca* — disse ela.

— Você é quem tem conversado com o cego Henry e com Florianna?

— Isso mesmo! Espere aqui. Se eu não der meu mergulho noturno, vou dormir em cima de você.

Antes que eu pudesse falar, ela atravessou as portas francesas, contornou a piscina e se dirigiu para o oceano. Ela desapareceu na primeira onda e nadou até sair de vista.

Pressenti que ela não iria querer vinho quando voltasse. Fui até a cozinha, que era holandesa, branco-creme, azul-celeste, e encontrei uma cafeteira italiana e o cheiro de café coando para o início de um novo dia. Verifiquei meu relógio barato: quase uma da manhã. Servi café para dois e levei para fora, para esperá-la na varanda com vista para a piscina incrivelmente azul-esverdeada.

— Sim! — foi sua resposta enquanto corria para se sacudir nos ladrilhos feito um cachorro.

Ela pegou o café e deve ter queimado a boca ao tomá-lo. Entre suspiros, ela disse:

— Isso *começa* meu dia.

— A que horas você vai para a cama?

— Às vezes ao nascer do sol, como os vampiros. O meio-dia não é para mim.

— Como você consegue esse bronzeado?

— Lâmpada solar no porão. Por que você está me olhando?

— Porque você é tão diferente do que pensei que seria — confessei. — Imaginei alguém como a Norma Desmond daquele filme que acabou de sair. Já assistiu?

— Diabos, eu *vivi* aquilo. Metade do filme sou eu, o resto não presta. Aquela abobada da Norma quer uma nova carreira. Tudo que eu quero na maior parte do tempo é me esconder e não sair. Eu estou farta de produtores passando a mão no meu joelho, diretores de teste do sofá, escritores tímidos e roteiros covardes. Sem querer ofender. Você é escritor?

— Pode apostar.

— Você tem coragem, garoto. Fique longe dos filmes. Eles vão ferrar a sua vida. Onde eu estava? Ah, sim, eu dei a maioria dos meus vestidos chiques para o Saldão dos Voluntários de Hollywood anos atrás. Eu vou talvez a uma estreia por ano, disfarçada como outra pessoa. Uma vez a cada oito semanas, se for algum velho amigo, almoço no Sardi's ou no Derby, e então me tranco de novo. Eu vejo Fannie mais ou menos uma vez por mês, geralmente nessa época. Ela é uma coruja noturna como esta que está aqui ao seu dispor.

Ela terminou o café e se enxugou com uma enorme toalha amarela macia que combinou com seu bronzeado escuro. Ela a colocou nos ombros e me lançou outro olhar. Tive tempo para estudar essa mulher que era e não era Constance Rattigan, a grande imperatriz da minha infância. Na tela, eram seis metros de uma mulher esquiva, vilanesca, caçadora de homens, de cabelos escuros e arrebatadora em sua beleza. Aqui, era uma rata do deserto queimada de sol, rápida, ágil, eterna, toda canela e noz-moscada e mel, enquanto ficávamos ao vento noturno em frente à sua mesquita, perto de sua piscina mediterrânea. Olhei para aquela casa e pensei, nenhum rádio, nenhuma televisão, nenhum jornal. Ela foi rápida com sua telepatia.

— Isso mesmo! Só o projetor e os filmes na sala. O tempo só funciona bem em uma direção. Para trás. Eu controlo o passado. Eu estaria ferrada se eu soubesse o que fazer com o presente, e que se dane o futuro. Eu não vou estar lá, não quero ir para lá e o odiaria se você me fizesse ir. É uma vida perfeita.

Olhei para todas as janelas iluminadas de sua casa e todos os cômodos atrás das janelas e depois para a limusine abandonada ao lado da mesquita.

Isso a deixou nervosa o suficiente para que, de repente, ela saísse e voltasse correndo com o vinho branco. Ela serviu e murmurou:

— Que se dane. Beba. Eu vou...

De repente, quando ela entregou minha taça de vinho, comecei a rir. Rir, não, eu explodi, eu gargalhei.

— Qual é a graça? — ela perguntou, pegando o vinho de volta. — O que é engraçado?

— Você — soltei — e o chofer. E a empregada. A empregada, o chofer! E você!

Apontei para a cozinha, para a limusine e de volta para ela.

Ela sabia que estava presa e se juntou à minha hilaridade, jogando a cabeça para trás e dando um grito delicioso.

— Jesus Cristo, garoto, você me pegou! Mas eu pensei que era boa.

— E você é! — gritei. — Você é incrível. Mas quando me entregou minha bebida, havia algo em seu pulso. Eu vi as mãos do chofer no volante. Eu vi os dedos da empregada na bandeja de servir. Constance, quero dizer, senhorita Rattigan...
— Constance.
— Você poderia ter mantido esse baile de máscaras por dias — falei. — Foi apenas uma coisinha em suas mãos e pulsos.

Ela saiu correndo do quarto, deu um salto para trás, brincalhona como um cachorro de colo, de boné de chofer, tirou-o, vestiu o da empregada, bochechas rosadas, olhos faiscantes.

— Você quer beliscar a bunda do chofer? Ou a da empregada?
— Todos os três têm uma bunda incrível!

Ela tornou a encher minha taça, jogou longe os dois bonés e disse:
— É a única diversão que tenho. Há anos que não trabalho, então arranjo serviço. Dirijo pela cidade à noite, incógnita. As compras à tardinha, como empregada doméstica, idem. Também opero o equipamento de projeção aqui na sala e lavo a limusine. Também não sou má cortesã, se você gosta de cortesãs. Comecei a ganhar cinquenta pratas por noite, muita grana, em 1923, quando um dólar valia um dólar e dois compravam o jantar.

Paramos de rir quando voltamos para dentro e afundamos nos travesseiros.

— Por que todo esse mistério, por que esses serões? — perguntei. — Você sai de dia?

— Só para funerais. Sabe — Constance tomou um gole de café e se recostou entre os travesseiros, que pareciam um canil —, não gosto muito de pessoas. Comecei a ficar rabugenta ainda jovem. Acho que tenho impressões digitais de produtores demais na minha pele. Enfim, não é ruim brincar de casinha sozinha.

— O que estou fazendo aqui? — perguntei.

— Primeiro, você é amigo da Fannie. E, segundo, você parece um bom garoto. Brilhante, mas sem cérebro, digo, inocente. Aqueles grandes olhos azuis cheios de ingenuidade. A vida ainda não golpeou você? Espero que nunca golpeie. Você parece seguro para mim, e bastante agradável e divertido. Mas não passa no exame físico, como dizem, não no exame físico. O que significa que não vou te levar para a cama, sua virgindade está segura.

— Eu não sou virgem.

— Não, mas com certeza você parece.

Eu corei violentamente.

— Você ainda não falou. Por que estou aqui?

Constance Rattigan largou a xícara de café e se inclinou para a frente para olhar diretamente no meu rosto.

— Fannie — disse ela — está apavorada. Aterrorizada. Assustada. Eu pergunto, foi você o responsável?

EU HAVIA ESQUECIDO POR um momento.

A viagem para a praia tinha tirado a escuridão da minha cabeça. Estar nessa casa, de pé à beira da piscina, vendo essa mulher ir e vir de seu mergulho no mar, sentir o vento noturno no rosto e o vinho na boca fizeram desaparecer as últimas quarenta e oito horas.

De repente, percebi que não dava uma boa gargalhada há muitas semanas. A risada daquela mulher estranha tinha me rejuvenescido de volta à idade que eu deveria ter: vinte e sete anos, não noventa, como me senti ao levantar essa manhã.

— É você o responsável por assustar Fannie? — ela repetiu, e parou. — Meu Deus — disse ela. — Parece que acabei de atropelar seu cachorro de estimação. — Ela agarrou minha mão e apertou. — Eu acabei de chutar você nas *kishkas*?

— Kish...?
— Nas almôndegas. Desculpe.
Ela me soltou. Não caí do penhasco. Então ela falou:
— É só que sou muito protetora em relação a Fannie. Acho que você não sabe quantas vezes fui àquele cortiço miserável.
— Eu nunca vi você lá.
— Claro que viu, mas não sabia. Uma noite, há um ano, no *Cinco de Mayo*, tinha uma fila de conga de Pachuco com mariachis hispano-mexicanos pelos corredores que desceu pelo cortiço, turbinada de vinho e *enchiladas*. Eu chefiei o trenzinho, disfarçada de Rio Rita; ninguém sabia quem eu era, que é o único modo de me divertir. Você estava na outra ponta da fila, fora de compasso. Não nos encontramos. Depois de uma hora, conversei com Fannie e dei no pé. Na maioria das vezes eu chego lá às duas da manhã porque Fannie e eu voltamos aos dias na Ópera de Chicago e no Instituto de Artes, quando eu pintava e estava no coro da ópera, e Fannie cantava algumas deixas. Nós sabíamos Caruso e éramos magrinhas feito varetas, dá para acreditar? Fannie? Magra! Mas que voz! Meu Deus, éramos jovens. Bem, você sabe o resto. Percorri um longo caminho com muitos colchões marcando minhas costas. Quando as marcas se tornaram numerosas demais, me aposentei para ficar bombeando dinheiro aqui no meu quintal.

Ela apontou para ao menos quatro poços de petróleo arfando e suspirando nos fundos da cozinha, animais de estimação maravilhosos para se ter uma boa vida.

— Fannie? Ela teve um caso de amor terrível, que partiu seu coração de modo irremediável, e a fez explodir até o tamanho que se vê agora. Nenhum homem, nem eu, nem a vida, poderia fazê-la voltar à beleza. Nós todos simplesmente desistimos disso e permanecemos amigas.

— Uma boa amiga, pelo tom da sua voz.

— Bem, é uma via de mão dupla. Ela é uma excêntrica e talentosa mulher perdida. Dou cambalhotas feito um chihuahua quando ela dança sua gavota mastodôntica. Muitas risadas boas e sinceras no mundo das quatro da madrugada. Não nos enganamos quanto aos fatos da vida. Sabemos que nunca mais voltaremos ao que éramos, ela pelos motivos dela, eu pelos meus. Ela viu um homem muito de perto, eu vi muitos, rápido demais. A aposentadoria assume muitas formas, como você pode ver pelos meus disfarces, como você pode ver pelo formato de balão Montgolfier da Fannie.

— O jeito que você fala dos homens... Digo, você está falando com um aqui bem na sua frente, agora — comentei.

— Você não é um deles, isso posso ver. Você não estupraria uma bailarina comum, nem usaria a mesa do seu agente como cama. Você não conseguiria matar sua avó para pegar o seguro. Talvez você seja idiota, não sei, ou um tolo, mas passei a preferir os idiotas e tolos, caras que não criam tarântulas ou arrancam asas de beija-flores. Escritores ingênuos que sonham viajar para Marte e nunca mais voltar para esse nosso ridículo mundo previsível.

Ela parou, ouvindo a si mesma.

— Jesus, eu falo muito. Voltemos à Fannie. Ela não se assusta com frequência, vivendo naquela armadilha há vinte anos, com a porta aberta para todos e o pote de maionese na mão, mas agora há algo errado. Ela pula quando as pulgas espirram. Então...?

— Ontem à noite tudo o que fizemos foi tocar ópera e tentar brincar. Ela não falou.

— Talvez ela não quisesse incomodar o marciano, essa é uma das formas como ela te chama, certo? Eu sei pela maneira como a pele dela treme. Você conhece cavalos? Você já viu a pele de um cavalo se contorcer e estremecer quando as moscas pousam nele? Moscas invisíveis pousam em Fannie o tempo todo, e ela apenas firma a boca e sacode a carne. Parece que seu mapa astral está errado. Sua ampulheta está defeituosa, como se alguém tivesse trocado a areia por cinzas de urna funerária. Ouvem-se sussurros estranhos na porta da geladeira. O gelo cai dentro da geladeira à meia-noite e parece o tipo errado de risada. O banheiro do outro lado do corredor gargalha a noite toda. Os cupins sob sua cadeira vão roer o móvel e fazê-la tombar no inferno. As aranhas na parede estão remendando sua mortalha. Que tal essa lista? Tudo intuição. Sem fatos. Seria jogada para fora de um tribunal bem rápido. Está entendendo?

E nada teme.

Eu pensei nisso, mas não disse nada. Em vez disso, falei:

— Você conversou com Henry sobre isso?

— Henry acha que é o melhor cego do mundo. Isso não me serve de nada. Ele tem palpites. Algo está acontecendo, mas ele não diz o quê. Você tem como ajudar? Para eu poder escrever para Fannie ou ligar para ela por meio daquela tal Gutierrez, ou dar um pulo lá amanhã à noite e dizer a ela que está tudo de boa. Que acha?

— Posso beber mais vinho, por favor?

Ela serviu, sem tirar os olhos de mim.

— Tudo bem — ela disse —, comece a mentir.

— Algo *está* acontecendo, mas é muito cedo para dizer.

— Quando você contar, pode ser tarde demais. — Constance Rattigan deu um pulo e caminhou pela sala, virando-se finalmente para me fuzilar com os olhos. — Por que você não fala nada, se sabe que Fannie está apavorada?

— Porque eu mesmo estou cansado de ter medo de cada sombra. Porque fui um covarde a vida toda e estou farto de mim. Quando eu souber mais, ligo para você!

— Jesus. — Constance Rattigan soltou uma risada. — Você fala alto. Vou me afastar e te dar mais espaço. Sei que ama Fannie.

Você acha que ela deveria vir morar comigo aqui por alguns dias, uma semana, para protegê-la?

Olhei ao redor para os grandes travesseiros, aquela manada de brilhantes elefantes cobertos de cetim com recheios de penas de ganso, parecidos com Florianna em forma e tamanho. Fiz que não com a cabeça.

— Aquele é o ninho dela. Tentei levá-la ao cinema, às peças, até às óperas. Esqueça. Ela não sai na rua há mais de dez anos. Tirá-la do cortiço, de seu grande cemitério de elefante, bem...

Constance Rattigan suspirou e encheu meu copo novamente.

— Não faria nenhum bem mesmo, não é?

Ela estava lendo meu perfil. Eu estava lendo as ondas escuras para além das janelas francesas, onde as areias da maré giravam durante o sono, em seu próprio tempo.

— É sempre tarde demais, não é? — Constance Rattigan continuou. — Não há como proteger Fannie ou qualquer pessoa, não quando alguém quer machucar ou matar você.

— Quem falou algo sobre matar? — protestei.

— Você tem o tipo de rosto rosado de abóbora que mostra tudo. Quando eu prevejo o futuro não é nas folhas de chá, é pelos olhares óbvios e bocas vulneráveis. Fannie está assustada e isso me assusta. Pela primeira vez em anos, quando nado à noite, acho que uma grande onda vai me levar tão longe que nunca vou conseguir voltar. Cristo, eu odeio ter meu único grande prazer estragado assim. — Então ela acrescentou rapidamente: — Não é você quem está estragando tudo, não?

— O quê?

De repente, ela parecia Crumley ou Fannie me dizendo para "não trazer ninguém".

Devo ter parecido tão assustado que ela soltou uma risada.

— Deus, não. Você é apenas um daqueles caras que matam pessoas no papel, para não matar de verdade. Desculpe.

Mas eu estava de pé agora, pronto para estourar dizendo algo, contar coisas malucas, mas não tinha certeza do quê.

— Olha — falei. — Tem sido um mês louco. Estou começando a notar coisas que talvez nunca tenha percebido antes. Nunca li os obituários, nunca. Agora eu leio. Você já teve semanas ou meses em que muitos amigos enlouquecem, ou vão embora, ou caem mortos?

— Aos sessenta — Constance Rattigan riu ironicamente — há anos inteiros assim. Tenho medo de descer qualquer lance de escada, um amigo quebrou o pescoço desse jeito. Com medo de comer, pois dois amigos engasgaram-se. O oceano? Três amigos afogaram-se. Aviões? Seis amigos esmagados. Carros, vinte. Dormindo? Diabos, sim. *Dez* amigos morreram dormindo, falaram "que se dane" e deram adeus. Bebendo? Catorze amigos com cirrose. Liste-me algumas listas. Só começou para você. Eu tenho um caderno de telefones aqui, olhe.

Ela pegou um livrinho preto da mesa perto da porta e o jogou para mim.

— O Livro dos Mortos.

— O quê?

Virei as páginas, vi os nomes. Havia pequenas cruzes vermelhas em cinquenta por cento dos nomes em cada página.

— Essa agenda telefônica tem trinta e cinco anos. Então, metade das pessoas dela já se foi há um bom tempo e eu não tenho coragem de finalmente apagar ou arrancar os nomes. Seria como uma morte final. Então acho que sou tão medrosa quanto você, meu filho.

Ela tirou o Livro dos Mortos das minhas mãos.

Senti um vento frio vindo da janela e escutei a areia da praia se mover como se uma fera grande e invisível tivesse posto sua enorme pata ali.

— Eu não assustei Fannie — falei, enfim. — Não sou Mary Tifoide. Não transmito a doença. Se acontecer algo qualquer lugar esta noite, ou aqui, não vai ser por isso. Meu estômago está ruim há dias. Pessoas estão morrendo ou fugindo, não há conexão, e eu não posso provar nada. Estou nas redondezas ou perto de quando acontece e me sinto culpado. Não posso ver, saber, dizer, ou parar isso. Tenho essa sensação horrível de que vai durar mais dias do que posso suportar. Todos para quem olho, agora, penso, me pergunto se ele ou ela é o próximo, e sei que, se eu esperar o suficiente, é claro, todo mundo vai ser. Eles parecem estar indo mais rápido esta semana. Isso é tudo que vou dizer. Agora vou calar a boca.

Ela veio e beijou as pontas dos dedos e colocou as pontas dos dedos na minha boca.

— Não vou irritá-lo de novo. Para um covarde, você rebate bem. E agora, quer outra bebida? Rodar uns filmes? Dar um mergulho à meia-noite na minha piscina? Fazer sexo por pena com sua mãe de cinema? Nenhuma das opções?

Abaixei minha cabeça para evitar seu olhar zombeteiro e feroz.

— Filmes. Eu gostaria de ver Constance Rattigan em *Cortinas rendadas*. A última vez que vi, eu tinha cinco anos.

— Você sabe como fazer os velhos se sentirem bem. *Cortinas rendadas*. Afaste-se enquanto carrego o projetor. Meu pai trabalhava em um cinema de Kansas City quando eu era menina, me ensinou a operar as máquinas. Ainda consigo. Não preciso de *ninguém* nesta casa!

— Precisa, sim. De mim. Para assistir ao filme.

— Droga. — Ela saltou sobre os travesseiros e começou a mexer no projetor na parte de trás da sala. Puxou uma lata de filme de uma prateleira próxima e habilmente começou a enfiá-la na máquina. — Você está certo. Vou assistir ao seu rosto me observando.

Enquanto ela estava ocupada, cantarolando e ajustando o projetor, me virei e saí para a varanda baixa acima da areia. Meus olhos viajaram para o sul, percorrendo a costa, passando pela frente da propriedade de Constance Rattigan e seguindo para o norte até...

Perto da linha da maré, vi algo.

Havia um homem parado ali, imóvel, ou algo que parecia um homem. E há quanto tempo estava lá, e se ele tinha acabado de voltar do mar, eu não sabia dizer. Não pude ver se estava molhado. Ele parecia estar nu.

Engasguei e olhei rapidamente para dentro. Constance Rattigan, assobiando entre dentes, ainda estava lidando com o projetor.

Uma onda soou como um tiro. Desviei meu olhar. O homem ainda estava lá, mãos ao lado do corpo, cabeça erguida, pernas abertas, quase desafiador.

Vá embora!, eu queria gritar. O que está fazendo aqui? Não fizemos nada.

Tem certeza?, foi meu pensamento seguinte.

Ninguém merece ser morto.

Não?

Uma última onda veio por trás daquela figura lá na praia. Quebrou-se em uma série de espelhinhos trincados que caíram e pareceram envolver o homem. Ele foi apagado. Quando a onda recuou, havia partido, talvez fugindo para o norte ao longo das areias.

Passando pela jaula do leão no canal, pelas janelas vazias da mulher dos canários, passando pelo meu apartamento com a cama coberta por lençóis.

— Preparado? — Constance Rattigan chamou de dentro.

Na verdade não, pensei.

Lá dentro, Constance disse:

— Venha ver a velhinha se tornar jovem.

— Você não está velha — falei.

— Não, graças a Deus. — Ela correu apagando as luzes e afofando travesseiros no meio da sala. — Essa maluca por saúde vai escrever um livro no ano que vem. Ginástica subaquática. Sexo na maré baixa. Que bicarbonato tomar depois de comer o treinador de futebol local. O que foi, meu Deus. Você está corando de novo. O que você sabe sobre as moças?

— Não muito.

— Quantas você teve?

— Não muitas.

— Uma — ela adivinhou, e cantou quando minha cabeça balançou. — Onde ela está esta noite?

— Cidade do México.

— Quando ela volta?

— Em dez dias.

— Tem saudades dela? Você a ama?

— Sim.

— Você quer telefonar para ela e ficar no telefone a noite toda para que a voz dela o proteja dessa mulher-dragão aqui?

— Não tenho medo de você.

— Uma ova que não. Acredita no calor do corpo?

— Do corpo?

— O calor! Sexo sem sexo. Abraços. Você pode dar a esta iguana velha um pouco de calor enlatado sem perder a virtude. E só abraçar e segurar, como uma colherzinha. Mantenha os olhos fixos no teto. É lá que vai estar a ação. Filmes por toda a noite até o amanhecer, feito a ereção de Francis X. Bushman. Desculpe. Droga. Vamos, filho. Vamos nos deitar!

Ela afundou nos travesseiros, me puxando em seguida, ao mesmo tempo golpeando alguns botões em um console de controles embutido no chão.

As últimas luzes se apagaram. O projetor de dezesseis milímetros começou a zumbir. O teto se encheu de luz e sombra.

— Veja. Que acha disso?

Ela apontou para cima com seu lindo nariz.

Constance Rattigan, vinte e oito anos mais jovem, no teto, acendeu um cigarro.

Abaixo e ao meu lado, a verdadeira dama soprou a fumaça.

— Mas eu era uma piranha, hein — comentou.

Acordei com o nascer do sol sem acreditar onde estava. Acordei incrivelmente feliz, como se algo lindo tivesse acontecido durante a noite. Nada havia acontecido, é claro, foi apenas uma noite de sono entre todos aqueles travesseiros finos ao lado de uma mulher que cheirava a armários de temperos e parquete fino. Ela era um adorável jogo de xadrez esculpido e colocado na vitrine de uma loja de quando você era criança. Ela era como um vestiário feminino recém-construído, com apenas um leve aroma da poeira de uma quadra de tênis ao meio-dia grudada às coxas douradas.

Virei-me para a luz do amanhecer.

E ela se foi.

Ouvi uma onda vindo da praia. Um vento frio soprou pelas portas francesas abertas. Eu me sentei. Bem longe, nas águas escuras, vi um braço despontar para cima e para baixo, para cima e para baixo. Sua voz chamou.

Corri para fora, dei um mergulho e nadei metade do caminho até ela antes de ficar exausto. Nem um pouco atlético. Dei meia-volta e me sentei na praia, esperando por ela. Ela finalmente veio e ficou à minha frente, totalmente nua desta vez.

— Cristo — disse ela. — Você nem mesmo tirou a cueca. O que aconteceu com a juventude de hoje? — Eu estava olhando para o corpo dela. — Que acha? Não está nada mal para uma velha imperatriz, hein? Peitinhos firmes, bundinha empinada, pentelhos bem cortadinhos...

Mas fechei meus olhos. Ela deu uma risadinha. Então se foi, rindo. Ela correu um quilômetro pela praia e voltou, assustando apenas as gaivotas.

A coisa seguinte que percebi foi o cheiro de café soprando ao longo da praia, com o cheiro de torradas frescas. Quando me arrastei para dentro, ela estava sentada na cozinha, usando apenas o rímel que passara em volta dos olhos logo antes. Piscando rapidamente para mim, feito uma camponesa de filme mudo, ela me entregou geleia e torradas, e dispôs delicadamente um guardanapo sobre o colo, para não ofender enquanto eu observava e comia. Ela tinha geleia de morango na ponta do seio esquerdo. Eu vi isso. Ela me viu vendo e perguntou:

— Com fome?

O que me fez passar manteiga na torrada ainda mais rápido.

— Meu Deus, vá ligar para a Cidade do México.

Liguei.

— Onde você está? — exigiu a voz de Peg, a três mil quilômetros de distância.

— Em uma cabine telefônica, em Venice, e está chovendo — falei.

— Mentiroso! — disse Peg.

E ela estava correta.

* * *

E ENTÃO, DE REPENTE, tudo havia acabado.

Estava muito tarde, ou muito cedo. Me senti bêbado de vida, apenas porque essa mulher havia tomado de seu tempo para brincar ao longo das horas, conversar ao longo da escuridão até que o sol, muito longe ao leste, por entre os nevoeiros, ameaçasse surgir.

Olhei para fora, para a praia e a rebentação. Nenhum sinal de corpos afogados, e ninguém na areia para saber ou não. Eu não queria ir, mas tinha um dia inteiro de trabalho pela frente, escrevendo minhas histórias sempre um passo à frente da morte. Um dia sem escrever, eu costumava dizer, e dizia isso tantas vezes que meus amigos suspiravam e reviravam os olhos, um dia sem escrever era uma pequena morte. Eu não pretendia me atirar por cima do muro do cemitério. Eu lutaria até o fim com minha Underwood Standard, que, se você mirar bem, atira com mais precisão do que qualquer rifle já inventado.

— Eu vou te levar para casa — disse Constance Rattigan.

— Não, obrigado. Fica a apenas trezentos metros na praia. Somos vizinhos.

— Mentira! Este lugar custou duzentos mil dólares para ser construído em 1920, cinco milhões em dinheiro de hoje. Quanto é o seu aluguel? Trinta dólares por mês?

Eu concordei.

— Ok, vizinho. A areia o espera. Voltará logo, em alguma meia-noite?

— Com frequência — falei.

— Com frequência. — Ela segurou minhas duas mãos entre as dela, ou seja, nas mãos do chofer, da empregada e da rainha do cinema. Ela riu, lendo minha mente. — Você acha que eu sou maluca?

— Eu queria que o mundo fosse como você.

Ela mudou de marcha para evitar o elogio.

— E Fannie? Ela viverá para sempre?

Com olhos úmidos, fiz que sim com a cabeça.

Ela me beijou nas duas bochechas e me empurrou.

— Saia daqui.

Eu pulei de sua varanda de azulejos para a areia, dei um passo, me virei e disse:

— Bom dia, princesa.

— Merda — disse ela, satisfeita.

Saí correndo.

Não aconteceu muita coisa naquele dia. Mas naquela noite...

Acordei e olhei para meu relógio de Mickey Mouse, me perguntando o que havia me acordado. Fechei bem os olhos e agucei os ouvidos, escutando.

Disparo de rifle. Bangue, bangue, e bangue de novo, bangue e outro bangue, descendo pela praia, vindo do píer.

Meu Deus, pensei, o píer está quase vazio e o estande dos rifles está fechado, então quem poderia estar lá fora, no meio da noite, puxando o gatilho e acertando o alvo?

Bangue e bangue e o som de gongo tocado. Bangue e bangue. De novo e de novo. Doze tiros por vez e depois mais doze e depois mais doze, como se alguém tivesse alinhado três e depois seis e então nove rifles e estivesse pulando de um vazio para um carregado sem perder o fôlego e apontando e disparando e disparando e disparando.

Que loucura.

Tinha que ser. Quem quer que fosse, sozinho no píer na névoa, agarrando as armas, atirando no Destino.

Seria Annie Oakley, a própria mulher dos rifles?, me perguntei.

Bangue. Toma isso, seu filho da puta. Bangue. Engula essa, seu maldito amante em fuga. Bangue. E mais essa, seu garanhão desgraçado e diabólico. Bangue!

Bam e novamente *bam*, lá longe, mas soprado ao vento.

Tantas balas, pensei, para fazer algo impossível morrer. Isso durou vinte minutos.

Quando acabou, não consegui dormir.

Com três dezenas de feridas no peito, tateei até a máquina de escrever e, de olhos fechados, escrevi todos os tiros disparados no escuro.

— Puliça Pupp?
— Como é que é?
— Puliça Pupp, aqui é o Krazy Kat.
— Jesus. É você — disse Crumley. — Sou o Puliça Pupp, agora?
— É melhor do que Elmo Crumley.
— Nessa me pegou. E Krazy Kat combina com você. Como vai o Grande Épico Americano?
— Como vai o novo Conan Doyle?
— Isso é embaraçoso, mas desde que te conheci, garoto, estou escrevendo quatro páginas por noite. É como uma guerra: deve terminar até o Natal. O Krazy Kat, no final das contas, é uma boa influência. Esse é o último elogio que receberá do Puliça aqui. Você quem ligou. Desembucha.
— Tenho mais hipóteses para nossa lista de possíveis futuras vítimas.

— Jesus pregado na cruz — Crumley suspirou.

— Curioso como você nunca percebe...

— Foi uma piada. Continue.

— Shrank ainda encabeça o baile. Depois Annie Oakley, ou qualquer que seja o nome verdadeira dela, a mulher dos rifles. Noite passada, alguém estava dando tiros no píer. Só podia ser ela. Quem mais? Digo, ela não iria abrir seu estande, às duas da manhã, para um estranho, iria?

Crumley interrompeu.

— Consiga o nome verdadeiro dela. Não posso fazer nada sem um nome verdadeiro.

Senti que ele estava rindo da minha cara e me calei.

— O gato comeu sua língua — disse Crumley.

Fiquei em silêncio.

— Ainda está aí? — perguntou Crumley.

Silêncio sombrio.

— Lázaro, levanta-te e anda, que inferno — ordenou Crumley.

Eu ri.

— Devo terminar a lista?

— Deixa eu pegar minha cerveja. Ok. Manda ver.

Citei mais seis nomes, incluindo, embora eu realmente não acreditasse, o de Shapeshade.

— E talvez — terminei, e hesitei — Constance Rattigan.

— Rattigan! — gritou Crumley. — Que diabos você sabe sobre Rattigan? Ela come os culhões de um tigre no café da manhã e poderia cavalgar um tubarão. Ela sairia de Hiroshima com os brincos e os cílios intactos. Agora, Annie Oakley, também não. Ela atiraria no rabo de quem tentasse algo com ela. Não, o único jeito seria se alguma noite, sozinha, ela jogasse todas as armas do píer e se atirasse em seguida, quem conhece ela sabe. Quanto à Shapeshade, não me faça rir. Ele nem sabe que o mundo real existe aqui entre nós, gente grotesca e normal. Eles vão enterrá-lo em seu Wurlitzer em 1999. Tem mais alguma ideia brilhante?

Engoli em seco e finalmente decidi contar a Crumley sobre o misterioso desaparecimento de Cal, o barbeiro.

— Misterioso o caramba! — disse Crumley. — Onde você esteve? Aquele açougueiro louco deu no pé. Encheu sua lata-velha com o que restava da loja outro dia, e se mandou para o leste. Não para o oeste, veja bem, na direção onde a terra acaba, mas para o leste. Metade da força policial o viu fazer um grande retorno em frente à delegacia e não o prendeu porque ele gritou: "Folhas de outono, por Deus, folhas de outono em Ozark!".

Eu dei um grande suspiro trêmulo de alívio, feliz pela sobrevivência de Cal. Não disse nada sobre a cabeça perdida de Scott Joplin, o que provavelmente foi o que espantou Cal para sempre. Mas Crumley ainda estava falando.

— Já terminou com essa sua lista supernova de possíveis mortos?

— Bem... — falei tolamente.

— Um mergulho no mar e na máquina de escrever, diz o mestre zen, faz a página se preencher e o coração aquecer. Olha só, o detetive aconselhando o gênio. A cerveja vai para o gelo, para que depois o mijo vá para o penico. Deixe sua lista em casa. Adeus, Krazy Kat.

— Adeus, Puliça Pupp — falei.

Todos aqueles tiros de rifle da noite anterior me inquietaram. Seus ecos não paravam.

E o som de mais partes do píer sendo derrubadas, compactadas e devoradas me atraiu, como os sons da guerra devem atrair alguns.

Os tiros de rifle, o píer, pensei eu, enquanto mergulhava primeiro no oceano e depois na minha máquina de escrever, como o bom Puliça Pupp do Krazy Kat queria de mim, me perguntando quantos homens, ou se foi apenas um, que Annie Oakley matou na noite passada.

Também me perguntava, pensei, colocando seis novas páginas de um romance incrivelmente brilhante em minha Caixa de Conversas: que novos livros de ébrias desgraceiras A. L. Shrank estava cultivando feito cogumelos nas prateleiras de sua biblioteca sepulcral?

Os Hardy Boys contra a putrefação cadavérica?
Nancy Drew e o menino melancólico?
Picardias de agentes funerários da América em Atlantic City?

Não vá olhar, pensei. Eu preciso, pensei. Mas não ria ao ver os novos títulos. Shrank pode sair correndo e *cobrar* de você.

Tiros de rifle, pensei. Cais morrendo. A. L. Shrank, filho homúnculo de Sigmund Freud. E agora, ali, à minha frente, caminhando no píer:

A Fera.

Ou, como às vezes o chamei, Erwin Rommel da Afrika Korps. Ou, às vezes, simplesmente: Calígula. O Assassino.

Seu nome verdadeiro era John Wilkes Hopwood.

Lembro-me de ter lido uma daquelas críticas demolidoras a seu respeito em um pequeno teatro local de Hollywood alguns anos antes:

> JOHN WILKES HOPWOOD, o assassino da sessão da tarde, repete a dose em mais um papel. Ele não apenas deixou uma paixão em frangalhos, mas, nos píncaros da loucura, a pisoteou, rasgou-a a dentadas e arremessou por sobre a

ribalta para cima das desavisadas do clube de senhoras. E as pobre-coitadas engoliram tudo!

Eu com frequência o via andando em sua bicicleta Raleigh laranja-brilhante de oito marchas ao longo do calçadão da praia indo de Venice a Ocean Park e Santa Monica. Ele estava sempre vestido com um fino terno inglês de estampa *pied-de-poule* marrom, recém-passado, com boné irlandês marrom-escuro puxado sobre suas melenas brancas como a neve e sombreando seu rosto de general Erwin Rommel ou, se preferir, sua expressão assassina de Conrad-Veidt-prestes-a-sufocar-Joan-Crawford-ou-Greer-Garson. Suas bochechas estavam bronzeadas com uma maravilhosa cor de noz-moscada polida, e muitas vezes me perguntei se a cor parava na gola, pois eu nunca o tinha visto na areia, despido. Ele ficava pedalando eternamente para cima e para baixo entre as cidades costeiras, à vontade, esperando ser convocado pelo Estado-Maior alemão ou pelo clube de senhoras da Liga de Assistência de Hollywood, o que viesse primeiro. Quando havia um ciclo de filmes de guerra, ele trabalhava constantemente, pois existiam rumores de que ele tinha um armário cheio de uniformes da Afrika Korps e uma capa fúnebre para o ocasional filme de vampiro.

Até onde posso dizer, ele só tinha um traje casual, aquele terno. E um par de sapatos, excelentes brogues ingleses vermelho-sangue, muitíssimo bem engraxados. As presilhas nos tornozelos para andar de bicicleta, apertando com força as bainhas de tweed, pareciam ser prata pura de alguma loja de Beverly Hills. Seus dentes eram sempre tão bem polidos que pareciam não ser seus. Quando passava pedalando, sentia-se seu hálito de enxaguante bucal, para o caso de ser convocado de última hora por Hitler a caminho de Playa Del Rey.

Eu o via quase sempre imóvel, montado em sua bicicleta, nas tardes de domingo, quando a praia dos marombeiros estava cheia de deltoides musculosos e risadas masculinas. Hopwood ficava de pé no píer de Santa Monica, feito um comandante nos últimos dias da retirada de El Alamein, deprimido com toda aquela areia, encantado com toda aquela carne.

Ele parecia tão distante de todos nós, deslizando em seus devaneios anglo-germano-byronianos...

Nunca imaginei que o veria estacionar sua bicicleta Raleigh do lado de fora do barracão-campanário-cheio-de-morcegos de tarô de A. L. Shrank, sempre aberto a qualquer hora.

Mas ele estacionou e hesitou do lado de fora.

Não entre, pensei. Ninguém entra na loja de A. L. Shrank, a menos que esteja atrás de anéis envenenados dos Médici e números de telefone de lápides.

Erwin Rommel não se importou.

Nem a Fera, ou Calígula.

Shrank acenou.

Todos os três obedeceram.

Quando cheguei lá, a porta estava fechada. Nela estava, pela primeira vez, embora provavelmente já tivesse amarelado há anos, uma lista, datilografada com fita desbotada, de todas as pessoas que haviam passado por seus portais para recuperar psiquicamente sua saúde.

H. B. WARNER, WARNER OLAND, WARNER BAXTER, CONRAD NAGEL, VILMA BANKY, ROD LA ROCQUE, BESSIE LOVE, JAMES GLEASON...

Soava como se fosse o *Catálogo de atores* de 1929.

Mas Constance Rattigan esteve ali.

Não podia acreditar.

E John Wilkes Hopwood.

Nesse eu sabia que *devia* acreditar.

Pois, ao olhar pela janela empoeirada, onde uma cortina estava metade fechada contra olhos curiosos, vi que alguém estava de fato naquele sofá cujo estofamento brotava das costuras rasgadas em um louco abandono. E o homem deitado no sofá era o de terno de tweed marrom, olhos fechados, repetindo falas, sem dúvida de um último ato de *Hamlet*, revisado e aprimorado.

Jesus pregado na cruz, como diria Crumley.

Naquele momento, decidido a recitar seu rosário de monólogos, os olhos de Hopwood se abriram com sua intuição de ator.

Seus olhos se moveram, então sua cabeça girou rapidamente para um lado. Ele olhou para a janela e me viu.

Assim como A. L. Shrank, sentado próximo a ele, virou-se, bloco e lápis nas mãos.

Recuei, praguejei baixinho e me afastei rapidamente.

Em total constrangimento, caminhei até o final do píer em ruínas, comprei seis barras de Crunch da Nestlé, duas barras de Clark e duas de Power House para devorar no caminho. Sempre que estou muito feliz, muito triste ou muito envergonhado, encho a boca de doces e vou largando o lixo pelo caminho.

Foi lá, no final do píer, à luz dourada do fim da tarde, que Calígula Rommel me alcançou. Os operários de demolição foram embora. O ar estava silencioso.

Eu ouvi sua bicicleta zumbir e deslizar logo atrás de mim. Ele não disse nada no começo. Havia acabado de chegar a pé, as presilhas de bicicleta brilhando prateadas ao redor de seus tornozelos, a Raleigh firme em seus punhos feito uma mulher-inseto. Ele estava no único lugar no píer onde eu o tinha visto, feito uma estátua de Richard Wagner, assistindo a um de seus grandes coros vir nas marés ao longo da costa.

Ainda havia uma meia dúzia de rapazes jogando vôlei lá embaixo. O baque da bola e os disparos de suas risadas estavam de alguma forma matando o dia. Mais adiante, dois finalistas de levantamento de peso estavam erguendo seus próprios mundos aos céus, na esperança de convencer oito ou nove jovens próximas de que um destino pior do que a morte não era tão ruim, afinal, e poderia ser vivido ali em cima nas quitinetes do outro lado da faixa de areia.

John Wilkes Hopwood examinou a cena e não olhou para mim. Ele estava me fazendo suar e esperar, desafiando-me a ir embora. Afinal, eu havia cruzado um limiar invisível de sua vida meia hora atrás. Agora, precisava pagar.

— Você está me seguindo? — falei finalmente, e de imediato me senti um idiota.

Hopwood riu com aquela sua famosa risada maníaca de último ato.

— Querido, você é muito jovem. Você é do tipo que eu devolvo pro mar.

Deus, pensei, o que digo agora?

Hopwood inclinou a cabeça para trás com rigidez, apontando seu perfil de águia para o píer de Santa Monica, dois quilômetros ao norte daqui, ao longo da praia.

— Mas, se você decidir *me* seguir — ele sorriu —, *lá* é onde moro. Em cima do carrossel, em cima dos cavalos.

Eu me virei. Bem longe, naquele outro píer ainda vibrante, estava o carrossel que girava e produzia sua música de calíope desde que eu era criança. Acima da grande corrida de cavalos ficava o edifício Carrossel, um grande ninho para generais alemães aposentados, atores fracassados ou românticos motivados. Eu escutara dizer que grandes poetas publicados por editoras pequenas viviam ali. Romancistas com muita inventividade e nenhuma resenha viviam lá. Artistas de talento abundante e vendas minguadas viviam lá. Cortesãs de astros famosos, mas que agora eram prostitutas para vendedores de espaguete, viviam lá. As velhas matronas inglesas que outrora prosperaram em Brighton, mas perderam a pedraria, agora viviam lá, com seus paninhos bordados e pequineses empalhados.

E agora parecia que Bismarck, Thomas Mann, Conrad Veidt, o almirante Doenitz, Erwin Rommel e o louco rei Otto da Baviera moravam lá.

Olhei para aquele magnífico perfil de águia. Hopwood enrijeceu de orgulho ao meu olhar. Ele fez uma careta para as areias douradas e disse baixinho:

— Acha que sou louco, ao me colocar sob os gentis cuidados de um A. L. Shrank?

— Bem...

— Ele é um homem muito perspicaz, muito holístico, muito especial. E como você sabe, nós, atores, somos as pessoas mais instáveis do mundo. O futuro é sempre incerto, o telefone deveria tocar, mas nunca toca. Temos muito tempo livre. Então, ou é a numerologia ou as cartas de tarô ou a astrologia ou a meditação oriental sob a grande árvore em Ojai no retiro de Krishnamurti, já *esteve* lá? Ótimo! Ou a reverenda Violet Greener em seu Templo Agabeg na rua Crenshaw? Norvell, o futurista? Aimee Semple McPherson, já foi salvo alguma vez? Eu fui. Ela deitou as mãos, então deitei com ela. Metodistas? O êxtase. Ou o coral Hall Johnson da Primeira Igreja Batista nas noites de domingo. Anjos negros. Que glória. Ou é o bridge que entra noite adentro ou o bingo que começa ao meio-dia e vai até anoitecer, com todas aquelas mulheres de cabelos com cores heliotrópicas. Atores vão a toda parte. Se conhecêssemos um bom estripador, estaríamos presentes. César

Estripadores Ltda. Eu poderia passar o tempo escalpelando pombas e pinçando suas entranhas como se fossem cartelas onde o futuro jaz fedendo ao meio-dia. Tento de tudo para matar o tempo. Isso é o que todos os atores são, matadores de tempo. Passamos noventa por cento da vida esperando nos bastidores. Enquanto isso, nos deitamos com A. L. Shrank para pegá-lo na praia dos marombeiros.

Ele nunca havia desviado o olhar daqueles flexíveis e emborrachados deuses gregos que se divertiam lá embaixo, banhados em igual medida por vento salgado e tesão.

— Já se pegou pensando — disse ele enfim, com uma tênue linha de suor no lábio superior, e uma leve orla de suor ao longo da linha dos cabelos sob o boné — sobre vampiros não aparecerem nos espelhos? Bem, então, está vendo agora aqueles rapazes gloriosos lá embaixo? Eles aparecem em todos os espelhos, mas ninguém *mais* aparece com eles. Apenas os deuses esculpidos são refletidos. E quando olham para si mesmos, será que *alguma vez* enxergam mais alguém, as garotas que eles cavalgam feito cavalos-marinhos? Não creio nisso. Então, agora — ele voltou ao assunto inicial —, entende por que me viu com aquela toupeira nanica e sombria do A. L. Shrank?

— Eu também espero telefonemas — falei. — Qualquer coisa é melhor que isso!

— Você realmente entende. — Ele olhou para mim com olhos que queimaram as roupas do meu corpo.

Fiz que sim com a cabeça.

— Venha me visitar algum dia. — Ele acenou com a cabeça para o distante edifício Carrossel, onde o calíope gemia e se lamentava em algo vagamente semelhante a "Beautiful Ohio". — Vou lhe contar sobre Iris Tree, a filha de Sir Beerbohm Tree, que morava naqueles apartamentos, a meia-irmã de Carol Reed, o diretor britânico. Aldous Huxley às vezes dá uma passada, você poderá vê-lo.

Ele notou minha cabeça sacudir com isso e sabia que eu fora fisgado.

— Você gostaria de conhecer Huxley? Bem, comporte-se — ele acariciava as palavras — e você pode vir a conhecê-lo.

Eu estava repleto de uma ânsia inexprimível e insuportável que tive que me forçar a reprimir. Huxley era uma obsessão na minha vida, uma fome terrível. Eu ansiava por ser tão brilhante, tão espirituoso, tão imponentemente supremo. E pensar que eu poderia vir a conhecê-lo.

— Venha me visitar. — A mão de Hopwood deslizou para o bolso do casaco. — E vou lhe apresentar ao rapaz que mais amo no mundo.

Obriguei-me a desviar o olhar, como costumava desviar o olhar de algo que Crumley ou Constance Rattigan diziam.

— Ora, ora — murmurou John Wilkes Hopwood, sua boca germânica curvando-se de deleite —, o rapaz ficou encabulado. Não é o que pensa. Olhe! Não, encare!

Ele me estendeu uma fotografia brilhante e amassada. Tentei pegá-la, mas ele a segurou com firmeza, o polegar posicionado sobre a cabeça da pessoa da foto.

O resto, aparecendo sob o polegar, era o corpo mais bonito de um jovem que eu já tinha visto em minha vida.

Isso me lembrou das fotos que uma vez vi da estátua de Antínoo, o amante do imperador Adriano, no saguão do Museu do Vaticano. Isso me lembrou do menino David. Isso me lembrou dos corpos de milhares de rapazes pelejando para cima e para baixo nas praias da minha infância até aqui, bronzeados a desmiolados, intensamente felizes, mas sem verdadeiras alegrias. Mil verões haviam sido compactados naquela única fotografia, enquanto John Wilkes Hopwood a segurava com o polegar, escondendo o rosto para protegê-lo de revelações.

— Não é o corpo mais incrível de todos os tempos? — Era uma proclamação. — E é meu, todo meu. Meu para ter e guardar. Não, não, não hesite. Aqui.

Ele tirou o polegar de cima do rosto daquele jovem incrivelmente bonito.

E surgiu o rosto do velho falcão, do antigo guerreiro alemão, do general do front africano.

— Meu Deus — falei. — É você.

— Eu — disse John Wilkes Hopwood.

E jogou a cabeça para trás, com aquele sorriso implacável que exibia sabres e prometia aço. Riu em silêncio, em homenagem aos velhos tempos, antes que os filmes falassem.

— Sou eu, pois sim — confirmou.

Tirei meus óculos, limpei-os e olhei mais de perto.

— Não. Não é uma montagem. Não há truques de fotografia.

Era como aqueles quebra-cabeças de fotos de concurso que se imprimiam nos jornais quando eu era menino. Os rostos dos presidentes, cortados em três seções e misturados. Aqui o queixo de Lincoln, ali o nariz de Washington e, acima, os olhos de Roosevelt. Misturado e recombinados com outros trinta presidentes, você tinha que recortar e colar para ganhar uns dez dólares.

Mas aqui o corpo de estátua grega de um rapaz estava fundido ao pescoço, cabeça e rosto de um falcão-águia-abutre elevando-se à vilania, à loucura ou a ambas.

O Triunfo da Vontade estava nos olhos de John Wilkes Hopwood enquanto ele olhava por cima do meu ombro, como se ele mesmo nunca tivesse visto toda essa beleza antes.

— Você acha que é um truque, não é?

— Não. — Mas dei uma olhada em seu terno de tweed, sua camisa nova e limpa, sua gravata antiquada cuidadosamente amarrada, seu colete, suas abotoaduras, sua brilhante fivela de cinto, as presilhas de prata em torno de seus tornozelos.

Pensei em Cal, o barbeiro, e na cabeça perdida de Scott Joplin.

John Wilkes Hopwood acariciou o colete e as pernas com dedos sardentos como ferrugem.

— Sim — ele riu —, está tudo coberto! Então, você nunca saberá a menos que venha me visitar, não é? Se o velho e eterno vilão rumo à decadência realmente guarda a chama de um garotão, hein? Como é possível que um milagre da juventude seja combinado com um velho lobo do mar? Por que Apolo cruzaria com...

— Calígula? — soltei, e congelei.

Mas Hopwood não se importou. Ele riu e concordou com a cabeça enquanto tocava meu cotovelo.

— Calígula, sim! Ele vai falar agora, enquanto o adorável Apolo se esconde e aguarda! Força de vontade é a resposta. Força de vontade. Alimentação saudável, isto sim, é o centro da vida dos atores! Devemos manter nossos corpos e também nossos espíritos elevados! Nada de pão branco, nada de barrinhas de chocolate Crunch...

Eu hesitei e senti a última das barras derretendo no bolso.

— Nada de tortas, bolos, destilados, nem mesmo muito sexo. Na cama às dez da noite. Levantar cedo, correr na praia, duas horas na academia todos os dias, todos os dias da sua vida, todos os seus amigos sendo instrutores de ginástica, e duas horas de bicicleta por dia. Todos os dias durante trinta anos. Trinta anos! Ao final dos quais você passa pela guilhotina de Deus! Ele decepa sua cabeça de velha águia enlouquecida e a planta em um jovem queimado de sol e de corpo eternamente dourado! Que preço paguei, mas valeu a pena. A beleza é minha. Sublime incesto. Narciso por excelência. Não preciso de mais ninguém.

— Eu acredito — comentei.

— Sua honestidade será sua morte.

Ele colocou sua foto no bolso, como uma flor.

— Você ainda não acredita.

— Deixe-me ver de novo.

Ele a entregou para mim.

Eu olhei. E, enquanto eu olhava, as ondas rolaram pela praia escura como na noite passada.

Da rebentação, um homem nu apareceu de repente.

Tive um calafrio e pisquei.

Era esse o corpo, era esse o homem que tinha saído do mar para me assustar quando Constance Rattigan estava de costas?

Eu queria saber. Eu só poderia dizer:

— Você conhece Constance Rattigan?

Ele ficou tenso.

— Por que você pergunta?

— Eu vi o nome dela no lado de fora do Shrank, anotado. Pensei que talvez vocês fossem como navios que se cruzam à noite.

Ou corpos? Ele saindo da rebentação às três da madrugada, às vezes mais cedo, conforme ela vinha mergulhar?

Sua boca teutônica mudou para uma simples arrogância.

— Nosso filme *Espadas cruzadas* foi o sucesso de 1926 em toda a América. Nosso caso ganhou as manchetes naquele verão. Eu fui o maior amor de sua vida.

— Foi você... — comecei a dizer. Foi você, pensei, e não o diretor que se afogou, quem cortou os tendões dela com a espada, para que ela não pudesse andar por um ano?

Mas de todo modo, na noite passada, eu não tive a chance de procurar de verdade as cicatrizes. E do jeito que Constance funcionava, tudo eram mentiras contadas cem anos atrás.

— Você deveria ir ver A. L. Shrank, um homem que se preocupa com as coisas, puro zen, muito sábio — disse ele, subindo de volta em sua bicicleta. — E por quê? Ele me disse para lhe dar isso.

Ele tirou do outro bolso um punhado de embalagens de doces, uma dezena delas, bem presas com clipes de papel, principalmente Clark, Crunch e Power House. Coisas que eu espalhei sem pensar aos ventos da praia e alguém pegou.

— Ele sabe *tudo* sobre você — disse o Rei Louco da Bavária, e riu com a trilha sonora desligada.

Peguei os papéis de doce com vergonha e senti os cinco quilos extras cederem ao redor da minha cintura enquanto segurava as bandeiras da derrota.

— Venha me visitar — insistiu. — Venha andar no carrossel. Venha ver se o inocente menino David é realmente casado com o velho e malvado Calígula, hein?

E ele saiu andando de bicicleta, o terno de tweed sob o chapéu de tweed, sorrindo e olhando apenas para a frente.

Voltei para o melancólico museu de A. L. Shrank e espremi os olhos pela janela empoeirada.

Havia uma pilha tombada de embalagens de doces cor de laranja, verde-limão e marrom-chocolate em uma mesinha perto do sofá afundado.

Não podem ser *todos* meus, pensei.

Mas são, pensei. Estou gorducho. Mesmo assim, ele é *doido*.
Fui buscar sorvete.

— Crumley?
— Pensei que meu nome fosse Puliça Pupp.
— Acho que tenho uma pista sobre o assassino!
Houve um silêncio longo e oceânico enquanto o policial largava o telefone, arrancava os cabelos e pegava o telefone novamente.
— John Wilkes Hopwood — falei.
— Você esquece — disse o tenente da polícia — que ainda não houve assassinatos. Apenas suspeitas e possibilidades. Há uma coisa chamada tribunal e outra coisa chamada prova. Sem provas, sem caso, e eles te mandam embora com um chute no rabo tão rápido que você não consegue sentar por semanas!
— Você já viu John Wilkes Hopwood sem roupa? — perguntei.
— Isso é demais...
O Puliça Pupp desligou na minha cara.
Estava chovendo quando saí da cabine.
Quase imediatamente, o telefone tocou como se soubesse que eu estava ali. Eu agarrei e por algum motivo gritei "Peg!".
Mas houve apenas um som de chuva e respiração suave, a quilômetros de distância.
Nunca mais vou atender esse telefone, pensei.
— Filho da puta — bradei. — Venha me pegar, seu canalha.
Desliguei.
Meu Deus, pensei, e se ele tivesse escutado e viesse me fazer uma visita?
Idiota, pensei.
E o telefone tocou uma última vez.

Tive que atender, talvez me desculpar com aquela respiração distante e dizer a ela para ignorar minha insolência.

Peguei o fone.

E ouvi uma senhora triste a oito quilômetros de distância em algum lugar de Los Angeles.

Fannie.

E ela estava chorando.

— Fannie, meu Deus, é você?

— Sim, ah, sim, meu Deus do céu. — Ela ofegou, engasgou, se atrapalhou. — Subir as escadas quase me matou. Não subia escadas desde 1935. Onde você estava? O teto desabou. A vida acabou. Estão todos mortos. Por que você não me contou? Ai, Deus, Deus, é terrível. Você tem como vir aqui? Jimmy. Sam. Pietro. — Ela fez a litania e a pressão da minha culpa me esmagou contra a lateral da cabine telefônica. — Pietro, Jimmy, Sam. Por que você mentiu?

— Eu não menti, apenas fiquei quieto! — falei.

— E agora Henry! — ela choramingou.

— Henry! Meu Deus. Ele não está ...?

— Caiu escada abaixo.

— Está vivo? Está vivo? — gritei.

— No quarto dele, sim, graças a Deus. Não quis ir para o hospital. Eu o escutei cair, e saí correndo. Foi quando descobri o que você não disse. Henry caído ali, xingando, citando nomes. Jimmy. Sam. Pietro. Ah, por que você trouxe a morte até aqui?

— Eu não levei, Fannie.

— Venha e prove. Tenho três potes de maionese cheios de moedas. Pegue um táxi, mande o motorista subir, eu pago com os potes! E quando você chegar aqui, como vou saber que é você quando bater na porta?

— Como você sabe que sou eu agora mesmo, Fannie, no telefone?

— Eu não sei — ela lamentou. — Não é horrível? Eu não sei.

— Los Angeles — falei ao taxista, dez minutos depois. — Valendo três potes de maionese.

— Olá, Constance? Estou em uma cabine telefônica em frente à Fannie. Temos que tirá-la daqui. Você pode vir? Ela está realmente assustada agora.

— Pra valer?

Olhei para o cortiço e julguei quantos milhares de sombras estavam amontoados nele, de cima a baixo.

— Desta vez, com certeza.

— Vá lá. Fique de guarda. Estarei aí em meia hora. Não vou subir. Maldição, convença ela a descer, e nós a levaremos embora. Vá lá.

A maneira como Constance bateu o telefone me atirou para fora da cabine e quase me fez ser atropelado por um carro correndo na rua.

Pelo jeito que bati na porta, ela acreditou que era eu. Fannie escancarou a porta e vi o que era quase um elefante enlouquecido, os olhos selvagens, cabelo em desalinho, agindo como se tivessem acabado de atirar em sua cabeça com um rifle.

Eu a lancei de volta à sua cadeira e abri a geladeira, tentando decidir se maionese ou vinho ajudaria. Vinho.

— Engula isto — ordenei, e de repente percebi que meu motorista de táxi estava na porta atrás de mim, me seguindo escada acima, pensando que eu era um caloteiro tentando escapar.

Eu agarrei e entreguei a ele um frasco de maionese cheio de moedas.

— Isso paga? — perguntei.

Ele fez uma estimativa rápida, como alguém adivinhando quantas jujubas há em um baleiro de vitrine, chupou os dentes e saiu correndo chacoalhando as moedas.

Fannie estava ocupada esvaziando a taça de vinho. Enchi-a novamente e sentei-me para esperar. Por fim, ela disse:

— Alguém tem ficado do lado de fora da minha porta todas as noites, há duas noites agora. Eles vêm e vão, vão e vêm, de um jeito como nunca antes, param, inspiram e expiram, meu Deus, o que estão fazendo do lado de fora da porta das ruínas desmoronadas de uma velha cantora de ópera gorda, à meia-noite, não pode ser estupro, pode, eles não estupram sopranos de cento e setenta quilos, certo?

E aqui ela começou a rir tanto e tanto que eu não sabia se era histeria ou um humor de assombro e surpresa consigo própria. Tive que bater nas costas dela para que parasse de rir e mudasse a cor de seu rosto e dar-lhe mais vinho.

— Oh, que coisa, que coisa. — Ela engasgou. — Rir é bom. Graças a Deus, você está aqui. Você vai me proteger, não é? Me desculpe por ter dito o que eu disse. Você não trouxe aquela coisa horrível com você e a deixou do lado de fora da minha porta. É apenas o cão dos Baskervilles, faminto, vindo sozinho para assustar Fannie.

— Lamento não ter contado sobre Jimmy, Pietro e Sam, Fannie — falei, e bebi um gole de vinho. — Eu só não queria ler obituários para você, todos de uma vez. Olha só. Constance Rattigan vai estar lá embaixo em alguns minutos. Ela quer que você vá passar alguns dias e...

— Mais segredos — berrou Fannie, com os olhos arregalados.
— Desde quando você a conhece? Bom, de qualquer forma, não importa. Esta é a minha casa. Se eu sair daqui, definho, simplesmente morro. Tenho minhas gravações.

— Nós as levaremos junto.

— Meus livros.

— Vou carregá-los para baixo.

— Minha maionese, ela não teria a marca certa.

— Eu compro.

— Ela não teria espaço.

— Mesmo para você, Fannie, sim.

— E então, e quanto ao meu novo gato malhado...?

E foi assim até que escutei a limusine freando contra o meio-fio abaixo.

— Então é assim, Fannie?

— Eu me sinto bem agora que você está aqui. Apenas peça à sra. Gutierrez para subir e ficar um pouco depois que você for embora — disse Fannie alegremente.

— De onde vem todo esse falso otimismo, se uma hora atrás você estava condenada?

— Querido menino, Fannie está bem. Aquela besta terrível não vai voltar, eu simplesmente sei, e de todo modo...

Com um *timing* terrível, todo o cortiço se revirou durante o sono.

A porta do quarto de Fannie sussurrou nas dobradiças.

Como se atingida por um último tiro, Fannie se sentou e quase se engasgou de terror.

Atravessei a sala em um instante e escancarei a porta, para olhar para o longo vale do corredor, um quilômetro de um lado, um quilômetro do outro; infinitos túneis escuros jateados pela noite.

Eu escutei e ouvi o gesso estalar no teto, as portas coçando nas molduras. Em algum lugar, um banheiro murmurava incessantemente para si mesmo, uma velha e fria abóbada de porcelana branca à noite.

Não havia ninguém no corredor, é claro.

Quem quer que estivesse ali, se é que alguma vez esteve, fechou a porta rapidamente ou correu para a frente ou saiu pelos fundos. Onde a noite entrava vinha uma inundação invisível, um longo e sinuoso rio de vento, trazendo consigo memórias de coisas comidas e coisas descartadas, coisas desejadas, coisas não mais desejadas.

Eu queria gritar para os corredores vazios, as coisas que eu vinha querendo gritar ao longo da praia noturna do lado de fora do forte árabe de Constance Rattigan. Vá. Deixe estar. Pode parecer que merecemos, mas nós *não* queremos morrer.

O que gritei para o vazio foi:

— Tudo bem, crianças. Voltem para o quarto. Vamos, já. Isso aí. Então. Pronto.

Esperei que as crianças inexistentes se retirassem para seus quartos inexistentes e me virei para encostar na porta e fechá-la com um sorriso falso.

Funcionou. Ou Fannie fingiu que sim.

— Você seria um bom pai. — Ela sorriu.

— Não, eu seria como todos os pais, sem razão e sem paciência. Essas crianças deveriam ter sido dopadas com cerveja e enfiadas no berço horas atrás. Está se sentindo melhor, Fannie?

— Melhor. — Ela suspirou e fechou os olhos.

Fui até ela e a circundei com meus braços, feito Lindbergh dando a volta ao mundo e as multidões gritando.

— As coisas vão se ajustar — disse ela. — Agora vá. Está tudo bem. Como você disse, aquelas crianças foram para a cama.

Crianças? Quase disse isso, mas me contive. Ah, sim, as crianças.

— Então Fannie está bem e você vai para casa. Pobrezinho. Diga a Constance "obrigada, mas não, obrigada", e ela pode vir visitar, sim? A sra. Gutierrez prometeu subir e ficar esta noite, naquela cama que eu não uso há trinta anos, pode imaginar? Não consigo dormir de costas, não consigo respirar, bem, a sra. Gutierrez está chegando, e você foi tão gentil em vir me visitar, meu querido. Vejo agora como você é gentil, você só quer me salvar da tristeza de nossos amigos lá embaixo.

— Isso é verdade, Fannie.

— Não há nada de incomum na morte deles, não é?

— Não, Fannie — menti. — Apenas tolice, beleza decaída e tristeza.

— Meus Deus — disse ela —, você fala como o tenente de *M. Butterfly*.

— É por isso que o pessoal do colégio me batia.

Fui até a porta. Fannie respirou fundo e finalmente disse:

— Se alguma coisa acontecer comigo... Não que vá, mas se acontecer, dê uma olhada na geladeira.

— Olhar onde?

— Na geladeira — disse Fannie, enigmática. — Não...

Mas eu já tinha aberto a geladeira. Encarei a luz. Vi muitas compotas, molhos, geleias e maionese. Fechei a porta depois de um momento longo.

— Você não deveria ter olhado — protestou Fannie.

— Eu não quero esperar, eu preciso saber.

— Assim não vou contar — disse ela, indignada. — Você não deveria ter espiado. Estou apenas disposta a admitir que talvez tenha sido minha culpa que aquilo tenha entrado na casa.

— Aquilo, Fannie? *Aquilo*, o quê?

— Todas as coisas ruins que pensei que você trouxe arrastando os sapatos. Mas talvez Fannie fosse a responsável. Talvez eu seja culpada. Talvez eu tenha atraído aquela coisa das ruas.

— Bem, você atraiu ou não atraiu? — falei alto, inclinando-me para ela.

— Você não me ama mais?

— Amo você, caramba, estou tentando tirar você daqui e você não vem. Você me acusa de envenenar os banheiros e agora me diz para olhar na geladeira. Meu Deus, Fannie.

— Agora o tenente está furioso com Butterfly. — Mas seus olhos estavam começando a se recuperar.

Eu não podia aguentar mais.

Abri a porta.

A sra. Gutierrez estava parada ali há muito tempo, disso eu tinha certeza, com um prato de tacos quentes em mãos, sempre a diplomata, esperando.

— Ligo para você amanhã, Fannie — falei.

— É claro que liga, e Fannie estará viva!

Me pergunto, pensei, se fechasse os olhos e fingisse ser cego...

Eu conseguiria encontrar o quarto de Henry?

BATI NA PORTA DE Henry.

— Quem é? — Henry disse, trancado.

— Quenhé que falou "quenhé"? — falei.

— Quenhé que falou "quenhé que falou quenhé?" — ele devolveu, e teve que rir.

Então ele se lembrou que estava com dor.

— É você.

— Henry, deixe-me entrar.

— Eu estou bem, apenas caí da escada, só isso, quase fui destruído, só isso, apenas me deixe descansar aqui com a porta trancada, vou sair amanhã, você é um bom menino por se preocupar.

— O que aconteceu, Henry? — perguntei à porta trancada.

Henry se aproximou. Senti que ele estava encostado nela, como alguém falando através de uma grade de confessionário.

— Ele me deu uma rasteira.

Um coelho saiu em disparada do meu peito, se transformou em ratazana e continuou correndo.

— Quem, Henry?

— Ele. O filho da puta me deu uma rasteira.

— Ele falou alguma coisa, tem certeza de que ele estava lá?

— Sabe como se faz para saber se as luzes do corredor de cima estão acesas? Eu? Eu sinto. O calor. O corredor estava terrivelmente quente onde ele estava. E ele estava respirando, é claro. Eu o escutei sugando o ar e soprando suavemente onde ele se escondeu. Ele não disse nada enquanto eu passava, mas também escutei seu coração, tu-dum, tu-dum, ou talvez fosse o meu. Pensei em passar furtivamente para que ele não me visse, o cego pensa que, se ele está no escuro, por que não estariam todos? E a próxima coisa que você sente, *pá*! Estou no pé da escadaria e não sei como fui parar lá. Comecei a gritar por Jimmy, Sam e Pietro, e então falei "seu imbecil" para mim mesmo, eles se foram e você também vai, se não chamar outra pessoa. Comecei a citar nomes, em alta velocidade, as portas se abriram em todo o edifício, e enquanto estavam abrindo, ele saiu. Parecia quase descalço do lado de fora da porta. Senti o hálito dele.

Engoli em seco e me inclinei contra a porta.

— E como era?

— Deixe-me pensar e te digo. Henry vai para a cama agora. Pode ter certeza de que estou feliz por ser cego. Detestaria ter me visto rolando pelas escadas feito um saco de roupa suja. Boa noite.

— Boa noite, Henry — falei.

E me virei no exato momento em que aquele grande barco a vapor disfarçado de prédio residencial contornava o vento do rio no escuro. Senti como se estivesse de volta às ondas no cinema do sr. Shapeshade à uma da manhã, com a maré subindo e sacudindo as vigas sob os assentos, com as grandes imagens preto-e-prata deslizando na tela. Todo o cortiço estremeceu. O cinema era uma coisa. O problema com aquele grande e velho lugar de crepúsculos era que as sombras haviam saído da tela e ficado à espreita pelas escadas, se escondendo por banheiros e lâmpadas desaparafusadas algumas noites, de modo que todo mundo tateava, cego como Henry, para encontrar o caminho da saída.

Fiz exatamente isso. No topo da escada, fiquei imóvel. Escutei a respiração agitando o ar à minha frente. Mas foi apenas o eco da minha própria respiração rebatendo na parede e voltando para ser sentida no meu rosto.

Pelo amor de Deus, pensei, não vá tropeçar ao descer.

A LIMUSINE DUESENBERG 1928 com motorista estava esperando por mim quando saí do prédio de Fannie. Partimos assim que fechei a porta, e estávamos na metade do caminho para Venice quando o chofer à frente tirou o boné, soltou o cabelo e virou...

Rattigan, a Interrogadora.

— E então? — ela disse friamente. — Ela está ou não está preocupada?

— Ela está muito preocupada, mas não comigo.

— Não?

— Não, merda, apenas pare agora na próxima esquina e me deixe sair!

— Para um menino tímido do norte de Illinois, você tem uma boca-suja, sr. Hemingway.

— Ora, vá à merda, srta. Rattigan!

Isso foi o suficiente. Eu vi seus ombros caírem um pouco. Ela ia me perder se não tomasse cuidado, e sabia disso.

— Constance — ela sugeriu, mais calma.

— Constance — falei. — Não é minha culpa se as pessoas se afogam em banheiras e bebem demais, ou caem no andar de baixo ou são levadas pela polícia. Por que você mesma não entrou agora há pouco? Você é a boa e velha amiga de Fannie.

— Tive medo de que nos ver juntos fosse sobrecarregá-la e fizesse o topo de sua cabeça explodir e nunca mais sermos capazes de colocá-lo de volta.

Ela deixou a limusine passar de histéricos cento e dez por hora para nervosos cem. Mas ela mantinha suas garras ao volante como se fossem meus ombros e ela estivesse me sacudindo.

— É melhor você tirá-la de lá, de uma vez por todas — falei. — Ela não vai dormir por uma semana agora, e isso pode matá-la, só pela exaustão. Você não pode alimentar uma alma com maionese para sempre.

Constance diminuiu a velocidade da limusine para noventa.

— Ela te deu muito trabalho?

— Só me chamou de Amigo da Morte, como você. Eu pareço ser o bode expiatório de todo mundo, espalhando a peste bubônica. O que quer que haja naquele cortiço, está lá sim, mas não sou eu o portador. Além disso, Fannie fez algo estúpido.

— O quê?

— Não sei, ela não me conta. Ela está aborrecida consigo mesma. Talvez você consiga arrancar isso dela. Tive a terrível sensação de que Fannie causou tudo isso a si mesma.

— Como?

A limusine desacelerou para sessenta por hora. Constance estava me olhando pelo espelho retrovisor. Lambi os lábios.

— Só posso imaginar. Algo na geladeira, ela falou. Se alguma coisa acontecer, ela me disse, olhe na geladeira. Meu Deus, que estupidez! Talvez você possa voltar mais tarde esta noite, por conta própria, olhar na maldita geladeira e descobrir como, por que e o que Fannie convidou para entrar no cortiço que a está deixando apavorada.

— Jesus coroado — murmurou Constance, fechando os olhos. — Minha Nossa Senhora.

— Constance! — gritei.

Pois tínhamos acabado de passar por um semáforo vermelho, sem olhar.

Felizmente, Deus estava lá e pavimentou o caminho.

Ela estacionou em frente ao meu apartamento e saiu enquanto eu destrancava a porta e ela enfiava a cabeça para dentro.

— Então é aqui que toda a genialidade acontece, hein?

— Um pequeno pedaço de Marte na Terra.

— Aquele é o piano do Cal? Ouvi falar dos críticos de música que tentaram queimá-lo uma vez. Depois, houve os clientes que invadiram a loja um dia, gritando e mostrando seus cabelos esquisitos.

— Cal quebra o galho — falei.

— Você se olhou no espelho ultimamente?

— Ele é esforçado.

— Só de um lado. Lembre-me, da próxima vez que precisar, meu pai era barbeiro também. Me ensinou alguma coisa. Por que estamos parados aqui na porta? Com medo de que os vizinhos falem se você... diabos. Aí está você de novo. Não importa o que eu diga, parece ser a verdade. Você é um artigo genuíno, não é? Não vejo um homem tímido desde que fiz doze anos.

Ela enfiou a cabeça mais para dentro.

— Meu Deus, todo esse lixo. Você nunca tira? O que é isso, ler dez livros de uma vez, metade deles quadrinhos? É um desintegrador do Buck Rogers ali perto da máquina de escrever? Você envia os selos das embalagens?

— Sim — falei.

— Que muquifo! — ela berrou, e disse isso como elogio.

— Tudo o que tenho é seu.

— Essa cama não é grande o bastante nem para um papai e mamãe.

— Um parceiro sempre tem que ficar no chão.

— Jesus, de que ano é aquela máquina de escrever que você está usando?

— Uma Underwood Standard 1935, antiga, mas ótima.

— Assim como eu, hein, garoto? Você vai convidar a velha celebridade para entrar e desatarraxar os brincos dela?

— Você tem que voltar e olhar a geladeira da Fannie, lembra? Além disso, se você dormir aqui esta noite, vai ser só de conchinha.

— Só conchinha, nenhuma garfada?

— Sem garfadas, Constance.

— A lembrança de sua cueca remendada é devastadora.

— Não sou nenhum menino David.

— Diabos, você nem mesmo é Ralph. Boa noite, garoto. Vou em busca da geladeira da Fannie. Obrigada!

Ela me deu um beijo estalado que estourou meus tímpanos e foi embora.

Cambaleando depois disso, de alguma forma consegui chegar à cama.

O que eu não deveria ter feito.

Porque então eu tive o Sonho.

TODAS AS NOITES, AQUELA chuvinha batia à minha porta, ficava por algum tempo, sussurrava e ia embora. Tive medo de ir olhar. Medo de encontrar Crumley parado ali, encharcado, com olhos ferozes. Ou Shapeshade, tremelicando e se movendo em espasmos, como um filme antigo, com algas marinhas penduradas em suas sobrancelhas e nariz...

Todas as noites eu esperava, a chuva parava, eu dormia.

E então veio o Sonho.

Eu era escritor em uma pequena cidade rural no norte de Illinois e estava sentado em uma cadeira de barbeiro, como a cadeira de Cal em sua loja vazia. Então, alguém entrava correndo com um telegrama que anunciava que eu acabara de vender um filme por cem mil dólares!

Na cadeira, gritando de felicidade, agitando o telegrama, vi os rostos de todos os homens e meninos, e do barbeiro, virarem geleiras, virarem pergelissolo, e quando fingiam sorrisos de parabéns seus dentes eram de gelo.

De repente, eu era o forasteiro. O vento de suas bocas soprava frio em mim. Eu havia mudado para sempre. Eu não poderia ser perdoado.

O barbeiro terminava meu corte rápido demais, como se eu fosse intocável, e eu ia para casa agarrando meu telegrama com as mãos suadas.

Mais tarde naquela noite, na orla da floresta não muito longe da minha casa, naquela pequena cidade, ouvia um monstro urrando além da floresta.

Sentava-me na cama, com cristais de geada fria esfolando meu corpo. O monstro rugia, chegando mais perto. Eu abria os olhos para escutar melhor. Eu abria minha boca para relaxar meus ouvidos. O monstro guinchava mais perto, na metade da floresta agora, se debatendo e saltando, esmagando as flores silvestres, assustando coelhos e nuvens de pássaros que subiam urrando para as estrelas.

Eu não conseguia me mover ou gritar. Eu sentia o sangue desaparecer do meu rosto. Vi o telegrama festivo na escrivaninha próxima. O monstro deu um terrível rugido de morte e saltou novamente, como se cortasse árvores pelo caminho com seus horríveis dentes de cimitarra.

Eu saltava da cama, agarrava o telegrama, corria para a porta da frente, e o abria. O monstro estava quase saindo da floresta. Ele zurrava, gritava, derrubava os ventos noturnos com suas ameaças.

Eu rasgava o telegrama em mil pedacinhos, jogava no gramado e gritava para eles.

— A resposta é não! Fique com seu dinheiro! Fique com sua fama! Eu vou ficar aqui! Não vou! Não — e mais uma vez: — Não! — e um último e desesperado: — Não!

O último grito morria na garganta do monstro dinossauro. Havia um momento horrível de silêncio.

A lua deslizava para trás de uma nuvem.

Eu esperava, com o suor congelando em meu rosto.

O monstro respirava fundo, exalava, então se virava e se afastava pesadamente, voltando pela floresta, desaparecendo, por fim sumindo rumo ao esquecimento. Os pedaços do telegrama voavam pelo gramado feito asas de mariposa. Então, eu fechava e trancava a tela e ia para a cama, enlutado, mas aliviado. Pouco antes do amanhecer, eu dormia.

Agora, na cama em Venice, acordado daquele sonho, fui até a minha porta e olhei para os canais. O que eu poderia gritar para a água escura, para a névoa, para o oceano na praia? Quem ouviria, que monstro poderia reconhecer meu *mea-culpa* ou minha grande recusa ou meu protesto de inocência ou meu argumento a favor de minha bondade e de ser um gênio a ser descoberto?

Eu poderia gritar "vá embora"? Não sou culpado de nada. Eu não posso morrer. E deixe os outros em paz, pelo amor de Deus. Posso dizer ou gritar isso?

Abri minha boca para tentar. Mas minha boca estava cheia da poeira que de algum modo se acumulou no escuro.

Eu só pude fazer o gesto de estender a mão, um pedido, uma pantomima vazia. Por favor, pensei.

— Por favor — sussurrei. Então fechei a porta.

NESSE PONTO, O TELEFONE do outro lado da rua, em minha cabine telefônica especial, tocou.

Não vou responder, pensei. É ele. O Homem de Gelo.

O telefone tocou.

É Peg.

O telefone tocou.

É ele.

— Cale-se! — gritei.

O telefone parou.

Caí na cama sob o peso do meu corpo.

* * *

Crumley ficou parado na porta, olhando.

— Pelo amor de Deus, você sabe que horas são?

Ficamos parados, encarando-nos, feito boxeadores que nocautearam um ao outro e não sabem onde cair.

Não consegui pensar no que dizer, então falei:

— Ando pessimamente escoltado.

— Essa é a senha. Shakespeare. Venha.

Ele me conduziu pela casa até onde o café, muito café dentro de uma grande panela, estava fervendo no fogão.

— Tenho trabalhado até tarde na minha obra-prima. — Crumley acenou com a cabeça na direção da máquina de escrever do quarto. Uma longa página amarela, como a língua da Musa, estava pendurada nela. — Eu uso papel A4, rende mais nele. Acho que me dei conta de que, sempre que chego ao final de uma folha comum, não sigo adiante. Jesus, você está com uma aparência péssima. Pesadelos?

— Dos piores. — Contei a ele sobre a barbearia, o cheque de cem mil dólares para um filme, o monstro noturno, meus gritos, a grande fera gemendo e eu vivo, para sempre.

— Jesus. — Crumley serviu duas xícaras grandes de algo tão espesso que parecia lava borbulhante. — Você até *sonha* melhor do que eu!

— Qual é o significado do sonho? Que não podemos vencer nunca? Se eu continuar pobre e nunca publicar um livro, perco. Mas se eu vender e publicar e tiver dinheiro no banco, também perco? As pessoas me odiarão? Meus amigos vão me perdoar? Você é mais velho, Crumley, diga-me. Por que a fera do sonho vem me matar? Por que eu tenho que devolver o dinheiro? O que tudo isso quer dizer?

— Sei lá — bufou Crumley. — Não sou psiquiatra.

— Será que A. L. Shrank saberia?

— Com pintura a dedo ou vendo o futuro em titica? Não. Você vai escrever esse sonho? Você sempre aconselha os outros...

— Quando eu me acalmar. Caminhando até aqui, alguns minutos atrás, lembrei do meu médico uma vez se oferecendo para me fazer um tour pelas salas de autópsia e dissecação. Graças a Deus, eu disse não. Aí sim eu andaria pessimamente escoltado. Estou sobrecarregado agora. Como faço para tirar a jaula do leão da minha cabeça? Como faço para alisar os lençóis da velha mulher dos canários? Como faço para persuadir Cal, o barbeiro, a voltar de Joplin? Como faço para proteger Fannie esta noite, do outro lado da cidade e sem armas?

— Beba seu café — aconselhou Crumley.

Procurei no bolso e tirei a foto de Cal com Scott Joplin, exceto que a cabeça de Joplin ainda estava faltando. Contei a Crumley onde a havia encontrado.

— Alguém roubou a cabeça desta foto. Quando Cal viu, ele soube que alguém estava atrás dele, a festa acabou e ele saiu da cidade.

— Isso não é assassinato — disse Crumley.

— É a mesma coisa — falei.

— O mesmo que porcos voando e perus dançando sapateado. Próximo caso, como dizem no tribunal.

— Alguém deu a Sam muita bebida e o matou. Alguém virou Jimmy na banheira para se afogar. Alguém denunciou Pietro à polícia e ele foi arrastado para longe e isso vai acabar com ele. Alguém se aproximou da mulher dos canários e simplesmente a assustou até a morte. Alguém empurrou aquele velho para dentro da jaula do leão.

— Consegui mais alguns relatórios do legista sobre ele — disse Crumley. — O sangue estava cheio de gim.

— Certo. Alguém embebedou ele, deu-lhe uma pancada na cabeça, o empurrou já morto para dentro do canal, o meteu atrás das grades, saiu e caminhou até o carro ou apartamento dele em algum lugar de Venice, todo molhado, mas quem notaria um homem molhado, sem guarda-chuva, em uma tempestade?

— Bobagem. Não, deixe-me usar uma palavra mais suja: bosta. Você não entraria num tribunal nem para comprar café e rosquinhas para o juiz com o que tem a oferecer, seu idiota. Pessoas morrem. Acidentes acontecem. Motivo, merda, um motivo. Você está igual àquela música no rádio: *Ontem à noite eu vi na escada / um homem que não estava lá / Essa noite ele ainda / não estava lá. Meu Deus, como queria / que ele fosse embora.* Pense. Se esse suposto assassino existe, há apenas uma pessoa que conhecemos que está por perto de tudo isso. Você.

— Eu? Você não acha...

— Não, e se acalme. Não faça aqueles olhões de coelho. Meu Deus, deixe-me buscar uma coisa.

Crumley foi até uma estante de livros em um lado da cozinha (havia livros em todos os cômodos de sua casa) e pegou um livro grosso.

Ele jogou o *Obras reunidas de Shakespeare* na mesa da cozinha.

— Maldade sem sentido — disse ele.

— O quê?

— Shakespeare está cheio disso, você está cheio disso, eu, todo mundo. Maldade sem sentido. Isso não te soa familiar? Significa alguém correndo por aí, um cretino, fazendo coisas condenáveis, sem motivo. Ou nenhum que possamos imaginar.

— As pessoas não andam por aí sendo cretinas sem motivo.

— Meu Deus — Crumley bufou suavemente. — Você é ingênuo. Metade dos casos que tratamos na delegacia são de caras atirando nos semáforos vermelhos para matar pedestres, ou batendo nas esposas, ou atirando em amigos, por motivos que eles não conseguem lembrar. Os motivos estão aí, claro, mas enterrados tão fundo que seria necessário dinamite para achá-los. E se houver um cara como o que você está procurando, com a cabeça cheia de cerveja e a lógica movida a uísque, não há como encontrá-lo. Sem motivos, sem raízes, sem pistas. Ele está andando livre de impurezas e desimpedido, a menos que você consiga conectar o osso do tornozelo ao da perna, o do joelho ao da coxa.

Crumley, parecendo feliz, sentou-se e serviu mais café.

— Já parou para pensar — disse ele — que não há banheiros nos cemitérios?

Meu queixo caiu.

— Rapaz! Nunca pensei nisso! Não há necessidade de banheiros entre as lápides. A menos... A menos que você esteja escrevendo uma história de Edgar Allan Poe e um cadáver se levante à meia-noite e tenha que ir embora.

— Você vai escrever isso? Jesus, aqui estou eu, dando ideias.

— Crumley.

— Lá vem. — Suspirou, empurrando a cadeira para trás.

— Você acredita em hipnotismo? Regressão mental?

— Você me parece bem regredido...

— Por favor. — Eu tomei fôlego. — Estou enlouquecendo. Me faça regredir. Me ajude a voltar!

— Minha nossa... — Crumley estava de pé, esvaziando o café e pegando cerveja da geladeira. — Além do hospício, para onde você quer que eu te mande?

— Conheci o assassino, Crumley. Agora quero reencontrá-lo. Tentei ignorá-lo porque ele estava bêbado. Estava atrás de mim naquele último grande bonde vermelho para o mar naquela noite em que encontrei o velho morto na jaula do leão.

— Não é prova.

— Algo que ele disse era uma prova, mas eu esqueci. Se você pudesse me levar de volta, me deixasse viajar naquele trem novamente na tempestade e ouvir sua voz, então eu saberia quem é e as matanças parariam. Você não quer que parem?

— Claro, e depois que eu te hipnotizar com algum truque de cachorrinho de circo e você latir os resultados, eu prendo o assassino, que tal? Vamos agora, malfeitor, porque meu amigo escritor ouviu sua voz em uma sessão de hipnose e isso é prova suficiente. Aqui estão as algemas. Coloque-as!

— Vá para o inferno. — Eu me levantei e derramei minha xícara de café. — Vou me hipnotizar. É disso que se trata, afinal, né? Autossugestão? Sou sempre eu que me submeto?

— Você não é treinado, não sabe como. Sente-se, pelo amor de Deus. Vou ajudá-lo a encontrar um bom hipnotizador. Ei! — Crumley riu um tanto quanto louco. — E quanto a A. L. Shrank, hipnotizador?

— Deus. — Tive um calafrio. — Nem brinque. Ele me afundaria com Schopenhauer e Nietzsche e a *A anatomia da melancolia*, de Burton, e eu nunca mais voltaria à tona. Você tem que fazer isso, Elmo.

— Eu tenho que mandar você ir embora e depois para a cama.

Ele me conduziu gentilmente até a porta.

Ele insistiu em me levar para casa. No caminho, olhando direto para o futuro sombrio, ele disse:

— Não se preocupe, garoto. Nada mais vai acontecer.

CRUMLEY ESTAVA ERRADO.

Mas não foi imediatamente, é claro.

Acordei às seis da manhã porque pensei ter ouvido novamente três dúzias de tiros de rifle.

Mas eram apenas os aniquiladores do píer, os operários dentistas, arrancando os dentes grandes. Ora, pensei, os destruidores começam tão cedo a destruir. E aqueles tiros de rifle? Provavelmente eram apenas suas risadas.

Tomei banho e saí correndo bem a tempo de encontrar um nevoeiro vindo do Japão.

Os velhos da estação de bonde estavam na praia à minha frente. Foi a primeira vez que os vi desde o dia em que seu amigo, o sr. Smith, que escreveu seu nome na parede do quarto, desapareceu.

Eu os observei assistindo ao píer morrer e pude sentir as madeiras caindo dentro de seus corpos. O único movimento que fizeram foi uma espécie de mastigação das gengivas, como se fossem cuspir tabaco. Suas mãos penduradas ao lado do corpo, se contorcendo. Sem o píer, eu sabia, eles sabiam, era apenas questão de tempo até que as máquinas de asfalto zumbissem e asfaltassem os trilhos da ferrovia e alguém fechasse a bilheteria e varresse os últimos confetes. Se eu fosse eles, teria ido para o Arizona ou algum lugar ensolarado naquela tarde. Mas eu não era. Eu era apenas eu, meio século mais jovem e sem ferrugem nos nós dos dedos e sem ossos quebrando toda vez que o grande alicate lá fora dava um puxão e criava o vazio.

Eu fui até lá e fiquei entre dois dos velhos, querendo dizer algo relevante.

Mas tudo que consegui foi deixar escapar um grande suspiro.

Era uma linguagem que eles entendiam.

Ouvindo isso, eles esperaram um bom tempo.

E então, balançaram a cabeça afirmativamente.

— Bem, aqui está mais uma bela bagunça em que você me meteu!

Minha voz, a caminho da Cidade do México, era a voz de Oliver Hardy.

— Ollie — gritou Peg, com a voz de Stan Laurel. — Venha rápido aqui para baixo. Salve-me das múmias de Guanajuato!

Stan e Ollie. Ollie e Stan. Desde o início chamávamos o nosso namoro de o romance de o Gordo e o Magro, porque crescemos loucamente apaixonados pela dupla e fazíamos um bom trabalho em imitar suas vozes.

— Por que você não faz algo para me *ajudar?* — choraminguei, como sr. Hardy.

E Peg como Laurel balbuciava de volta:

— Oh, Ollie, eu... Quero dizer, parece que, eu...

E houve silêncio enquanto respirávamos nosso desespero, necessidade e amorosa tristeza indo e vindo, quilômetro a quilômetro e dólar a dólar da querida Peg.

— Você não pode pagar, Stan — suspirei enfim. — E está começando a doer onde as aspirinas não alcançam. Stan, querido Stanley, até logo.

— Ollie — ela chorou. — Querido Ollie, adeus.

Como falei...

Crumley estava errado.

Exatamente um minuto depois das onze da noite, ouvi o carro funerário parar na frente do meu apartamento.

Eu não havia dormido e conhecia o som da limusine de Constance Rattigan pelo suave sibilo de sua chegada e, em seguida, o murmúrio sob sua respiração, esperando que eu me mexesse.

Levantei-me, não fiz perguntas a Deus nem a ninguém, e me vesti no automático, sem ver o que estava colocando. Algo me fez pegar minha calça escura, uma camisa preta e um velho blazer azul. Apenas os chineses usam branco para os mortos.

Segurei a maçaneta da porta da frente por um minuto inteiro antes de ter força suficiente para abrir a porta e sair. Não entrei pelo banco de trás, entrei pelo da frente, onde Constance olhava fixamente para a rebentação branca e fria na praia.

Lágrimas rolavam por suas bochechas. Ela não disse nada, mas fez a limusine mover-se em silêncio. Logo voávamos continuamente pelo meio da Venice Boulevard.

Eu tinha medo de fazer perguntas porque temia as respostas.

Na metade do caminho, Constance lançou:

— Eu tive uma premonição.

Foi tudo o que ela disse. Eu sabia que ela não tinha ligado para ninguém. Ela simplesmente tinha que ir ver por si mesma.

No final das contas, mesmo que ela tivesse ligado para alguém, seria tarde demais.

Chegamos à frente do cortiço às onze e meia da noite.

Ficamos sentados e Constance, ainda olhando para a frente, as lágrimas escorrendo pelo rosto, falou:

— Deus, sinto como se fosse eu quem pesasse cento e setenta. Não consigo me mover. — Mas tivemos que nos mover enfim.

Dentro do cortiço, na metade da escada, Constance repentinamente caiu de joelhos, fechou os olhos, benzeu-se e suspirou:

— Oh, por favor, Deus, *por favor*, permita que Fannie esteja viva.

Eu a ajudei no resto do caminho a subir as escadas, embriagado de tristeza.

No TOPO DA ESCADA, no escuro, havia uma grande corrente de ar que nos sugou quando chegamos. A mil quilômetros de distância, no final da noite, alguém abriu e fechou a porta do lado norte do cortiço. Saindo para tomar ar? Saindo para escapar? Uma sombra se moveu nas sombras. O estrondo de canhão da porta batendo nos alcançou um instante depois. Constance oscilou nos calcanhares. Eu agarrei sua mão e a puxei junto.

Passamos por um clima que ia ficando mais velho, mais frio e mais sombrio à medida que avançávamos. Comecei a correr, fazendo ruídos estranhos com a boca, encantamentos, para proteger Fannie.

Está tudo bem, ela vai estar lá, pensei, fazendo orações mágicas, com seus discos fonográficos e fotos de Caruso e gráficos astrológicos e potes de maionese e seu canto e...

Ela estava lá, sim.

A porta estava escancarada.

Ela estava lá no meio do piso de linóleo, no meio da sala, deitada de costas.

— Fannie! — nós dois gritamos ao mesmo tempo.

Levante-se, é o que queríamos dizer. Você não consegue respirar deitada de costas! Você não vai para a cama há trinta anos. Você deve sempre ficar sentada, Fannie, sempre.

Ela não se levantou. Ela não falou. Ela não cantou.

Ela nem mesmo respirou.

Caímos de joelhos ao lado dela, suplicando em sussurros ou orando por dentro. Nós nos ajoelhamos ali como dois adoradores, dois penitentes, dois curandeiros, e estendemos as mãos, como se isso fosse suficiente. Só por tocar, nós a traríamos de volta à vida.

Mas Fannie ficou ali olhando para o teto como se dissesse: que curioso, o que o teto está fazendo ali? E por que não consigo falar?

Foi muito simples e terrível. Fannie havia caído ou sido empurrada e não conseguiu se levantar. Ela ficou deitada ali no meio da noite até que seu próprio peso a esmagou e sufocou. Não precisaria muito para deixá-la naquela posição, pois ela não conseguia rolar. Você não precisava usar as mãos nela, em volta do pescoço. Nada precisou ser forçado. Você simplesmente fica ali de olho e se certifica de que ela não role para conseguir apoio para tomar fôlego e se pôr de pé. E você a observa por um minuto, dois minutos, até que finalmente os sons param e os olhos se transformam em vidro.

Ah, Fannie, choraminguei, Ah, Fannie, chorei, o que você fez consigo mesma?

Houve um leve sussurro.

Minha cabeça estremeceu. Eu olhei ao redor.

O fonógrafo de Fannie ainda girava, devagar, devagar. Mas estava funcionando. O que significava que apenas cinco minutos atrás ela havia aumentado o volume, colocado um disco e...

Atendido a porta na escuridão.

O toca-discos do fonógrafo girou. Mas não houve nenhum registro sob a agulha. *Tosca* não estava lá.

Fiquei olhando e então...

Houve um som rápido de batidas.

Constance se pôs de pé, engasgada, correndo. Ela se dirigiu para a porta que dava para a varanda acima do terreno vazio cheio de lixo, com vista para Bunker Hill e para a sinuca do outro lado, onde as risadas iam e vinham a noite toda. Antes que eu pudesse impedi-la, ela saiu pela porta telada e foi para o guarda-corpo da varanda.

— Constance. Não! — gritei.

Mas ela havia ido lá apenas para vomitar, curvando-se e inclinando-se e pondo tudo para fora, como eu queria muito fazer. Só pude ficar parado e olhar para ela e para a grande montanha em cujo sopé estávamos há um momento.

Por fim, Constance parou.

Eu me virei, por nenhuma razão que pudesse imaginar, e contornei Fannie e atravessei a sala para abrir uma pequena porta. Uma luz fraca e fria iluminou meu rosto.

— Meu Jesus! — gritou Constance, na porta atrás de mim. — O que você está fazendo?

— Fannie me disse — falei, minha boca entorpecida — que, se acontecesse qualquer coisa, era para eu olhar na geladeira.

Um vento frio de tumba soprou em minhas bochechas.

— Então, estou procurando.

Não havia nada na geladeira, é claro.

Ou, no caso, havia coisas demais. Gelatinas, geleias, diversas maioneses, molhos de salada, picles, pimenta, cheesecakes, rocamboles, pão branco, manteiga, frios, uma delicatéssen do Ártico. O mapa do corpo de Fannie estava ali, mostrando como fora planejado e construído.

Eu olhei e olhei outra vez, tentando ver o que Fannie queria que eu visse. Ah, Jesus, pensei, o que estou procurando? Alguma dessas coisas é a resposta? Eu quase me pus a jogar todas as geleias e gelatinas no chão. Tive que conter minhas mãos na metade do caminho.

Não estava ali, ou, se estava, eu não conseguia ver.

Soltei um terrível grunhido mortal e bati a porta.

O fonógrafo, despossuído de *Tosca*, desistiu e nos abandonou.

Alguém chame a polícia, pensei. Alguém?

Constance estava lá fora na varanda outra vez.

Eu.

* * *

Estava tudo acabado perto das três da manhã. A polícia chegou, todos foram interrogados e os nomes anotados e todo o cortiço estava acordado, como se alguém tivesse começado um incêndio no porão, e quando saí da frente de lá a van do necrotério ainda estava estacionada com os homens tentando descobrir como tirar Fannie, descer as escadas e ir embora. Eu esperava que não pensassem em usar a caixa do piano no beco, que Fannie havia mencionado de brincadeira. Eles nunca pensaram. Mas Fannie teve que ficar em seu quarto até o amanhecer, quando trouxeram uma van e uma maca maiores.

Foi terrível deixá-la sozinha durante a noite. Mas a polícia não me permitiu ficar e, afinal, era um simples caso de morte por causas naturais.

À medida que eu ia descendo os níveis da casa, as portas começavam a se fechar e as luzes a se apagar, como aquelas noites de fim de guerra em que a última fila de conga, exausta, escoava para os quartos e descia para as ruas, e para mim restava a caminhada solitária subindo Bunker Hill e descendo até o terminal, de onde seria levado para casa em meio a trovões.

Encontrei Constance Rattigan enrolada no banco de trás de sua limusine, deitada em silêncio, olhando para o nada. Quando ela me ouviu abrir a porta traseira, ordenou:

— Pegue o volante.

Eu escalei para frente, atrás do volante.

— Leve-me para casa — pediu ela calmamente.

Demorei um momento inteiro sentado lá para enfim dizer:

— Não posso.

— Por que não?

— Não sei dirigir — confessei.

— O quê?

— Eu nunca aprendi. Não havia motivo, afinal. — Minha língua se moveu como chumbo entre os lábios. — Desde quando escritores podem comprar carros?

— Jesus — Constance conseguiu se levantar e sair, como quem está de ressaca. Ela saiu e deu a volta andando lenta e cegamente e acenou. — Sai pra lá.

De alguma forma, ela deu partida. Desta vez, dirigimos a cerca de dez quilômetros por hora, como se houvesse neblina e você só pudesse ver meio metro à frente.

Chegamos ao Hotel Ambassador. Ela dobrou ali e entrou enquanto a última festa da noite de sábado surgia com balões e chapéus engraçados. O Coconut Grove estava apagando as luzes mais adiante. Vi alguns músicos correndo com seus instrumentos.

Todo mundo conhecia Constance. Nos registramos e tínhamos um bangalô ao lado do hotel em poucos minutos. Não tínhamos bagagem, mas ninguém parecia se importar. O mensageiro que nos levou pelo jardim até nossa acomodação ficou olhando para Constance como se talvez devesse carregá-la. Quando estávamos no quarto, Constance disse:

— Uma gorjeta de cinquenta dólares poderia encontrar a chave e destrancar o portão para nos deixar entrar na piscina nos fundos?

— Seria um longo caminho para encontrar a chave — disse o carregador. — Mas um mergulho, a esta hora da noite...?

— É a minha hora — disse Constance.

Cinco minutos depois, as luzes se acenderam na piscina e eu me sentava e observava Constance mergulhar e nadar vinte voltas, ocasionalmente nadando embaixo d'água de uma extremidade à outra sem subir para respirar.

Quando ela saiu, dez minutos depois, ela estava ofegante e com o rosto vermelho, e eu a envolvi em uma grande toalha e a segurei.

— Quando você começa a chorar? — perguntei finalmente.
— Idiota — ela respondeu. — Eu acabei de chorar. Se não puder chorar no oceano, uma piscina serve. Se não tiver uma piscina, vá para o chuveiro. Você pode gritar e gritar e soluçar o quanto quiser, e isso não incomoda ninguém, o mundo nunca ouve. Já pensou nisso?
— Nunca — falei, admirado.
Às quatro da manhã, Constance me encontrou no banheiro do nosso bangalô, de pé e olhando para o chuveiro.
— Vamos lá — disse ela gentilmente. — Vá em frente, tente.
Entrei e abri a torneira com força.

Às ONZE DA MANHÃ, passamos de carro por Venice e vimos os canais com uma fina camada de limo verde na superfície, passamos pelo píer meio destruído e observamos algumas gaivotas voando na neblina lá em cima, sem sol ainda assim, e as ondas eram tão silenciosas que pareciam tambores pretos abafados.
— Dane-se — disse Constance. — Jogue uma moeda. Cara, vamos para o norte, para Santa Barbara. Coroa, para o sul, para Tijuana.
— Eu não tenho uma moeda — expliquei.
— Jesus. — Constance remexeu na bolsa, tirou uma moeda e jogou no ar. — Coroa!
Estávamos em Laguna ao meio-dia, muito graças à patrulha rodoviária que de alguma forma não nos notou.
Nos sentamos ao ar livre em um penhasco com vista para a praia no Victor Hugo e tomando margaritas duplas.
— Você já viu *A estranha passageira*?
— Umas dez vezes — falei.
— Este é o lugar onde Bette Davis e Paul Henreid se sentam para um almoço romântico no início do filme. Essa era a locação,

no início dos anos 1940. Você está na mesma cadeira em que Henreid colocou a bunda.

Estávamos em San Diego às três e do lado de fora da praça de touros em Tijuana às quatro horas.

— Acha que consegue suportar? — perguntou Constance.

— Só posso tentar — respondi.

Ficamos até o terceiro touro e saímos para a luz do fim da tarde e tomamos mais duas margaritas e um bom jantar mexicano antes de irmos para o norte, dirigirmos para a ilha e nos sentarmos ao pôr do sol no Hotel del Coronado. Não falamos nada, apenas assistimos ao pôr do sol, iluminando as antigas torres vitorianas e as laterais do hotel pintadas de branco com rosa.

No caminho para casa, nadamos nas ondas de Del Mar, sem dizer nada e, de vez em quando, de mãos dadas.

À meia-noite estávamos em frente ao complexo selvagem de Crumley.

— Case-se comigo — sugeriu Constance.

— Na próxima encarnação — falei.

— É. Bem, não é de todo ruim. Até amanhã.

Quando ela se foi, percorri o caminho da selva.

— Onde você esteve? — disse Crumley, na porta.

— O TABULEIRO DIZ PARA voltar três casas — falei.

— Os dados dizem para entrar — falou Crumley. A coisa gelada que senti nas minhas mãos era uma cerveja. — Deus, você parece péssimo. Entre aqui.

Ele me deu um abraço. Achei que um homem como Crumley nunca abraçava ninguém, nem mesmo uma mulher.

— Tenha cuidado — comentei. — Sou de vidro.

— Eu soube esta manhã, um amigo meu lá na Central. Sinto muito, garoto. Sei que ela era uma amiga próxima. Você está com aquela lista?

Estávamos na selva apenas com os grilos cricrilando e Segovia, perdido pela casa, tocando no violão um lamento por um dia muito distante quando o sol se ergueu por quarenta e oito horas em Sevilha.

Encontrei minha lista idiota amassada no bolso e a entreguei.

— Desde quando você quer ver isso?

— Deu vontade, não sei — respondeu Crumley. — Você me deixou curioso.

Ele se sentou e começou a ler:

Velho na jaula do leão. Assassinado. Arma desconhecida.

Mulher dos canários à venda. Morta de susto.

Pietro Massinello. Na cadeia.

Jimmy. Afogado na banheira.

Sam. Morto de álcool dado a ele por alguém.

Fannie.

Com um acréscimo feito nas últimas horas.

Sufocada.

Outras novas e possíveis vítimas:

Henry, o cego.

Annie Oakley, a mulher dos rifles.

A. L. Shrank, o psiquiatra charlatão.

John Wilkes Hopwood.

Constance Rattigan.

Sr. Shapeshade.

Com um acréscimo. *Não, risque este.*

Eu.

Crumley virou a lista de cabeça para baixo e ao contrário, examinando-a, relendo os nomes.

— Você tem um zoológico e tanto aqui, rapaz. Por que não estou no seu elenco?

— Há algo despedaçado em todas essas pessoas. Você? Você tem seu próprio motor de arranque.

— Só depois que te conheci, garoto. — Crumley parou e ficou vermelho. — Cristo, estou ficando mole. Por que você colocou a *si* mesmo na lista?

— Porque estou cagado de medo.

— Certamente, mas você também tem um motor de arranque, e funciona. De acordo com a sua lógica, isso deveria protegê-lo. Quanto aos outros? Eles estão tão ocupados em fugir correndo que vão cair de penhascos.

Crumley virou a lista de cabeça para baixo novamente, recusando-se a encontrar meu olhar, e começou a ler os nomes em voz alta.

Eu o fiz parar.

— Então?

— Então o quê? — ele perguntou.

— Chegou a hora — falei. — Me hipnotize, Crumley. Elmo, em nome de Deus, me coloque em transe.

— Jesus — disse Crumley.

— Você precisa fazer isso, agora, esta noite. Você me deve isso.

— Jesus. Ok, ok. Sente-se. Deite-se. Devo apagar as luzes? Deus, preciso de uma bebida forte!

Corri para buscar cadeiras e coloquei uma atrás da outra.

— Este é o grande bonde noturno — falei. — Eu vou me sentar aqui. Você se senta atrás.

Corri até a cozinha e trouxe um gole de uísque para Crumley.

— Você tem que cheirar como ele cheirava.

— Bom saber, obrigado. — Crumley apertou o cinto e fechou os olhos. — Esta é a coisa mais estúpida que já fiz na vida.

— Cale a boca e beba.

Ele tomou uma segunda dose. Eu me sentei. Então lembrei e pulei para colocar a gravação de tempestades africanas de Crumley. Começou a chover em toda a casa, em volta do grande bonde vermelho. Apaguei as luzes.

— Pronto. Perfeito.

— Cala a boca e fecha os olhos — ordenou Crumley. — Deus, não sei como fazer isso.

— Xiu. Com gentileza — expliquei.

— Xiu, com certeza. Quieto. Ok, garoto. Vá dormir.

Escutei atentamente e com atenção.

— Acalme-se — disse Crumley, atrás de mim no bonde durante a noite na chuva. — Tranquilo. Quietinho. Relaxe. Calma. Fazendo a curva, suave. Pela chuva, em silêncio.

Ele estava entrando no ritmo e, eu podia dizer pela sua voz, começando a gostar.

— Tranquilo. Devagar. Quietinho. Já passa da meia-noite. Chuva, chuva suave — sussurrou Crumley. — Onde você está, garoto?

— Dormindo — respondi, sonolento.

— Dormindo e viajando. Viajando e dormindo — ele murmurou. — Você está no bonde, garoto?

— Bonde — sussurrei. — Bonde. Chuva. Noite.

— É isso. Fique aí. Andando no bonde. Em linha reta por Culver City, passando pelos estúdios, tarde, ninguém no trem além de você e... Alguém.

— Alguém — sussurrei.

— Alguém que bebeu.
— Bebeu — eu disse em tom de lamento.
— Balançando, balançando, falando, falando, resmungando, sussurrando. Você está ouvindo, meu filho?
— Escuto, conversa, sussurros, murmúrios, uma conversa — eu disse calmamente.

E o trem avançou noite adentro em meio à tempestade escura e eu estava lá, um bom sujeito adormecido e sendo bem transportado, mas ouvindo, esperando, balançando, olhos fechados, cabeça baixa, mãos dormentes nos joelhos...

— Você escuta a voz dele, meu filho?
— Escuto.
— Sente o hálito dele?
— Sinto.
— Está chovendo mais forte agora.
— Chovendo.
— Está escuro?
— Escuro.
— Você está debaixo d'água no trem, chove tanto e tem alguém balançando atrás de você, atrás de você, gemendo, falando, sussurrando.
— Siiiim.
— Consegue escutar o que ele diz?
— Quase.
— Mais fundo, mais lento, indo, movendo-se, balançando. Você ouve a voz dele?
— Sim.
— O que ele diz?
— Ele diz...
— O que ele diz?

— Ele...

— Mais fundo, dormindo. Escute.

Sua respiração soprou em meu pescoço, quente com o álcool:

— O quê, o quê?

— Ele diz...

O bonde guinchou em uma curva dos trilhos em minha cabeça. Faíscas voaram. Houve um estrondo de trovão.

— *Gah!* — gritei. E outra vez: — *Gah!* — e um último: — *Gah!*

Eu me contorci na cadeira em meu pânico para fugir daquele hálito maníaco, o monstro flamejante de álcool. E de outra coisa que eu tinha esquecido. Mas estava de volta agora e atingiu meu rosto, minha testa, meu nariz.

Um cheiro de sepulturas abertas, matadouros, carne crua deixada muito tempo ao sol.

Olhos cerrados com força, comecei a vomitar.

— Garoto! Jesus, acorde, meu Deus, garoto, garoto! — gritou Crumley, me sacudindo, batendo em meu rosto, massageando meu pescoço, agora de joelhos, puxando minha cabeça e bochechas e braços, sem saber onde me agarrar ou sacudir. — Agora, garoto, agora, pelo amor de Deus, *agora*!

— *Gah!* — gritei e me debati uma última vez, e me ergui trêmulo muito rápido, olhando ao redor, caindo na cova com aquela carne terrível, enquanto o trem me atropelava e a chuva caía na tumba, com Crumley me esbofeteando e um grande jorro de comida azeda esguichando pela boca.

Ele me deixou do lado de fora, no ar do jardim, certificou-se de que eu estava respirando direito, me limpou, depois entrou para limpar lá dentro e voltou.

— Jesus — disse ele —, funcionou. Conseguimos mais do que queríamos, certo?

— Sim — falei fracamente. — Eu ouvi sua voz. E ele disse exatamente o que pensei que ele diria. O título que coloquei em seu livro. Mas ouvi sua voz com clareza e é quase como se o conhecesse agora. Da próxima vez que o encontrar, seja onde for, eu vou saber. Estamos perto, Crumley, estamos bem perto. Ele não vai escapar agora. Mas agora eu o conheço de um modo ainda melhor.

— Como assim?

— Ele fede feito um cadáver. Não percebi naquela noite, ou, se percebi, estava tão nervoso que esqueci. Mas agora tudo voltou. Ele está morto, ou quase morto. Cachorros mortos na rua cheiram como ele. Sua camisa, suas calças, seu casaco, estão mofados e velhos. Sua pele está pior. Então...

Entrei na casa e me vi na mesa de Crumley.

— Finalmente, tenho um novo título para meu próprio livro — falei.

Eu bati à máquina. Crumley observou. As palavras saíram no papel.

Ambos as lemos.

— O *hálito da morte*.

— Isso é que é título — comentou.

E foi desligar o som da chuva sombria.

Houve uma cerimônia fúnebre para Fannie Florianna na tarde seguinte. Crumley tirou uma hora de folga e me levou até o belo cemitério antigo em uma colina com vista para as montanhas de Santa Monica. Fiquei espantado ao ver a fila de carros do lado de fora, e mais espantado ao ver a fila de flores sendo carregadas para serem colocadas perto da cova aberta. Devia haver duzentas pessoas ali e alguns milhares de flores.

— Caramba — disse Crumley. — Olha só essa multidão. Olha quem está logo ali. E mais à frente. É King Vidor?

— Vidor, com certeza. E aquela é Salka Viertel. Ela escreveu filmes para Garbo há muito tempo. E aquele outro sujeito é o sr. Fox, o advogado de Louis B. Mayer. E aquele ali é Ben Goetz, que chefiou a unidade da MGM em Londres. E...

— Por que não me disse que sua amiga Fannie conhecia tanta gente importante?

— Por que Fannie não *me* contou? — falei.

Fannie, querida Fannie, pensei, como isso era a sua cara, nunca contar, nunca se gabar de todos esses tantos que subiram e desceram as escadas do cortiço ao longo dos anos, para bater papo e lembrar do passado e escutar música. Meu Deus, Fannie, por que não me contou, eu teria gostado de saber. Eu não teria contado para ninguém.

Olhei para todos os rostos reunidos perto das flores. Crumley fez o mesmo.

— Acha que ele está aqui, garoto? — me perguntou calmamente.

— Quem?

— Aquele que você afirma ter feito isso com Fannie.

— Eu o reconhecerei quando o vir. Não, eu o reconhecerei quando o ouvir.

— E fazer o que depois? — disse Crumley. — Prendê-lo por estar bêbado em um bonde algumas noites atrás?

Devo ter transparecido uma frustração terrível em meu rosto.

— Só estou tentando arruinar o seu dia — afirmou Crumley.

— Amigos — alguém falou.

E a multidão foi ficando em silêncio.

Foi um serviço fúnebre dos melhores, se é que existe tal coisa. Ninguém me pediu para falar, mas por que pediriam? Porém dezenas de outros tantos fizeram uso de alguns minutinhos e disseram coisas sobre Chicago em 1920 ou Culver City em meados dos anos 1920, quando havia prados e campos e a falsa civilização da MGM estava em construção e, em dez ou doze noites por ano, o grande carro vermelho parava em um desvio atrás do estúdio e Louis B. Mayer e Ben Goetz e todos os outros se amontoavam e jogavam pôquer a caminho de San Bernardino, onde iam ao cinema para ver o último Gilbert ou Garbo ou Novarro e voltavam para casa com um punhado de cartões da plateia-teste: *Péssimo!*, *Excelente!*, *Horrível!*, *Dá pro gasto!*, e organizar os cartões junto dos reis e rainhas e valetes e espadas para descobrir que tipo de mão eles teriam. E parando atrás do estúdio à meia-noite, ainda jogando cartas, e saindo cheirando a uísque da Lei Seca com sorrisos felizes ou sorrisos sombrios de determinação em seus rostos, para ver Louis B. caminhar até sua limusine e ser o primeiro a ir para casa.

Eles estavam todos ali e todos falaram com grande sinceridade e clareza. Não houve mentiras. Uma verdadeira dor estava por baixo de cada palavra dita.

Em meio àquela tarde quente, alguém tocou meu cotovelo. Eu me virei e fiquei surpreso.

— Henry! Como *você* chegou aqui?

— Certamente não foi andando.

— Como você me encontrou no meio dessa multidão? — murmurei.

— Você é o único cheirando a sabonete, o resto é Chanel e Old Spice. Tenho certeza de que é uma sorte ser cego num dia como este. Não me importo em escutar, mas com certeza não iria querer ver isso.

As homenagens continuaram. O sr. Fox, advogado de Louis B. Mayer, foi o próximo, um homem que conhecia a lei, mas que raramente assistia a qualquer um dos filmes que faziam. Agora, ele se lembrava dos primeiros dias em Chicago quando Fannie...

Um beija-flor disparou entre as cores brilhantes. Uma libélula zumbiu logo depois.

— Sovaco — disse Henry, calmamente.

Alarmado, esperei um pouco e murmurei:

— Sovaco?

— Na rua do lado de fora do cortiço — sussurrou Henry, olhando para um céu que não podia ver, falando com o canto da boca. — Lá dentro, nos corredores. Ao lado do meu apartamento. Ao lado do apartamento de Fannie. O fedor. Ele. O sujeito. — Fez uma pausa, depois um meneio com a cabeça. — Sovaco.

Meu nariz se contorceu. Meus olhos começaram a correr. Mexi os pés, querendo ir embora, ir ver, procurar.

— Quando foi isso, Henry? — sussurrei.

— Na outra noite. A noite em que Fannie foi embora para sempre.

— Xiu! — disse alguém por perto.

Henry calou a boca. Quando houve uma troca de oradores, sussurrei:

— Onde?

— Atravessando a rua bem cedo — contou Henry. — Naquela noite. Um cheiro forte, realmente forte. Então, mais tarde, me pareceu que aqueles sovacos foram para o corredor atrás de mim. Quero dizer, era tão forte que desentupiu meu nariz. Como ter um urso-pardo bafejando em você. Você já sentiu esse cheiro? Eu congelei no meio da rua, como se tivesse levado uma pancada com taco de beisebol. Pensei, quem quer que feda assim tem rancor de Deus, dos cães, da humanidade, do mundo. Prefere chutar um gato em vez de seguir caminhando. Mau de verdade. Sovacos, como falei. Sovacos. *Isso* ajuda em alguma coisa?

Meu corpo inteiro estava congelado. Eu só conseguia assentir com a cabeça.

— Esse cheiro tem estado pelos corredores já faz algumas noites agora — disse Henry —, mas só vai ficando mais forte, talvez porque aquele idiota filho da puta estava chegando perto. Levei uma rasteira do sr. Fedido, sei disso agora. Eu entendi.

— Xiu! — reclamou alguém.

Um ator falou, depois um padre, um rabino e, em seguida, o coral Hall Johnson da Primeira Igreja Batista na Avenida Central atravessou as lápides e se reuniu para cantar "Great day in the morning", "In the sweet bye and bye", e "Dear God, joy me when I'm gone". E suas vozes eram as que eu tinha escutado no final dos anos 1930, louvando Ronald Colman sobre os picos e vales nevados de Shangri-Lá, ou de pé em brancas nuvens nos campos do Senhor em *Mais próximos do céu*. Ao fim daquele canto radiante, eu transbordava de alegria e a Morte tinha recebido uma nova demão de tempo e luz do sol, e o beija-flor voltava para buscar néctar, e a libélula mergulhou para examinar meu rosto e ir embora.

— É assim — disse Crumley, ao sair do cemitério, com Henry caminhando entre nós — que quero que cantem quando eu partir deste mundo. Meu Deus, eu adoraria poder ser todo aquele maldito coro. Quem precisa de dinheiro quando você pode cantar assim!

Mas eu estava olhando para Henry. Ele sentiu meu olhar.

— A questão é que — falou Henry — ele continua voltando. Sovaco. Você poderia pensar que ele já está satisfeito, certo? Mas ele ficou guloso, não consegue parar. Assustar as pessoas é como comer pipoca para ele. Ferir é seu lema. A dor é um meio de vida. Ele pensou que tinha pegado o velho Henry, como fez com os outros. Mas não vou cair de novo.

Crumley estava ouvindo com alguma seriedade.

— Se o Sovaco voltar...

— Ligo para você *imediamente*. Ele está rondando os quartos. O peguei mexendo na fechadura da Fannie. Está trancada à chave e fechada por lei, certo? Ele estava mexendo nela e eu gritei com ele. Ele é um covarde, isso é certo. Não tem arma, apenas sai por aí passando o pé para que cegos desçam um lance de escadas inteiro num único salto. "Sovaco", eu gritei, "fora daqui!".

— Ligue para nós — comentou Crumley. — Aceita uma carona?

— Obrigado, algumas das mulheres feias do cortiço me trouxeram, e vão me levar para casa.

— Henry — eu disse. Estendi minha mão. Ele aceitou rapidamente. Era quase como se ele tivesse previsto. Perguntei: — Como é o *meu* cheiro, Henry?

Henry deu uma fungada e riu.

— Não fazem mais heróis como antigamente. Mas você vai dar conta.

Voltando de carro com Crumley na direção da praia, vi uma grande limusine passar por nós a cento e dez por hora, colocando uma boa distância entre si e o cemitério florido. Acenei e gritei.

Constance Rattigan nem mesmo olhou. Ela tinha ficado ao lado do túmulo em algum lugar, escondida de um lado, e agora estava voltando para casa com raiva de Fannie por nos deixar, e talvez com raiva de mim por, de alguma forma, trazer a Morte para prestar contas.

Sua limusine desapareceu em uma grande nuvem branco-acinzentada de fumaça de escapamento.

— As harpias e as Fúrias passaram gritando — observou Crumley.

— Não — discordei —, é apenas uma senhora perdida, correndo para se esconder.

* * *

Tentei ligar para Constance Rattigan nos três dias seguintes, mas ela não atendeu. Estava taciturna e furiosa. De alguma forma, de algum modo idiota, eu estava em conluio com o homem que ficava nos corredores e fazia coisas terríveis às pessoas.

Tentei ligar para a Cidade do México, mas Peg tinha saído, perdida para sempre, eu tinha certeza.

Vaguei por Venice, olhando, ouvindo e farejando, esperando por aquela voz terrível, procurando pelo cheiro terrível de algo morrendo ou morto há muito tempo.

Até Crumley se foi. Eu olhava, mas não o via em nenhum lugar à frente, me seguindo.

No final de três dias de telefonemas malsucedidos, assassinos desencontrados, furioso com o destino e desconcertado por funerais, fiz o que nunca tinha feito antes.

Perto das dez da noite, caminhei pelo píer vazio sem saber para onde estava indo até chegar lá.

— Ei — disse alguém.

Peguei um rifle da prateleira e, sem verificar se estava carregado ou se alguém estava no caminho, disparei, disparei, disparei, dezesseis vezes!

Bang, bang. E *bang bang*. E *bang bang*, e alguém estava gritando.

Não acertei nenhum dos alvos. Nunca havia manuseado um rifle na minha vida. Não sei no que eu estava atirando, mas, sim, eu estava atirando.

— Engula essa, seu filho da puta, engula essa, seu bastardo!
Bang, bang, bang e *bang bang*.

O rifle estava vazio, mas continuei puxando o gatilho. De repente, percebi que estava impotente. Alguém tirou o rifle de mim. Annie Oakley, olhando para mim como se nunca tivesse me visto antes.

— Você sabe o que está fazendo? — ela perguntou.

— Não, e não dou a mínima! — Olhei ao redor. — Por que você está aberta tão tarde?

— Não tenho mais nada para fazer. Não consigo dormir. O que há de errado com você, senhor?

— Todo mundo dessa porcaria de mundo vai estar morto a esta hora, na semana que vem.

— Acha mesmo?

— Não, mas é o que parece. Me dê outro rifle.

— Você não quer mais atirar.

— Sim, eu quero. E não tenho dinheiro para pagar, você vai ter que confiar em mim! — bradei.

Ela ficou me olhando por um longo tempo. Então me entregou um rifle.

— Pega eles, caubói. Mata eles, Bogart — disse ela.

Atirei dezesseis vezes. Desta vez, acertei dois alvos por engano, embora não pudesse vê-los, pois meus óculos estavam muito embaçados.

— Já deu? — perguntou Annie Oakley, baixinho, atrás de mim.

— Não! — falei. Então, mais baixo: — Sim. O que está fazendo fora do estande, no calçadão?

— Tive medo de levar um tiro ali. Um maníaco acabou de descarregar dois rifles sem mirar.

Olhamos um para o outro e comecei a rir.

Ela me escutou e disse:

— Você está rindo ou chorando?

— O que parece? Tenho que fazer alguma coisa. Me diga o quê.

Ela estudou meu rosto por um longo tempo e então saiu desligando as luzes e os alvos de patos correndo, de palhaços balançando. Uma porta se abriu na parte de trás do estande. Sua silhueta ficou recortada contra a luz. Ela falou:

— Se precisa atirar em alguma coisa, aqui está o alvo. — E entrou.

Demorou meio minuto antes de eu perceber que ela esperava que eu a seguisse.

— Você costuma se comportar assim? — perguntou Annie Oakley.

— Desculpe — falei.

Eu estava de um lado da cama dela, com ela do outro, me ouvindo falar sobre a Cidade do México e Peg, Peg e a Cidade do México tão longe que era uma dor terrível.

— A história da minha vida — começou Annie Oakley — são homens comigo na cama entediados ou falando sobre outras mulheres, ou acendendo cigarros ou fugindo em seus carros quando vou ao banheiro. Você sabe qual é meu nome verdadeiro? Lucretia Isabel Clarisse Annabelle Maria Monica Brown. Minha mãe me deu tudo isso, então o que eu escolho? Annie Oakley. O problema é que sou burra. Os homens não me suportam depois dos primeiros dez minutos. Burra. Se leio um livro, uma hora depois, já esqueci tudo! Não fica nada. Eu falo muito, não falo?

— Um pouco — concordei com gentileza.

— É de se pensar que algum cara iria gostar de alguém tão verdadeiramente burra quanto eu, mas eu os deixei esgotados. Trezentas noites por ano algum macho idiota fica deitado onde você está. E aquela maldita sirene de nevoeiro tocando na baía, não te dá *nos nervos*? Algumas noites, mesmo tendo algum pamonha comigo na cama, quando a sirene de nevoeiro dispara, eu me sinto tão sozinha e ali está ele, verificando as chaves, olhando para a porta...

Seu telefone tocou. Ela o pegou, ouviu e praguejou:

— Maldição! — Ela acenou para mim. — É pra você.

— Impossível — respondi. — Ninguém sabe que estou aqui.

Peguei o telefone.

— O que você está fazendo na casa *dela*? — perguntou Constance Rattigan.

— Nada. Como você me encontrou?

— Alguém me ligou. Era só uma voz. Me disse para ver como você estava e desligou.

— Ah, meu Deus. — Eu estava ficando com frio.

— Saia daí — ordenou Constance. — Preciso da sua ajuda. Seu amigo esquisito veio me visitar.

— *Meu* amigo?

O oceano rugia sob o estande dos rifles, estremecendo o quarto e a cama.

— Na praia lá embaixo, por várias noites. Você precisa vir e espantá-lo... Ai, Deus!

— Constance!

Houve um longo silêncio em que pude ouvir as ondas do lado de fora das janelas de Constance Rattigan. Então ela disse, de forma estranhamente entorpecida:

— Ele está ali agora.

— Não deixe ele ver você.

— O desgraçado está na praia, exatamente onde estava ontem à noite. Ele fica apenas olhando para a casa, como se estivesse esperando por mim. O desgraçado está pelado. O que ele pensa, que a velha é tão louca que vai sair correndo e pular nele? Cristo.

— Feche as janelas, Constance, apague as luzes!

— Não. Ele está recuando. Talvez tenha escutado minha voz. Talvez pense que estou chamando a polícia.

— *Chame!*

— Se foi. — Constance respirou fundo. — Venha para cá, garoto. Rápido.

Ela não desligou. Apenas deixou cair o telefone e foi embora. Eu podia ouvir suas sandálias batendo no chão de ladrilhos com um barulho de máquina de escrever.

Eu também não desliguei. Por algum motivo, apenas larguei o telefone como se fosse um cordão umbilical entre mim e Constance Rattigan. Contanto que eu não o desconectasse, ela não poderia morrer. Ainda podia ouvir a maré noturna movendo-se do outro lado da linha.

— Assim como todos os outros homens. Lá vai você — comentou uma voz.

Eu me virei.

Annie Oakley sentou-se na cama, aninhada nos lençóis como um peixe-boi abandonado.

— Não desligue o telefone — pedi.

Não até eu chegar do outro lado, pensei, e salvar uma vida.

— Burra — disse Annie Oakley. — É por isso que você está indo. Porque sou burra.

Foi preciso muita coragem para percorrer a praia à noite em direção à casa de Constance Rattigan. Imaginei um defunto horrível correndo do outro lado.

— Jesus! — suspirei. — O que acontece se eu *encontrar* ele?
E gritei:
— *Gah!*
E corri a toda velocidade em direção à sombra sólida.
— Graças a Deus, é você! — alguém gritou.
— Não, Constance — eu falei. — Graças a Deus, é *você*.

— O QUE É TÃO engraçado?
— Isso. — Bati nos grandes travesseiros brilhantes que me rodeavam. — Essa é a segunda cama em que estive esta noite.
— Hilário — comentou Constance. — Se importa se eu arrebentar seu nariz?
— Constance, Peg é minha garota. Eu só estava me sentindo solitário. Você não liga há dias. Annie pediu para conversar comigo na cama e foi só. Não sei mentir. Dá para ver na minha cara. Veja.
Constance olhou e riu.
— Cristo, é uma torta de maçã fresca. Ok, ok. — Ela afundou de volta. — Eu assustei você agora há pouco?
— Você deveria ter gritado enquanto corria.
— Fiquei feliz em vê-lo, filho. Desculpe não ter ligado. Antigamente eu esquecia os funerais em poucas horas. Agora, leva dias.
Ela tocou em um interruptor. As luzes diminuíram e o projetor de dezesseis milímetros acendeu. Dois caubóis derrubavam um ao outro na parede branca.
— Como você consegue assistir a filmes numa hora dessas? — perguntei.
— Para me dar ânimo para sair e dar na cara do sr. Peladão, se ele aparecer novamente amanhã à noite.

— Nem brinque com isso. — Olhei pelas janelas francesas para a praia vazia, onde apenas ondas brancas soavam na beira da noite. — Você acha que ele ligou para você para dizer onde eu estava, com Annie, e depois subiu pela praia para ficar lá fora?

— Não. Tinha algo de errado na voz dele. Devem ser dois caras diferentes. Cristo, não consigo imaginar, mas esse cara, o que estava pelado, ele deve ser algum tipo de exibicionista, certo? Ou por que ele simplesmente não veio correndo aqui e arruinou a velhinha, ou a matou, ou ambos? É o outro, o cara do telefone, que me dá arrepios.

Eu sei, ouvi sua respiração, pensei.

— Ele parece um verdadeiro monstro — disse Constance.

Sim, pensei. Bem longe, ouvi o grande bondinho vermelho guinchar em uma curva de ferro na chuva, com a voz atrás de mim, entoando as palavras de um título para o livro de Crumley.

— Constance — iniciei, mas parei. Eu ia dizer a ela que tinha visto o estranho na praia muitas noites atrás.

— Tenho alguns imóveis ao sul daqui — falou Constance. — Vou verificar amanhã. Ligue-me mais tarde, está bem? E enquanto isso, você quer me ajudar com um assunto?

— Qualquer coisa. Bem, quase qualquer coisa.

Constance observou William Farnum derrubando seu irmão Dustin, pegando-o pela gola, e o derrubando de novo.

— Acho que sei quem é o sr. Peladão da Praia.

— Quem?

Ela procurou ao longo das ondas como se seu fantasma ainda estivesse lá.

— Um filho da puta do meu passado com a cara de um general alemão malvado — contou — e um corpo como o de todos os garotos de verão que já existiram.

A PEQUENA MOTOCICLETA ESTACIONOU do lado de fora do carrossel pilotada por um jovem em calções de banho, o corpo bronzeado, lustroso e bonito. Ele estava usando um capacete pesado com visor escuro que cobria o rosto até o queixo, então não pude ver seu rosto. Mas o corpo era o mais incrível que creio já ter visto. Isso me fez lembrar de um dia, anos atrás, quando eu havia visto um belo Apolo caminhando pela praia com um cardume de meninos atrás dele, atraídos nem eles sabiam pelo quê, mas seguindo a beleza dele, amando sem saber ainda que era amor, nunca ousando dar-lhe esse nome e tentando não pensar nesse momento mais tarde na vida. Há belezas como essa no mundo, e todos os homens e todas as mulheres e todas as crianças são puxados em seu rastro, e tudo é puro e maravilhoso e limpo e não há nenhum resíduo de culpa, porque nada aconteceu. Você simplesmente a vê e segue, e, quando o tempo de praia acaba, ele vai embora e você vai embora, sorrindo um tipo de sorriso tão surpreso que uma hora depois você leva a mão à boca e ainda o encontra lá grudado.

Por todo o verão, na praia inteira, você só vê corpos assim, em algum rapaz ou em alguma moça, uma vez. Duas vezes, se os deuses estão cochilando e não com ciúmes.

Ali estava Apolo, montado em sua motocicleta, olhando para mim através de seu visor escuro e inexpressivo.

— Você veio ver o velho? — A risada por trás do vidro foi forte e gutural. — Bom! Vamos.

Ele apoiou a moto e subiu as escadas à minha frente. Como uma gazela, ele saltou os degraus de três em três e desapareceu em um cômodo no andar de cima.

Eu o segui, um passo de cada vez, sentindo-me velho.

Quando cheguei ao quarto dele, ouvi o chuveiro ligado. Um momento depois, ele saiu, despido e brilhando de água, o capacete ainda na cabeça. Ele ficou na porta do banheiro, olhando para mim como se fosse um espelho, e gostando do que viu.

— Bem — começou ele, dentro do capacete —, o que achou do mais lindo dos meninos, o rapaz que eu amo?

Corei furiosamente.

Ele riu e tirou o capacete.

— Meu Deus — falei —, é você *mesmo*!

— O velho — disse John Wilkes Hopwood. Ele olhou para seu corpo e sorriu. — Ou o jovem. Qual de nós você prefere?

Engoli em seco. Tive que me forçar a falar rápido, pois queria descer correndo as escadas antes que ele fechasse a porta e me trancasse no quarto.

— Tudo depende — respondi — de qual de vocês esteve na praia, tarde da noite, do lado de fora da casa de Constance Rattigan.

Com um *timing* maravilhoso, a música do carrossel lá embaixo começou a tocar, rodando o carrossel. Parecia um dragão que engoliu uma banda de gaiteiros e agora estava tentando regurgitá-los, sem nenhuma ordem específica ou melodia em particular.

Como um gato que quer tempo para pensar em seu próximo movimento, o velho e jovem Hopwood virou seu traseiro bronzeado para mim, gesto feito supostamente para causar fascínio.

Fechei meus olhos para aquela visão dourada.

Isso deu a Hopwood um momento para decidir o que dizer.

— O que te faz pensar que eu me importaria com uma velharia como Constance Rattigan? — ele perguntou, enquanto voltava ao banheiro e pegava uma toalha que usava agora para secar seus ombros e peito.

— Você foi o grande amor da vida dela, e ela o da sua. Aquele foi o verão em que todos os apaixonados da América amaram os amantes, correto?

Ele se virou para verificar o quanto de ironia transpareceria em meu rosto para combinar com meu tom de voz.

— Você veio aqui porque ela o mandou, para me dar um aviso?

— É possível.

— Quantas flexões você pode fazer, você consegue dar sessenta voltas na piscina ou pedalar sessenta quilômetros por dia sem suar, que pesos você consegue levantar e quantas pessoas... — notei que ele não disse mulheres — você consegue levar para a cama em uma tarde? — ele perguntou.

— Não, não, não, não e talvez duas — confessei. — Respondendo a todas essas perguntas.

— Então — disse Helmut, o Huno, virando-se para me mostrar uma magnífica fachada de Antínoo, que combinava com o traseiro dourado —, você não está em posição de me ameaçar, *ja*?

Sua boca era um corte de navalha do qual rajadas de seus dentes brilhantes de tubarão sibilavam e mastigavam.

— Vou ir e voltar da praia — falou.

Com a Gestapo à frente e os meninos do verão logo atrás, pensei.

— Não admito nada. Talvez eu tenha estado lá algumas noites. — Ele acenou com a cabeça para a praia. — Talvez não.

Alguém poderia cortar os pulsos com o sorriso dele.

Ele jogou a toalha em mim. Eu peguei.

— Pode secar minhas costas para mim?

Joguei a toalha longe. Ela caiu e ficou pendurada em sua cabeça, mascarando seu rosto. Por um momento, o Horrível Huno se foi. Apenas o Rei Sol Apolo, com seu traseiro tão brilhante quanto as maçãs dos deuses, permaneceu.

Sob a toalha, sua voz soou baixinha:

— Acabou a entrevista.

— Alguma vez ela realmente começou? — provoquei.

Desci as escadas enquanto a doentia música do dragão do carrossel subia.

Não havia nenhuma palavra na marquise do Cinema Venice. Todas as letras haviam sumido.

Eu li o vazio meia dúzia de vezes, sentindo algo rolar e morrer em meu peito.

Tentei todas as portas, que estavam trancadas, e olhei para a bilheteria, deserta, e olhei para as grandes molduras de pôster em que Barrymore, Chaney e Norma Shearer haviam sorrido há apenas algumas noites. Agora não havia nada.

Recuei e li o vazio uma última vez para mim, em silêncio.

— O que você acha de uma sessão dupla? — perguntou uma voz atrás de mim.

Eu me virei. O sr. Shapeshade estava lá, radiante. Ele entregou um grande rolo de pôsteres de teatro. Eu sabia o que era. Meus diplomas do Instituto Nosferatu, Escola de Graduação de Quasímodo, Pós-graduação em d'Artagnan e Robin Hood.

— Sr. Shapeshade, o senhor não pode me dar isso.

— Você é um tipo romântico, não é?

— Claro, mas...

— Pegue, pegue. Até logo, adeus. Mas vou dar outro adeus, até logo, ali adiante. *Kummen-sei pier oudt!*

Ele deixou aqueles diplomas comigo e saiu trotando.

Eu o encontrei no final do píer, apontando para baixo e olhando meu rosto para me ver perder o equilíbrio e agarrar a amurada do píer, olhando por cima.

Os rifles estavam lá, silenciosos pela primeira vez em anos. Eles estavam no fundo do mar, cerca de cinco metros abaixo, mas a água estava limpa porque o sol estava nascendo.

Contei talvez uma dezena de armas longas, frias e de metal azul lá embaixo, onde os peixes passaram nadando.

— Que despedida, hein? — Shapeshade olhou para onde eu estava olhando. — Um por um. Um por um. Esta manhã cedo. Eu vim correndo, gritei, o que você está fazendo?! Ela respondeu: o que parece? E um por um, repetidamente. Ela disse, eles estão fechando o seu lugar, estão fechando o meu nesta tarde, então, que diabos. E um por um.

— Ela não... — falei, e parei. Procurei nas águas sob o píer e ao longe. — Não?

— Se por último ela não se atirou? Não, não. Só ficou aqui muito tempo, comigo, olhando o oceano. Eles não vão ficar ali muito tempo, ela falou. Em uma semana, já não estarão ali. Algum bando de idiotas vai mergulhar e recuperá-los, não é? O que eu poderia dizer. Sim.

— Ela disse algo quando foi embora?

Não conseguia tirar os olhos dos longos rifles que brilhavam na maré vazante.

— Disse que ia para algum lugar para ordenhar vacas. Mas nada de touros, disse ela, nada de touros. Ordenhar vacas e bater manteiga, foi a última coisa que ouvi.

— Espero que sim — comentei.

Os rifles subitamente se encheram de peixes que pareciam ter vindo olhar. Mas não houve sons de disparos.

— O silêncio deles — disse Shapeshade — é bom, hein?

Eu concordei.

— Não esqueça esses aqui — indicou Shapeshade.

Eles haviam caído de minhas mãos. Ele os pegou e me entregou meus diplomas por todos os anos da minha juventude correndo para cima e para baixo nos corredores de pipoca no escuro com o Fantasma e o Corcunda.

No caminho de volta, passei por um garotinho que ficou olhando para os restos da montanha-russa caídos feito ossos espalhados na praia.

— O que aquele dinossauro está fazendo morto na praia? — perguntou.

Eu tinha pensado nisso primeiro. Fiquei ressentido com esse menino que viu a montanha-russa desabada como eu a vi: uma fera morta nas ondas.

Não! Eu queria gritar com ele.

Mas em voz alta respondi gentilmente:

— Ah, meu Deus, filho, quisera eu saber.

Me virei e saí cambaleando, carregando uma braçada de rifles invisíveis pelo píer.

Tive dois sonhos naquela noite. No primeiro, aquela loja de cartas de tarô Sigmund Freud-Schopenhauer de A. L. Shrank foi posta abaixo pela grande e faminta escavadeira a vapor, e na maré flutuaram o marquês de Sade e Thomas de Quincey, e as filhas doentes de Mark Twain e Sartre num dia realmente ruim, afogando-se nas águas escuras sobre o brilho dos rifles da galeria de tiro.

O segundo sonho era um cinejornal que eu tinha visto da família real russa, alinhada diante de seus túmulos, e atingida de forma que eles sacudiam e pulavam como em uma projeção de filme mudo, derrubados a tiros, de uma ponta a outra, feito rolhas estourando, para dentro do poço. Isso faz a gente se engasgar com uma risada horrível. Desumano. Hilário. *Bang!*

Lá foram Sam, Jimmy, Pietro, a mulher dos canários, Fannie, Cal, o velho na jaula do leão, Constance, Shrank, Crumley, Peg e *eu*!

Bang!

Acordei de susto, suando gelo.

O telefone, do outro lado da rua, no posto de gasolina, estava tocando.

Parou.

Prendi a respiração.

Tocou mais uma vez e parou.

Esperei.

Tocou novamente, uma vez, e parou.

Oh, Deus, pensei, Peg não faria isso. Crumley não faria isso. Tocar uma vez e parar?

O telefone tocou novamente, uma vez. Então, silêncio.

É ele. Sr. Morte Solitária. Ligando para me contar coisas que não quero saber.

Sentei-me, os pelos do meu corpo arrepiados como se Cal tivesse passado sua máquina de cortar cabelos elétrica no meu pescoço para atingir um nervo.

Eu me vesti e corri para a praia. Respirei fundo e olhei para o sul.

Bem longe, na praia, todas as janelas do forte mouro de Constance Rattigan estavam bem iluminadas.

Constance, pensei. Fannie não vai gostar disso.

Fannie?

E então eu *realmente* corri.

* * *

VIM PELA PRAIA, COMO se fosse a própria Morte.

Todas as luzes da casa de Constance estavam acesas e todas as portas estavam escancaradas, como se ela as tivesse aberto para deixar a natureza, o mundo, a noite e o vento entrarem para limpar o lugar enquanto ela estava fora.

E ela se fora.

Eu sabia, sem nem mesmo entrar na casa dela, porque havia uma longa trilha de suas pegadas descendo até a linha da maré onde parei e olhei para ver onde elas entravam na água, mas nunca saíram.

Não fiquei surpreso. Fiquei surpreso por não estar surpreso. Aproximei-me da porta totalmente aberta e não a chamei, ou, no caso, quase chamei seu chofer e ri ao pensar que poderia ter sido tão tolo, e entrei sem tocar em nada. O fonógrafo estava tocando na sala árabe. Uma música dançante de Ray Noble, de Londres, em 1934, algumas músicas de Noël Coward. Deixei a música tocar. O projetor estava ligado, girando o rolo descuidadamente, com o filme pronto, a luz branca da lâmpada olhando para a parede nua à frente. Não pensei em desligar. Uma garrafa de Moët & Chandon estava gelada e aguardando, como se ela tivesse descido ao mar esperando trazer de volta com ela algum deus dourado das profundezas.

Os queijos estavam em um prato sobre um travesseiro, junto a uma coqueteleira de martínis, que estavam ficando aguados. O Duesenberg na garagem e as pegadas ainda na areia, indo apenas para um lado. Telefonei para Crumley e me parabenizei por não ter chorado ainda, me sentindo atordoado.

— Crumley? — falei ao telefone. — Crumley. Crum — insisti.

— Criança da noite — disse ele. — Você apostou em outro cavalo errado de novo?

Contei a ele onde estava.

— Não consigo andar muito bem. — Sentei-me de repente, apertando o telefone. — Venha me buscar.

Crumley me encontrou na praia.

Ficamos olhando para aquele forte árabe todo iluminado feito uma tenda festiva em meio a um deserto de areia. A porta que dava para o mar ainda estava escancarada e a música tocava lá dentro, uma pilha de discos que parecia nunca querer parar de cair. Era "Lilac time", depois "Diane" e depois "Ain't she sweet?", seguidas por "Hear my song of the Nile" e, em seguida, "Pagan love song". Eu esperava que Ramón Novarro aparecesse a qualquer momento, corresse e saísse com cabelos esvoaçantes e olhos enlouquecidos, disparando para a praia.

— Mas somos só eu e Crumley.

— Hã?

— Eu não sabia que estava pensando em voz alta — me desculpei.

Subimos pela praia com dificuldade.

— Você sabe tocar alguma coisa?

— Só o telefone.

Quando chegamos à porta, o deixei entrar e rondar pela casa e sair.

— Onde está o chofer?

— Isso é outra coisa que eu nunca contei a você. Nunca houve um.

— O quê?

Contei a ele sobre Constance Rattigan e sua representação.

— Ela era seu próprio elenco de estrelas, hein? Jesus. Um grande elenco, como dizem.

Voltamos para a varanda soprada pelo vento para olhar as pegadas que estavam começando a desaparecer.

— Pode ser suicídio — sugeriu Crumley.

— Constance não faria isso.

— Cristo, você tem tanta certeza sobre as pessoas. Por que não cresce? Só porque você gosta de alguém não significa que ela não pode dar o grande salto sem você.

— Havia alguém na praia, esperando por ela.

— Prove.

Seguimos a linha única das pegadas de Constance até as ondas.

— Ele estava parado ali. — Apontei. — Duas noites. Eu o vi.

— Maravilha. Água até os tornozelos. Então, nenhuma pegada do assassino. O que mais você quer me mostrar, garoto?

— Alguém me ligou há uma hora, me acordou, me disse para ir à praia. Esse alguém sabia que a casa dela estava vazia ou que logo estaria.

— Um telefonema, hein? Outra maravilha. Agora você *está* com água até os tornozelos e nenhuma impressão digital. Isso é tudo que tem?

Minhas bochechas devem ter ficado vermelhas. Ele viu que eu estava dizendo uma meia-verdade. Não queria admitir que não tinha atendido o telefone da última vez, mas corri para a praia com um palpite terrível.

— Pelo menos você tem integridade, escriba. — Crumley olhou para as ondas brancas se movendo, depois para as pegadas, depois para a casa, branca, fria e vazia no meio da noite. — Sabe o que significa integridade? Vem da palavra inteiro. Números. Integridade significa somar. Não tem nada a ver com virtude. Hitler tinha integridade. Zero mais zero mais zero resultam em zero, ninguém marca ponto. Telefonemas e pegadas debaixo d'água e palpites no escuro e uma fé cega. Esses tiroteios de madrugada estão começando a te afetar. Que tal *assim*?

— Não, droga. Eu tenho um suspeito de verdade, de carne e osso. Constance o reconheceu. Eu também, e fui vê-lo. Descubra onde ele esteve esta noite, e você pega o assassino! Você...

Perdi o controle da voz. Tive que tirar os óculos e limpar as minúsculas marcas de sal para que pudesse ver.

Crumley deu um tapinha na minha bochecha e disse:

— Ei, não chore. Como sabe que esse cara, seja ele quem for, não a levou para a água e...

— Afogou ela!

— Nadou com ela, bateram um papo, e eles nadaram cem metros para o norte e voltaram para a casa dele? Pelo que você sabe, ela vai se arrastar para casa ao amanhecer com um sorriso engraçado.

— Não — insisti.

— Ora, estou estragando o mistério e o romance de tudo isso para você?

— Não.

Mas ele percebeu que eu não tinha certeza.

Ele tocou meu cotovelo.

— O que mais você não disse?

— Constance mencionou que ela tinha alguns imóveis não muito longe daqui, descendo pelo litoral.

— Tem certeza de que ela não foi até lá essa noite? Se o que você diz for verdade, ela pode ter ficado assustada, feito as malas e partido.

— A limusine dela ainda está aqui.

— As pessoas caminham, sabe. Você anda o tempo todo. A mulher pode ter caminhado um quilômetro ao sul, assustada, pela beira da água, e nós não saberíamos.

Olhei para o sul para ver se via uma linda senhora escapando pela praia.

— O problema é — disse Crumley — não termos nada para continuar. Casa vazia. Discos antigos tocando. Nenhum bilhete de suicídio. Nenhum sinal de violência. Temos que esperar que ela volte. E, se ela não voltar, *ainda* ficamos sem caso, sem *corpus delicti*. Eu apostaria um balde de cerveja que ela vai...

— Deixe-me levá-lo ao apartamento em cima do carrossel amanhã. Quando você vir o rosto daquele homem estranho...

— Deus. Você quer dizer quem eu acho que você quer dizer?

Eu concordei.

— Aquela bichona? — falou Crumley. — O viado?

Houve um tremendo borbulho na água naquele instante.

Nós dois demos um pulo.

— Jesus, o que foi isso? — berrou Crumley, olhando por sobre as águas da meia-noite.

Constance voltando, pensei.

Eu o encarei e por fim expliquei:

— Focas. Elas vêm e ficam brincando lá fora.

Houve uma série de pequenos baques e respingos que desapareceram quando alguma criatura marinha partiu na escuridão.

— Que droga — disse Crumley.

— O projetor ainda está funcionando lá na sala — falei. — O fonógrafo ainda está tocando. O forno está ligado na cozinha, alguma coisa assando. E todas as luzes acesas em todos os quartos.

— Vamos desligar algumas antes que o maldito lugar pegue fogo.

Seguimos as pegadas de Constance Rattigan até sua fortaleza de luz branca.

— Ei — sussurrou Crumley. Ele olhou para o horizonte a oeste. — O que é aquilo?

Havia uma tênue faixa de luz fria ali.

— A aurora — falei. — Pensei que nunca iria acontecer.

As pegadas de Constance Rattigan foram sopradas pela areia com o vento do amanhecer.

E o sr. Shapeshade veio ao longo da praia, olhando por cima do ombro, latas de filme debaixo dos braços. Bem longe dali, naquele exato momento, seu cinema estava sendo destruído por enormes monstros com dentes de aço que surgiram do mar, convocados por especuladores imobiliários.

Quando Shapeshade viu a mim e Crumley parados na varanda da frente de Constance Rattigan, ele piscou para nossos rostos e depois para a areia e depois para o oceano. Não tivemos que dizer nada a ele, de tão pálidos que nossos rostos estavam.

— Ela vai voltar — repetiu ele de novo e de novo —, ela vai voltar. Constance não iria embora. Meu Deus, com quem eu veria filmes, quem? Ela vai voltar, com certeza! — Seus olhos transbordaram.

Nós o deixamos encarregado do forte vazio e dirigimos de volta para minha casa. No caminho, o tenente-detetive Crumley, em um jorro de invectivas, usando palavras mais ásperas que um pão indiano, como maconheiro, babaca e olha-lá-como-fala-comigo, recusou minha oferta de dar uma passada naquele maldito carrossel e interrogar o marechal de campo Erwin Rommel ou seu lindo amigo Nijinsky, vestido com pétalas de rosas.

— Em um ou dois dias, talvez. Se aquela velha idiota não voltar nadando de Catalina, certamente. *Então* eu começo a interrogar. Mas agora? Não vou ficar jogando ferraduras para encontrar um cavalo.

— Você está zangado comigo? — perguntei.

— Zangado, zangado, por que eu ficaria zangado? Zangado? Cristo, você me tira do sério. Mas zangado? Aqui está um dólar, vá comprar dez ingressos naquela pista de corrida de carrossel.

Ele me largou às pressas diante da minha porta e saiu acelerando.

Lá dentro, olhei para o velho piano de Cal. O lençol havia caído dos grandes dentes brancos de marfim.

— Não ria — falei.

Três coisas aconteceram naquela tarde.

Duas foram boas. E uma, horrível.

Chegou uma carta do México. Nela havia uma foto de Peg. Ela tinha colorido os olhos com tinta misturando marrom e verde, para me ajudar a lembrar como eles eram.

Havia também um cartão-postal de Cal, com carimbo da vila de Gila Bend. *Filho*, ele dizia, *você está mantendo meu piano afinado? Estou torturando gente em meio-período no bar local. Esta cidade está cheia de carecas. Comigo aqui, eles não sabem a sorte que têm. Cortei o cabelo do xerife ontem. Ele me deu vinte e quatro horas para deixar a cidade. Vou abastecer Sedalia amanhã. Seja feliz. Do seu, Cal.*

Virei o cartão. Havia uma foto de um monstro-de-gila com padrões em preto e branco nas costas. Cal tinha tirado um péssimo retrato de si mesmo sentado ali, como se a criatura fosse um instrumento musical e ele estivesse tocando apenas as teclas escuras.

Eu ri e caminhei para o norte em direção ao píer de Santa Monica, me perguntando o que eu poderia dizer para aquele homem estranho que vivia uma vida dupla em cima do carrossel barulhento.

— Marechal de campo Rommel — gritei. — Como e por que você decidiu matar Constance Rattigan?

Mas não havia ninguém lá para escutar.

O CARROSSEL RODAVA EM silêncio.

O calíope ainda tocava, mas a música já estava bem fraca e os bonecos giravam e giravam.

O dono do carrossel estava caído na bilheteria, mas morto apenas de bêbado, alheio ao silêncio ou aos cavalos galopando ao ritmo daquele rolo perfurado como queijo suíço, na boca da grande máquina.

Examinei tudo com inquietação e estava prestes a subir as escadas quando notei uma sujeira sendo soprada no piso sob os cavalos.

Esperei que o carrossel girasse mais duas vezes, então agarrei um poste de latão e pulei, movendo-me feito um bêbado entre os postes.

Pedaços de papel picado voavam com o vento feito pelos cavalos pulando para cima e para baixo e o próprio movimento do carrossel, indo a lugar nenhum.

Encontrei uma tachinha grudada no piso circular debaixo do papel rasgado. Alguém talvez tivesse pregado a mensagem no topete de um dos cavalos de madeira. Alguém a encontrou, leu, rasgou e fugiu.

John Wilkes Hopwood.

Passei uns bons três minutos catando os pedaços de papel, sentindo-me tão sem esperanças quanto a viagem do carrossel, então saltei e tentei juntar as partes. Demorou mais quinze minutos para encontrar uma palavra terrível aqui, uma palavra horrível ali e uma palavra amaldiçoada mais adiante, mas enfim houve uma morte e uma condenação. Qualquer um que esteja lendo isso, isto é, qualquer pessoa com o velho esqueleto errado pendendo dentro de suas jovens e brilhantes carnes, murcharia com esses golpes baixos.

Eu não consegui compreender tudo. Havia partes faltando. Mas a essência era que seu destinatário era um homem velho, um homem feio. Realmente feio. Que ele fizera amor com aquele corpo porque, com aquele rosto, quem o iria querer? Ninguém, há anos. Lembrou como os estúdios o mandaram embora em 1929, acusando seu falso sotaque de chucrute e as desmunhecadas e os namorados estranhos e as velhas doentes. *Nos bares, tarde da noite, eles falam seu nome e riem de você quando você vai embora impregnado de gim barato. E agora você provocou uma morte. Eu o vi na praia ontem à noite quando ela saiu nadando e não voltou. As pessoas dirão que foi assassinato. Boa noite, doce príncipe.*

Foi isso. Uma arma terrível, afixada e encontrada.

Juntei as peças e subi as escadas, uns noventa anos mais velho do que alguns dias antes.

A porta do quarto de Hopwood se abriu com um sussurro sob minha mão.

Havia roupas espalhadas por todo o lugar, no chão e em várias maletas, como se ele tivesse tentado fazer as malas, entrado em pânico e partido com pouca bagagem.

Olhei pela janela do apartamento. No píer, sua bicicleta ainda estava presa com cadeado em um poste de luz. Mas sua motocicleta havia sumido. O que não prova nada. Ele poderia ter entrado no mar dirigindo, em vez de caminhando.

Cristo, pensei, e se ele alcançar Annie Oakley e então os dois alcançarem Cal?

Revirei uma pequena cesta de lixo sobre uma escrivaninha frágil ao lado da cama e encontrei alguns pedaços de papel timbrado amarelo brilhante, fino, coisa de Beverly Hills, com C. R., de Constance Rattigan, na parte superior. Havia um texto batido à máquina no papel.

>   MEIA-NOITE. ESPERAR. SEIS NOITES CORRENDO NA PRAIA.
>   TALVEZ, SÓ TALVEZ, COMO NOS VELHOS TEMPOS.

E as iniciais C. R. batidas ao fim. A letra parecia a da máquina que eu vira aberta em uma escrivaninha em sua sala de estar árabe.

Toquei os fragmentos, pensando: teria Constance escrito para Hopwood? Não. Ela teria me contado. Alguém deve ter enviado isso para Hopwood, uma semana atrás. E ele correu até a praia como um garanhão, esperando na areia até que Constance aparecesse rindo. Ele se cansou de esperar e a arrastou para a água e a afogou? Não, não. Ele deve tê-la visto mergulhar e nunca mais sair. Assustado, ele correu para casa, para encontrar o quê? A última nota, aquela com as palavras terríveis e degradantes, um golpe baixo. Então ele tinha dois motivos para deixar a cidade: o susto e os insultos.

Eu olhei para o telefone e suspirei. Não adianta ligar para Crumley. Sem *corpus delicti*. Apenas papel rasgado que enfiei nos bolsos da jaqueta. Pareciam asas de mariposa, frágeis, mas venenosas.

Derreta todas as armas, pensei, quebre todas as facas, queime as guilhotinas, e ainda assim os maldosos escreverão cartas que matam.

Vi um pequeno frasco de colônia perto do telefone e peguei, lembrando do cego Henry, de sua memória e de seu nariz.

No andar de baixo, o carrossel ainda girava em silêncio, os cavalos ainda saltavam sobre barreiras invisíveis em direção a linhas de chegada que nunca chegavam.

Olhei para o bilheteiro bêbado em sua cabine-caixão, tive um calafrio e, já sem absolutamente nenhuma música tocando, dei o fora dali.

O MILAGRE VEIO LOGO depois do almoço.

Chegou uma carta registrada da *American Mercury* oferecendo-se para comprar um conto, caso eu não me importasse de eles me enviarem um cheque de trezentos dólares.

— Me importar? — berrei. — Me importar! Meu Deus, eles devem estar loucos!

Meti a cabeça na rua vazia e gritei com as casas, o céu e a praia.

— Acabei de vender para a *American Mercury*! Trezentos dólares! Estou *rico*!

Inclinei-me para exibir a carta da *Mercury* diante dos olhos de vidro brilhando na pequena vitrine da loja.

— Olhem! — gritei. — Que tal? *Vejam*.

Rico, murmurei e me engasguei enquanto corria para a loja de bebidas para botar a carta na cara do dono.

Acenei com ela na bilheteria do bonde em Venice:

— Olhem!

Então parei de repente.

— Opa. — Pois descobri que tinha entrado no banco pensando que estava com o cheque real e estava prestes a depositar a maldita carta. — Rico... — Corei e dei meia-volta.

No meu apartamento, de repente me lembrei do pesadelo. Aquela fera horrível subindo para me agarrar e me comer.

Idiota! Idiota! Você gritou "arroz bom" quando deveria dizer "arroz *estragado*".

Naquela noite, pela primeira em muito tempo, a pequena tempestade não encharcou meu capacho. Não havia nenhum visitante, nenhuma alga marinha na minha calçada ao amanhecer.

De alguma forma, minha verdade, meus gritos desajeitados, o assustaram.

Curioso, pensei, muito curioso.

Não havia corpo e, portanto, não houve nenhum funeral no dia seguinte, apenas um serviço memorial para Constance Rattigan, que parecia ter sido organizado por um bando de fãs de revistas de cinema e caçadores de autógrafos, de tal forma que havia uma multidão de figurantes pisoteando a areia em frente ao forte árabe de Constance Rattigan na praia.

Fiquei bem longe da manada e observei alguns salva-vidas já maduros suando para trazer um órgão portátil para a praia até o ponto onde haviam se esquecido de trazer um banquinho, de modo que a senhora que tocava mal teve que tocá-lo de pé, com gotas de sal na testa, sacudindo a cabeça para reger aquele coro lúgubre enquanto gaivotas voavam investigando uma cena sem comida, para então voarem longe, e um falso pastor latiu e latiu feito um poodle e os maçaricos fugiam voando, assustados, enquanto os caranguejos da areia cavavam mais fundo para se esconder, e eu cerrei meus dentes a meio caminho entre uma indignação e uma risada diabólica, conforme aquelas figuras grotescas uma a uma saíam das telas de uma sessão noturna do sr. Shapeshade ou de baixo dos pilares do píer à meia-noite, cambaleavam até as ondas e lançavam guirlandas de flores murchas na maré.

Droga, Constance, pensei, volte nadando *agora*. Pare com esse maldito show de horrores. Mas meu pensamento mágico falhou. Só voltaram as coroas de flores, vomitadas por uma maré que não as queria. Algumas pessoas tentaram jogá-las de volta, mas as malditas simplesmente voltavam e então começou a chover. Houve uma busca frenética por jornais para proteger suas cabeças, e os salva-vidas grunhiram levando o maldito órgão embora da areia, e eu fui deixado sozinho na chuva com um jornal dobrado sobre meu crânio e as manchetes de cabeça para baixo sobre meus olhos.

FAMOSA ESTRELA DO CINEMA MUDO DESAPARECE.

Desci para chutar as coroas de flores na beira da praia. Desta vez, elas ficaram. Me despindo até ficar apenas com meus calções de banho, agarrei uma braçada de flores e nadei o mais longe que pude antes de soltá-las.

Ao voltar, quase me afoguei quando meus pés ficaram presos, emaranhados em uma das coroas.

— Crumley — sussurrei.

E não sabia dizer se seu nome em meus lábios era uma maldição ou uma oração.

CRUMLEY ABRIU A PORTA. Seu rosto estava brilhante e radiante, mas não devido à cerveja. Outra coisa havia acontecido.

— Ei! — gritou o detetive. — Onde você esteve? Eu liguei sem parar para você. Cristo, venha ver o que esse velho aqui conseguiu.

Ele correu na frente para sua sala de trabalho e apontou dramaticamente para a mesa, onde uma pilha de manuscritos, de quatro centímetros de altura, estava cheia de palavras.

— Ora, ora, seu velho F. D. P. — falei, e assobiei.

— Esse sou eu! F. D. P. Crumley. Ou Crumley, F. D. P. Rapaz!

Ele arrancou uma página da máquina de escrever.

— Qué ler?

— Não preciso. — Eu ri. — Ficou bom, né?

— Nem imagina! — Ele riu de volta. — A represa rompeu. Sentei-me, bufando de felicidade com a alegria em seu rosto.

— Quando isso tudo aconteceu?

— Uma, duas noites atrás, não sei. Eu estava ali deitado, cuidando da vida, olhando o teto, sem ler livro, sem ouvir rádio, sem beber cerveja, e o vento soprava lá fora, as árvores balançaram e de repente as malditas ideias fervilharam feito vermes numa chapa quente. E eu simplesmente me levantei e me sentei e a seguir tudo o que sei é que eu estava escrevendo e escrevendo na máquina feito o diabo e sem parar, e ao amanhecer havia essa montanha, ou coluna, de coisas e eu estava rindo e chorando ao mesmo tempo. Olha só pra *isso*. E quando batem as seis da manhã, eu vou para a cama e só fico ali deitado, olhando para todo esse papel, e começo a rir e rir e fico feliz como se tivesse recém-começado um namoro com a mulher mais bonita do mundo.

— E você começou — falei suavemente.

— O engraçado — seguiu Crumley — foi o que me fez começar. Talvez tenha sido o vento lá fora. Alguém deixando cartões de visita de algas marinhas na varanda? Mas teria o velho detetive saído correndo, dando tiros e gritando "parado aí"? Diabos, não. Sem gritaria, sem tiros. Apenas eu batendo minha máquina de escrever, fazendo muito barulho como no Ano-Novo ou no Halloween. E sabe o que aconteceu depois? Adivinhe?

Meu corpo esfriou. Toda uma sucessão de golpes congelados surgiu no meu pescoço.

— O vento foi embora — falei. — Os passos do lado de fora de sua casa pararam.

— Quê? — disse Crumley, pasmo.

— E nunca mais houve algas marinhas. E ele, quem quer que fosse, não voltou desde então.

— Como é que você sabe disso? — perguntou Crumley, agitado.

— Eu apenas sei, só isso. Sem saber, você fez a coisa certa. Assim como eu. Eu gritei e ele se afastou de mim também. Oh, Deus, Deus.

Contei a Crumley sobre minha venda para a *Mercury*, minha corrida pela cidade feito um idiota, meus gritos para os céus e a chuva que parou de cair na minha porta às três da manhã, talvez para sempre.

Crumley sentou-se como se eu tivesse lhe entregado uma bigorna.

— Estamos chegando perto, Elmo — falei. — Nós o assustamos, sem querer. Quanto mais longe ele fica, mais sabemos sobre ele. Digo, talvez, sei lá. Ao menos sabemos que ele é desencorajado por idiotas barulhentos e detetives risonhos fazendo coisas malucas com máquinas de escrever às cinco da manhã. Continue escrevendo na máquina, Crumley. Assim você ficará a salvo.

— Baboseira — comentou Crumley. Mas ele riu quando disse isso.

O sorriso dele me encorajou. Meti as mãos nos bolsos e tirei a carta-envenenada que assustou Hopwood, e mais a calorosa carta de amor em papel amarelo-ensolarado que o fez descer até a praia em primeiro lugar.

Crumley brincou com os pedaços e afundou a meio caminho de voltar ao seu velho roupão de cinismo.

— Cada um foi batido em uma máquina de escrever diferente. Nenhum estava assinado. Diabos, *qualquer um* poderia ter escrito os dois. E se o velho Hopwood era o louco por sexo que o julgávamos ser, ele correu até a praia e esperou como um bom menino até que ela descesse e agarrasse sua cintura. Mas você sabe, e eu sei, que Rattigan nunca escreveu um bilhete como este na vida. Ela tinha um ego do tamanho de um caminhão de dez toneladas.

Ela nunca implorava nos grandes estúdios de Hollywood, nas ruas ou na praia. Então, o que isso nos deixa? Ela nadava em horários estranhos. Eu corria na praia, fazia meu treino e via isso, noite após noite. Qualquer um, até eu, poderia ter entrado furtivamente enquanto ela estava a duzentos metros na baía brincando com os tubarões, qualquer um poderia ter se sentado em sua sala, usado sua máquina de escrever e seus papéis timbrados, e escapulido de volta, enviado este bilhete de convite ao sexo para aquele filho da puta do Hopwood, e esperado pelos fogos de artifício.

— E? — perguntei.

— E — continuou Crumley — talvez a coisa toda tenha saído pela culatra. Rattigan, assustada com o exibicionista, entrou em pânico, nadou para fugir dele, foi pega em uma correnteza. Então Hopwood, na praia, observando, esperando, se acovardou quando ela não voltou nadando, e então fugiu. No dia seguinte, ele recebe o segundo bilhete, o verdadeiro ataque apocalíptico. Ele sabe que alguém o viu na praia e pode apontá-lo como o suposto assassino de Rattigan. Portanto...

— Ele já saiu da cidade — falei.

— É o que parece. O que nos deixa a quilômetros de Tampico na barca de Cleópatra sem nenhum remo. O que diabos nós temos para poder continuar?

— Um cara que dá telefonemas e roubou a cabeça de Scott Joplin na foto do velho barbeiro Carl e o fez fugir assustado da cidade.

— Confere.

— Um cara que fica parado em corredores e embebeda um velho e o mete dentro de uma jaula e talvez guarde consigo um punhado de picotes de passagens roubados dos bolsos de um velho.

— Confere.

— Um cara que assusta até a morte a velha mulher dos canários e rouba as manchetes dos jornais no fundo de suas gaiolas. E depois que Fannie para de respirar, esse mesmo cara rouba a gravação dela de *Tosca* como lembrança. E então ele escreve cartas para um velho ator de Hollywood e o espanta para sempre. Provavelmente roubou algo do apartamento de Hopwood também, mas nunca saberemos. E, se você conferir, provavelmente roubou uma garrafa de champanhe do armário de bebidas de Constance Rattigan antes que eu chegasse lá na outra noite. O cara não consegue evitar. Ele é um verdadeiro colecionador...

O telefone de Crumley tocou. Ele o pegou, ouviu e me entregou.

— Sovaco — afirmou uma voz suave.

— Henry! — Crumley encostou o ouvido no fone comigo.

— Sovaco esteve de volta, brincando por aí uma, duas horas atrás — disse Henry, naquele outro país, o distante cortiço de Los Angeles em um passado de morte rápida. — Alguém tem que impedir ele. Quem?

Henry desligou.

— Sovaco — tirei a colônia de primavera de Hopwood do bolso e coloquei na mesa de Crumley.

— Não — disse Crumley. — Quem quer que seja o vilão do cortiço, não é Hopwood. O velho ator sempre cheirou feito uma cama de flores e um acre de pó de estrelas. Você quer que eu vá farejar na porta do seu amigo Henry?

— Não — respondi. — Quando você chegasse lá, o sr. Sovaco estaria aqui de volta, esperando para farejar a sua ou a minha porta.

— Não se escrevermos e gritarmos, gritarmos e escrevermos, esqueceu? Ei, o que foi que você gritou?

Falei mais a Crumley sobre minha venda do conto para a *American Mercury* e os bilhões de dólares que vieram com ela.

— Jesus — disse Crumley —, me sinto como um pai cujo filho acabou de se formar em Harvard. Diga-me de novo, garoto. Como você faz isso? O que devo fazer?

— Vomite na máquina de escrever todas as manhãs.

— Sim.

— Limpe sempre ao meio-dia.

— Sim!

A sirene de nevoeiro na baía começou a soprar, dizendo repetidamente em uma voz longa e cinzenta: Constance Rattigan nunca voltará.

Crumley começou a escrever.

E eu bebi minha cerveja.

NAQUELA NOITE, DEZ MINUTOS depois da uma da manhã, alguém veio e ficou do lado de fora da minha porta.

Ai, Jesus, pensei, acordado. Por favor. De novo não.

Houve um estrondo violento e depois um estrondo forte e, em seguida, um estrondo terrível na minha porta. Alguém ali estava pedindo para entrar.

Deus. Seu covarde, pensei. Dê um jeito nisso. Agora, finalmente...

Pulei para escancarar a porta.

— Você fica ótimo com esses shortinhos vagabundos — disse Constance Rattigan.

Eu a agarrei e gritei:

— Constance!

— Quem mais seria?

— Mas... Mas eu fui ao seu funeral.

— Eu também. Diabos, parecia coisa de Tom Sawyer. Todos aqueles bonitões burros na praia e aquele órgão de merda. Enfie sua bunda nas calças. Temos que sair daqui. Agiliza aí.

Acionando o motor de um Ford V-8 velho e surrado, Constance fez com que me arrumasse às pressas.

Dirigindo para o sul ao longo do mar, continuei me lamuriando:

— Você está viva.

— Segura esse funeral e limpa o nariz. — Ela riu da estrada vazia à frente. — Jesus, meu Deus, eu enganei todo mundo.

— Mas por quê, por quê?

— Ora, meu bem, aquele bastardo continuou ficando plantado na praia noite após noite.

— Você não escreveu, digo, não o convidou para...

— Convidar? Jesus, você tem mau gosto.

Ela freou o carro atrás de seu forte árabe fechado, acendeu um cigarro, soprou a fumaça pela janela, e olhou feio.

— Tudo limpo?

— Ele nunca mais vai voltar, Constance.

— Ótimo! Ele ficava melhor a cada noite. Quando você tem cento e dez anos, não é o homem, é a calça. Além disso, acho que eu sabia quem ele era.

— Você estava certa.

— Então decidi dar um jeito nas coisas de uma vez por todas. Escondi mantimentos em um bangalô ao sul daqui e estacionei esse Ford lá. Depois voltei.

Ela saltou do velho Ford e me levou até a porta dos fundos de sua casa.

— Acendi todas as luzes, liguei a música, preparei comida naquela noite, abri todas as portas e janelas, e quando ele apareceu, eu corri e gritei "eu chego antes em Catalina" e mergulhei. Ele ficou tão atordoado que não me seguiu, ou talvez tenha seguido, e desistiu no meio do caminho. Nadei duzentos metros e fiquei lá, de boa. Eu o vi na praia pela meia hora seguinte, esperando que eu voltasse, então ele correu feito o diabo. Eu tinha realmente assustado ele. Nadei para o sul e fui para o meu antigo bangalô barato perto de Playa Del Rey. Comi um sanduíche de presunto com champanhe na varanda, me sentindo ótima. Fiquei escondida lá desde então. Desculpe preocupá-lo, garoto. Você está bem? Me dê um beijo. Mas nada de Educação Física.

Ela me beijou e destravou a porta e entramos para abrir a porta da frente da praia e deixar o vento assombrar as cortinas e peneirar a areia nos ladrilhos.

— Jesus, quem diabos morava aqui? — ela se perguntou. — Sou o meu próprio fantasma voltando para casa. Eu não possuo mais isso. Você já sentiu, voltando das férias, que todos os móveis, os livros, o rádio, parecem gatos abandonados, ressentidos? Eles tiram todo nosso ânimo. Sentiu isso? É um necrotério.

Caminhamos pelos quartos. A mobília, coberta de folhas brancas com a poeira e o vento, movia-se inquieta, perturbada.

Constance se inclinou para fora da porta da frente e gritou.

— Ok, filho da puta. Peguei você! — Ela se virou. — Encontre um pouco mais de champanhe. Feche as portas. O lugar me dá arrepios. Saia.

Apenas a praia vazia e a casa vazia nos viram ir embora.

— Que tal *essa*? — Constance Rattigan berrou contra o vento.

Ela baixou a capota de seu Ford e dirigimos sob uma maré de noite morna, nossos cabelos esvoaçando.

E paramos em um grande banco de areia perto de um pequeno bangalô, próximo a um píer meio tombado, e Constance saiu se despindo até ficar só de sutiã e calça. As brasas de uma pequena fogueira queimavam nas areias do jardim da frente. Ela a alimentou com gravetos e papel e, quando acendeu, meteu algumas salsichas em espetos ali e sentou-se batendo nos meus joelhos feito um macaco adolescente, bebendo o champanhe e despenteando meu cabelo.

— Vê aquele pedaço de madeira boiando ali? Tudo o que restou do Cais de Dança de Diamond, 1918. Charlie Chaplin sentava-se em uma mesa ali. D. W. Griffith mais adiante. Eu e Desmond Taylor no outro lado. Wally Beery? Bem, por que continuar? Queime a boca. Coma.

Ela parou de repente e olhou para o norte ao longo das areias.

— Eles não vão nos seguir, vão? Ele ou eles ou aquilo ou o que for. Eles não nos viram, não é? Estamos seguros para sempre?

— Para sempre — respondi.

O vento salgado agitou o fogo. Faíscas voaram para brilhar nos olhos verdes de Constance Rattigan.

Eu desviei o olhar.

— Há apenas uma última coisa que preciso fazer.

— O quê?

— Amanhã, por volta das cinco, ir até a Fannie e limpar a geladeira dela.

Constance parou de beber e franziu a testa.

— Por que você iria querer fazer isso?

Tive que pensar em algo para não estragar a noite de champanhe.

— Um amigo meu, Streeter Blair, o artista, costumava ganhar fitas azuis na feira do condado todo outono com seu pão assado. Depois que ele morreu, encontraram seis pães no freezer de sua casa. Sua esposa me deu um. Fiquei com ele por uma semana e comia uma fatia com manteiga de verdade uma vez pela manhã, uma vez à noite. Meu Deus, era uma delícia. Que ótima maneira de dizer adeus a um homem maravilhoso. Quando passei manteiga na última fatia, ele tinha partido de vez. Talvez seja por isso que eu quero as geleias e gelatinas de Fannie. Pode ser?

Constance estava inquieta.

— Sim — ela disse finalmente.

Eu estalei outra rolha.

— A que nós bebemos?

— Ao meu nariz — sugeri. — Finalmente, aquele meu maldito resfriado acabou. Seis caixas de lenços de papel depois. Ao meu nariz.

— Seu lindo narigão — falou ela, e bebeu.

DORMIMOS SOBRE A AREIA da praia naquela noite, nos sentindo seguros três quilômetros ao sul daquelas flores funerárias tocando a praia perto do antigo refúgio árabe da finada Constance Rattigan, e cinco quilômetros ao sul de um apartamento onde o sorriso do piano de Cal e minha maltratada máquina Underwood esperavam que eu fosse salvar a Terra dos marcianos em uma página e Marte dos terráqueos na outra.

Acordei no meio da noite. O lugar ao meu lado na areia estava vazio, mas ainda quente de onde Constance havia se deitado, abraçada ao pobre escritor. Levantei-me para escutá-la quebrando as ondas e gargalhando com o espalhafato de uma foca grunhindo nas ondas. Quando ela voltou, terminamos o champanhe e dormimos até quase meio-dia.

Aquele dia foi um daqueles dias sem motivos para viver, quando você apenas fica deitado e deixa a vida escorrer e pingar. Mas, enfim, tive que dizer:

— Não queria estragar o clima na noite passada. Meu Deus, foi bom encontrá-la viva. Só que a verdade é que um já foi, mas falta outro. O sr. Diabo-Encarnado lá na praia fugiu porque pensou que tinha causado o seu afogamento. Ele nunca teve a intenção de nada além de mergulhar pelado, de todo modo, e de brincadeiras noturnas como as de 1928. O que ele ganhou foi você se afogando, ao que parecia. Então, ele se foi, mas ainda há aquele que o enviou.

— Meu Deus — sussurrou Constance. Suas pálpebras estremeceram sobre os olhos fechados feito duas aranhas. Por fim, ela suspirou, exausta: — Então, não acabou, afinal?

Eu apertei sua mão cheia de areia na minha.

Depois de um longo tempo pensando em silêncio, ela disse, com os olhos ainda fechados:

— Quanto à geladeira da Fannie? Eu não voltei naquela noite, cinco séculos atrás, para olhar. Você olhou, e não viu nada.

— É por isso que tenho que procurar novamente. O problema é que a polícia trancou o apartamento dela com um cadeado.

— Você quer que eu abra a fechadura?

— Constance.

— Eu entro, libero os corredores, enxoto os fantasmas, você os acerta com um porrete, então nós dois estouramos o cadeado, limpamos os potes de maionese de Fannie e, no fundo do terceiro pote, encontramos a resposta, a solução, se ainda estiver lá, se não estragou ou foi levada embora...

Uma mosca zumbiu e tocou minha testa. Uma velha ideia surgiu.

— Isso me lembra aquela história, anos atrás em alguma revista. A menina caiu e congelou em uma geleira. Duzentos anos depois, o gelo derrete e lá está ela, linda, jovem como no dia em que foi congelada.

— Não vai ter nenhuma garota bonita na geladeira de Fannie.

— Não, é algo terrível.

— E, quando encontrar, se encontrar, e pegar o que quer que seja, você vai matar?

— Nove vezes, acho. Sim. Isso deve bastar.

— Como é mesmo — disse Constance, com o rosto pálido sob o bronzeado — aquela maldita primeira ária de *Tosca*?

DESCI DO CARRO DELA em frente ao cortiço logo ao anoitecer. A noite parecia ainda mais escura dentro do saguão de entrada. Eu fiquei encarando o lugar por um longo período. Minhas mãos tremiam na porta do conversível de Constance Rattigan.

— Quer que a mamãezinha entre com você? — perguntou.

— Credo, Constance.

— Desculpe, garoto — ela deu um tapinha na minha bochecha, me deu um beijo que fez minhas pálpebras voarem como cortinas, me entregou um pedaço de papel e me empurrou. — Esse é o telefone do meu bangalô, listado sob o nome de Trixie Friganza, aquela atriz militante, lembra dela? Não? Que coisa. Se alguém te bater lá embaixo, grite. Se você encontrar o bastardo, forme uma fila de conga e jogue-o pela varanda do segundo andar. Quer que eu espere aqui?

— Constance — balbuciei.

Descendo a colina, ela se deparou com um sinal vermelho e o cruzou.

SUBI AS ESCADAS ATÉ um corredor que era eternamente escuro. As lâmpadas foram roubadas anos atrás. Escutei alguém correndo. Era um passo muito leve, como o de uma criança. Congelei, ouvindo.

Os passos diminuíram e desceram os degraus nos fundos do cortiço.

O vento soprou pelo corredor e trouxe o cheiro com ele. Era o cheiro de que Henry havia me falado, de roupas que ficaram penduradas em um sótão por cem anos e camisas que foram usadas por cem dias. Era como estar em um beco à meia-noite, onde uma matilha de cães tivesse levantado as pernas com sorrisos estúpidos e ofegantes.

O cheiro me fez correr aos saltos. Eu cheguei até a porta de Fannie e parei, o coração batendo forte. Eu me engasguei porque o cheiro era muito forte. Ele esteve aqui apenas alguns momentos antes. Eu deveria ter corrido atrás dele, mas a própria porta me parou. Estendi a mão.

A porta rangeu suavemente para dentro, nas dobradiças precisando de óleo.

Alguém havia quebrado a fechadura da porta de Fannie.

Alguém queria algo.

Alguém entrou para procurar.

Agora era a minha vez.

Avancei rumo a uma sombria lembrança de comida.

O ar era pura delicatéssen, um ninho morno onde um grande, gentil e estranho elefante havia pastado, cantado e comido por vinte anos.

Quanto tempo, eu me perguntei, antes que o cheiro de temperos, fiambres e maionese se dissipasse pelas escadas do cortiço. Mas agora...

O quarto estava revirado numa bagunça.

Ele tinha entrado e derrubado as prateleiras, armários e escrivaninhas. Tudo foi jogado no piso de linóleo. Todas as partituras de ópera de Fannie estavam espalhadas entre os discos quebrados, que haviam sido chutados contra a parede ou derrubados durante a busca.

— Jesus, Fannie — murmurei. — Ainda bem que você não pode ver isso.

Tudo o que poderia ter sido revistado e destruído foi destruído. Até mesmo o grande trono de onde Fannie reinara por meia geração ou mais estava jogado de costas, do modo como ela havia sido jogada.

Mas o único lugar que ele não olhou, o último lugar, eu olhava agora. Tropeçando na confusão, agarrei a porta da geladeira e puxei.

O ar fresco suspirou ao envolver meu rosto. Eu a encarei como a havia encarado muitas noites atrás, ansioso para ver o que estava bem ali diante de mim. O que era a coisa que o desconhecido no corredor, o estranho no trem noturno, veio em busca, mas deixou para mim?

Tudo estava como sempre esteve. Gelatinas, geleias, molhos para salada, alface murcha, um rico e frio santuário de cores e aromas que Fannie havia adorado.

Mas, de repente, eu respirei fundo.

Estiquei a mão e tirei do caminho os potes, as garrafas e as caixas de queijo até o fundo. Eles haviam sido colocados esse tempo todo em um fino papel dobrado de bom tamanho que, até agora, eu tinha simplesmente tomado por um papel para absorver respingos.

Peguei-o e li sob a luz da geladeira: *Janus, o Jornal Verde de Inveja*.

Deixei a porta da geladeira escancarada e cambaleei para colocar a velha cadeira de Fannie de pé e poder desabar sobre ela, esperando que meu coração desacelerasse.

Virei as páginas esverdeadas do jornal. No verso havia obituários e recados pessoais. Passei os olhos de cima a baixo, não encontrei nada, olhei novamente e vi...

Uma pequena nota, circulada levemente com tinta vermelha.

E era aquilo que *ele* procurava, para levar embora para sempre. Como é que eu sabia? Aqui estavam as palavras:

> ONDE VOCÊ ESTEVE TODOS ESSES ANOS? MEU CORAÇÃO GRITA, O SEU NÃO? POR QUE VOCÊ NÃO ESCREVE OU LIGA? SÓ POSSO SER FELIZ SE VOCÊ LEMBRAR DE MIM COMO EU LEMBRO DE VOCÊ. TIVEMOS TANTO E PERDEMOS TUDO. AGORA, ANTES QUE SEJA TARDE DEMAIS PARA LEMBRAR, ENCONTRE O CAMINHO DE VOLTA.
>
> ME LIGA!

E estava assinado:

> ALGUÉM QUE TE AMOU, TEMPOS ATRÁS.

E na margem havia estas palavras, escritas à mão por alguém:

> ALGUÉM QUE TE AMOU, DE TODO CORAÇÃO, TEMPOS ATRÁS.

Jesus pregado na cruz! Virgem Maria!
Eu li seis vezes, sem acreditar.
Deixei o papel cair, pisei nele, fui até a geladeira aberta para me refrescar. Então voltei a ler a maldita mensagem pela sétima vez.
Que obra de arte, que beleza, que cara de pau, que isca na armadilha. Que teste de Rorschach, que quiromancia, que jogo de números com o qual qualquer um poderia somar e ganhar. Homens, mulheres, velhos, jovens, pretos, brancos, altos, magros. Ouça, olhe! Isso é para você.
Aplicava-se a qualquer pessoa que já amou e perdeu, ou seja, cada alma em toda a maldita cidade, estado e universo.

Quem, ao lê-lo, não se sentiria tentado a pegar um telefone, discar, esperar e finalmente sussurrar, tarde da noite:

— Aqui estou. Por favor, venha me encontrar.

Eu estava no meio do piso de linóleo do apartamento de Fannie e tentei imaginá-la aqui, o convés do navio rangendo sob seus pés enquanto seu peso mudava de um lado para outro, enquanto *Tosca* lamentava no fonógrafo, e a porta da geladeira ficava aberta com os condimentos guardados, seus olhos se movendo, seu coração batendo como um colibri preso em um vasto aviário.

Jesus. O Quinto Cavaleiro do Apocalipse *só podia* ser o editor de um jornal como aquele.

Verifiquei todos os outros anúncios. O número de telefone era o mesmo em cada um. Você tinha que ligar para um número para obter referências de todos os anúncios. E esse número de telefone pertencia aos editores, que apodreçam para sempre no inferno, do *Janus, o Jornal Verde de Inveja*.

Fannie nunca em sua vida comprou um semanário como esse. Alguém tinha dado a ela ou... Parei e olhei para a porta.

Não!

Alguém deve ter deixado ali para que ela encontrasse, com a tinta vermelha circulando aquele anúncio, de tal modo que ela certamente o veria.

ALGUÉM QUE TE AMOU, DE TODO CORAÇÃO, TEMPOS ATRÁS.

— Fannie! — gritei em desespero. — Ah, sua idiota, idiota.

Vaguei por entre os cacos quebrados de *La Bohème* e *M. Butterfly*, então me lembrei e fui aos tropeços bater a porta da geladeira.

* * *

As coisas não estavam melhores no terceiro andar.

A porta de Henry estava escancarada. Eu nunca a havia visto aberta antes. Henry acreditava que uma porta devia ficar fechada. Ele não queria ninguém tirando a menor vantagem dele. Mas agora...

— Henry?

Avancei um passo, e o pequeno apartamento estava arrumado, incrivelmente arrumado, limpo e organizado, tudo no lugar, tudo novo, mas vazio.

— Henry?

Sua bengala estava no meio do chão e, ao lado dela, um barbante escuro, um cordão preto com nós.

Tudo parecia disperso e improvisado, como se Henry os tivesse perdido em uma luta ou deixado para trás quando fugiu...

Para onde?

— Henry?

Segurei o barbante e olhei para os nós. Em uma linha, dois nós, um espaço, três nós, um espaço longo e, em seguida, uma série de três, seis, quatro e nove nós.

— Henry! — falei mais alto.

Corri para bater na porta da sra. Gutierrez.

Quando ela abriu e me viu, ela desabou. Lágrimas caíram de seus olhos quando viu meu rosto. Ela estendeu a mão com cheiro de tortilha para tocar minhas bochechas.

— Ai, pobrezinho, pobrezinho. Entre, ai, pobrezinho, sente-se. Sente-se. Você quer comer? Eu trago alguma coisa. Sente-se, não, não, sente-se. Café, sim? — Ela me trouxe café e enxugou os olhos. — Pobre Fannie. Pobre *homem*. O que foi?

Desdobrei o jornal e o estendi para que ela visse.

— Não leio *inglés* — disse ela, recuando.

— Não precisa — falei. — Fannie alguma vez veio telefonar e trouxe este jornal?

— *No, no!* — Seu rosto mudou de cor ao lembrar. — *Estúpida! Sí.* Ela veio. Mas não sei para quem ela ligou.

— Ela falou muito, por muito tempo?

— Muito tempo? — Ela precisou traduzir minhas palavras por alguns segundos, então balançou a cabeça vigorosamente. — *Sí.* Longa conversa. Longa risada. Ai, como ela ria e falava, falava e ria.

Enquanto ela estava convidando o sr. Noite e Tempo e Eternidade para vir, pensei.

— E ela tinha esse jornal com ela?

A sra. Gutierrez virou o jornal como se fosse um quebra-cabeça chinês.

— Talvez *sí*, talvez *no*. Podia ser esse, ou algum outro. Não sei. Fannie está com Deus agora.

Eu me virei, pesando cento e setenta quilos, e inclinei-me em direção à porta, com o jornal dobrado nas mãos.

— Eu bem que gostaria de estar — falei. — Por favor, posso usar o seu telefone?

Tive um pressentimento, e não disquei o número do *Verde de Inveja*. Em vez disso, contando os nós, disquei os números do barbante do cego Henry.

— Editora Janus — disse uma voz anasalada. — *Verde de Inveja*. Aguarde.

O telefone foi largado no chão. Ouvi passos pesados arrastando-se por montanhas invernais de papel amassado.

— Funciona! — berrei, assustando a sra. Gutierrez, que deu um salto para trás. — O número funciona! — berrei para o jornal *Verde de Inveja* na minha mão. Por algum motivo, Henry marcou o número da publicação da Janus em seu barbante de memória.

— Alô, alô! — gritei.

Bem longe, no escritório do *Verde de Inveja*, eu podia escutar o que parecia ser algum maníaco guinchando ao ter se enrolado com um conjunto descontrolado de guitarras elétricas. Um rinoceronte e dois hipopótamos dançavam um fandango na latrina acompanhando a música. Alguém teclava durante o cataclisma. Outra pessoa tocava uma gaita de boca numa batida diferente.

Esperei quatro minutos, desliguei o telefone e saí da casa da sra. Gutierrez, furioso.

— Senhor — disse a sra. Gutierrez —, por que está tão chateado?

— Chateado, chateado, quem está chateado? — berrei. — Jesus, as pessoas não retornam para os telefones, não tenho grana para ir àquele maldito lugar, seja lá onde for que fica em Hollywood, e não adianta ligar de volta, o maldito telefone está fora do gancho e o tempo está acabando, e onde diabos está Henry? Ele está morto, droga!

"Não está morto", a sra. Gutierrez deveria ter dito, "apenas dormindo".

Mas ela não disse isso e fiquei grato por seu silêncio ao correr pelo corredor, sem saber o que fazer. Eu nem sequer tinha dinheiro para pegar o maldito bonde vermelho até Hollywood. Eu...

— Henry! — gritei escada abaixo.

— Sim? — disse uma voz atrás de mim.

Eu me virei e dei um grito. Não havia nada além de escuridão ali.

— Henry. Isso é algum...?

— Sou eu — disse Henry, e saiu para a pouca luz que havia. — Quando Henry decide se esconder, ele realmente se esconde. O Bendito Senhor dos Sovacos estava aqui. Acho que ele sabe que a gente sabe o que ele sabe sobre essa bagunça. Eu saí de fininho do meu apartamento na hora que o escutei rondando a varanda do lado de fora da minha janela. Eu simplesmente pulei a janela. Abandonei tudo no chão, não me importei. Você achou as coisas?

— Sim. Sua bengala. E o barbante com nós para números.

— Você quer saber sobre os nós, esse número?

— Sim.

— Eu escutei um choro no corredor, um dia antes de Fannie partir para sempre. Lá estava ela, diante da minha porta. Eu abri para deixar entrar toda aquela tristeza. Não é sempre que a vejo subir as escadas, é fatal para ela subir. "Eu não devia ter feito isso", ela disse, "não, não devia, é tudo minha culpa", ela dizia, sem parar. "Cuida desse lixo, Henry, pega esse lixo, aqui, que idiota eu fui", ela disse, e me deu alguns discos antigos de fonógrafo e alguns jornais, coisas especiais, ela disse, e eu agradeci e pensei, que diabos foi isso, e ela desceu o corredor chorando por ser uma idiota e eu apenas guardei os jornais velhos e os discos e não pensei nisso por um bom tempo, até que Fannie já tivesse sido enterrada com toda aquela cantoria, e então essa manhã passei a mão sobre aqueles jornais idiotas e pensei, "o que é isso?". E liguei para a sra. Gutierrez e perguntei: "O que é isso?" e ela leu o jornal em inglês e em mexicano e notou que as palavras, veja só, estavam circuladas com tinta, as mesmas palavras em cinco edições diferentes da publicação, e o mesmo número, e eu fiquei pensando, por que Fannie estava chorando tanto e que número é esse, então, dei os nós e liguei. Você ligou?

— Sim, Henry — falei. — Encontrei o mesmo jornal na casa de Fannie agora há pouco. Por que você não me disse que estava com ele?

— Para quê? Parecia tolice. Coisas de mulher. Quer dizer, você leu? A sra. Gutierrez leu, mal, mas leu em voz alta. Eu ri.

Deus, pensei, isso é lixo, lixo de verdade. Mas agora já penso diferente. Quem iria ler e acreditar em lixo como esse?

— Fannie — eu disse por fim.

— Agora, diga-me uma coisa. Quando você ligou para aquele número, algum filho da puta idiota veio falar, e nunca mais voltou?

— Algum filho da puta, sim.

Henry começou a me conduzir de volta para a porta aberta de seu apartamento. Como se fosse eu o cego, deixei.

— Como eles conseguem *tocar* um negócio assim? — ele se perguntou.

Estávamos diante da porta dele. Eu falei:

— Acho que, quando você não dá a mínima, as pessoas jogam dinheiro em você.

— Sim, esse sempre foi o meu problema. Eu me importava demais. Então ninguém nunca me jogou nada. Diabos, eu tenho bastante dinheiro, de todo modo, hein.

Ele parou, pois me ouviu prender a respiração.

— Esse — disse ele, com um leve aceno de cabeça e um sorriso — é o som de alguém querendo pedir emprestadas as economias da minha vida.

— Só se você for junto, Henry. Para me ajudar a encontrar o cara que machucou Fannie.

— O Sovaco?

— O Sovaco.

— Meu nariz é seu. Diga o que temos que fazer.

— Precisamos de dinheiro para um táxi para economizar tempo, Henry.

— Eu nunca entrei em um táxi na minha vida, por que pegaria um agora?

— Precisamos chegar até aquele jornal antes que feche. Quanto mais cedo descobrirmos o que precisamos saber, mais seguro será. Eu não quero passar mais uma noite preocupado com você aqui neste cortiço, ou comigo na praia.

— Sovacos mordem, hein?

— Pode acreditar.

— Venha. — Ele deu a volta em seu quarto, sorrindo. — Vamos descobrir onde um cego esconde seu dinheiro. Por toda parte. Você quer oitenta dólares?

— Não mesmo.

— Sessenta, quarenta?

— Acho que vinte ou trinta bastam.

— Bem, pro inferno com eles. — Henry bufou, parou, riu e tirou um grande maço de notas do bolso da calça. Ele começou a desfolhar como se fosse alface. — Aqui estão quarenta.

— Vou demorar um pouco para te pagar de volta.

— Se pegarmos quem quer que empurrou Fannie, você não me deve nada. Pegue o dinheiro. Encontre minha bengala. Tranque a porta. Vamos! Vamos encontrar aquele coelho idiota que atende telefones e sai de férias.

No táxi, Henry olhou ao redor para a origem de aromas e odores que ele não conseguia ver.

— Isso é ótimo. Nunca senti o cheiro de um táxi antes. Esse é novo e está indo rápido.

Não pude resistir.

— Henry, como você economizou tanto?

— Não posso vê-los, não posso tocá-los, nem mesmo cheirá-los, mas eu aposto em cavalos. Tenho amigos na pista. Eles escutam algo e me dão a dica. Aposto mais e perco menos do que a maioria dos idiotas que enxergam. A pilha vai crescendo. Quando ela fica muito alta, vou até alguma daquelas damas feias, ao menos pelo que me dizem, nos bangalôs atrás do condomínio. Dizem que são feias, mas não me importo. Um cego é cego, e... Ora, ora. Onde *nós* estamos?

— Aqui — falei.

Tínhamos parado em um beco atrás de um prédio em um quarteirão decadente de Hollywood, ao sul do bulevar. Henry respirou fundo.

— Não é o Sovaco. Mas é seu primo em primeiro grau. Cuidado.

— Já volto.

Saí. Henry ficou no banco de trás, a bengala no colo, os olhos fechados com tranquilidade.

— Vou apenas ficar ouvindo o taxímetro — disse ele — e me certificar de que não está correndo muito rápido.

O SOL JÁ HAVIA se posto há muito e era noite cheia enquanto eu seguia caminho pelo beco, olhando para um letreiro em néon parcialmente aceso atrás de um prédio, com o grande deus Janus pintado acima dele, olhando para os dois lados. Metade de um rosto havia desbotado com as chuvas. O resto logo iria desaparecer.

Até os deuses, pensei, estão tendo um ano ruim.

Subi as escadas desviando de vários rapazes e moças de rostos envelhecidos, curvados feito cães espancados, fumando, dizendo perdão, com licença, mas ninguém parecia se importar. Cheguei ao topo.

Os escritórios pareciam não ter sido limpos desde a Guerra Civil. Havia papel amassado e embolado, atirado sobre cada milímetro, centímetro e metro do chão. Havia centenas de jornais velhos, amassados e amarelados, nas janelas, nas mesas. Três lixeiras estavam vazias. Quem quer que tenha jogado os maços de papel errou dez mil vezes, e formava um mar de papel que alcançava meus tornozelos. Andei sobre charutos secos, pontas de cigarro e, pelo som crepitante de seus pequenos tórax, baratas. Encontrei o telefone largado debaixo de uma mesa encoberta de papéis como se fosse neve, peguei-o e escutei.

Pensei ter escutado o som do trânsito sob a janela da sra. Gutierrez. Loucura. Ela deve ter desligado há muito tempo.

— Obrigado por aguardar — falei.

— Ei, cara, qualé? — disse alguém.

Desliguei e me virei.

Um homem alto e magro, com uma gota de água limpa na ponta do nariz fino, veio navegando pelo mar de papel. Ele me analisou com olhos manchados de nicotina.

— Eu liguei cerca de meia hora atrás. — Balancei a cabeça indicando o telefone. — Acabei de desligar na minha cara.

Ele olhou para o telefone, coçou a cabeça e finalmente entendeu. Ele esboçou um sorriso débil e disse:

— Putz.

— Foi o que eu mesmo pensei.

Tive a impressão de que ele se orgulhava de nunca voltar para atender as ligações; era melhor inventar suas próprias notícias.

— Ei, cara — disse ele, tendo outra ideia para substituir a primeira. Ele era o tipo de pensador que precisa afastar os móveis para liberar espaço. — Você... Por acaso você é um gambé?

— Não, nem um gambá.

— Hã?

— Lembra dos Dois Corvos Pretos?

— Hã?

— Foi em 1926. Dois brancos que faziam *blackface*, e faziam piada com vodu e pelo de gambá. Esquece. Foi você quem escreveu isso? — Estendi-lhe a página do *Janus, o Jornal Verde de Inveja*, com o anúncio terrivelmente triste no final.

Ele encarou.

— Caramba, não. É legítimo. Foi enviado.

— Você já parou para pensar no que pode provocar com um anúncio desses?

— Ô, cara, coisa assim a gente não lê, só imprime. É um país livre, certo? Me deixa ver isso! — Ele agarrou o anúncio e olhou para ele, movendo os lábios. — Ah, claro. Esse. É engraçado, né?

— Você entende que alguém pode simplesmente ler essa maluquice e acreditar nisso?

— Dá um tempo. Ei, olha só, por que você não cai escada abaixo para fora da minha vida? — Ele empurrou o jornal de volta para mim.

— Não saio sem o número de telefone da casa desse maluco.

Ele me encarou, surpreso, depois riu.

— Isso é uma informação confidencial, que ninguém sabe. Mas, se você quer escrever para ele, beleza. Nós repassamos a correspondência. Ou ele vem e pega.

— Isso é uma emergência. Alguém morreu. Alguém... — Perdi o gás e olhei em volta para o oceano de papel no chão e, sem pensar muito, saquei uma caixa de palitos de fósforo.

— Parece que há risco de incêndio aqui — falei.

— Que risco de incêndio?

Ele olhou ao redor para aquela colheita de um ano de papéis, latas de cerveja vazias, copos de papel caídos e embalagens velhas de hambúrguer. Um olhar de imenso orgulho o dominou. Seus olhos quase dançaram quando viu as caixas de litro de leite em papel cartonado, ocupadas em fabricar penicilina no peitoril da janela, ao lado de uns shorts masculinos largados, que davam ao lugar seu verdadeiro toque de classe.

Risquei um fósforo para chamar sua atenção.

— Ei — disse ele.

Apaguei o primeiro fósforo, para mostrar como eu tinha espírito esportivo, e quando ele não fez mais nenhuma oferta de ajuda, acendi um segundo.

— E se eu deixar isto aqui cair no chão?

Ele deu uma segunda olhada ao redor. A pilha de lixo se acumulava e batia em seus tornozelos. Se eu tivesse deixado cair o fósforo, as chamas o teriam alcançado em cerca de cinco segundos.

— Você não vai soltar isso — disse ele.

— Não? — Apaguei e acendi um terceiro.

— Você tem um senso de humor horrível, né?

Eu larguei o fósforo.

Ele gritou e saltou.

Pisei na chama antes que pudesse se espalhar.

Ele respirou fundo e soltou o ar de uma vez.

— Agora dê o fora daqui! Você...

— Espere. — Acendi um último fósforo e me agachei, protegendo a chama, perto de meia tonelada de rascunhos amassados, cartões de visita velhos e envelopes rasgados.

Toquei a chama aqui e ali e o papel começou a queimar.

— Que merda você quer?

— Apenas um número de telefone. Só isso. Ainda não terei um endereço, então não posso encontrar o cara, localizá-lo. Mas, maldito seja, eu quero aquele número de telefone, ou o lugar inteiro queima.

Percebi que minha própria voz havia subido cerca de dez decibéis, para um tom maníaco. Fannie lutava em meu sangue. Muitas outras pessoas mortas gritavam querendo sair com minha respiração.

— Me dê! — gritei. As chamas estavam se espalhando.

— Merda, cara, apaga esse fogo, eu te dou esse maldito número idiota. Merda, espere um pouco, vem cá!

Eu pulei o fogo, dançando ao seu redor. A fumaça subiu e o fogo foi apagado quando o sr. Janus, o editor que encara dois caminhos ao mesmo tempo, encontrou o número em seu arquivo.

— Aqui, droga, aqui está a merda do número. Vermont quatro-cinco-cinco-cinco. Pegou? Quatro-cinco-cinco-cinco!

Eu risquei o último dos últimos fósforos, até que ele enfiou o cartão debaixo do meu nariz.

"Alguém que te amou", dizia, e junto o número do telefone.

— Ok? — gritou o editor.

Apaguei o fósforo. Meus ombros caíram com um alívio repentino. Fannie, pensei, agora a gente consegue pegá-lo.

Devo ter falado em voz alta, pois o editor, com o rosto roxo, me borrifou com sua saliva.

— *O quê* que você vai conseguir?

— Ser morto — falei, descendo as escadas.

— Espero que sim! — eu o ouvi gritar.

Abri a porta do táxi.

— O taxímetro está rodando feito louco — disse Henry, no banco de trás. — Graças a Deus sou rico.

— Já venho falar com você.

Fiz sinal ao taxista para me seguir até uma esquina onde havia uma cabine telefônica ao ar livre.

Hesitei por um longo tempo, com medo de ligar para o número, com medo de que alguém pudesse realmente atender.

O que, me perguntei, você diz a um assassino na hora do jantar?

* * *

Eu disquei o número.

Alguém que te amou, tempos atrás.

Quem responderia a um anúncio idiota como esse?

Todos nós, se calhar de ser a noite certa. A voz do passado, fazendo você se lembrar de um toque familiar, um sopro quente no ouvido, uma onda de paixão que foi como um raio. Qual de nós não está vulnerável, pensei, quando se trata daquela voz das três da manhã. Ou quando você acorda depois da meia-noite e encontra alguém chorando, e é você, com lágrimas no queixo e você nem sabia que durante a noite teve um pesadelo.

Alguém que te amou...

Onde ela está agora? Onde ele está? Ainda vivos em algum lugar? Não pode ser. Muito tempo já se passou. Aquele que me amava não pode ainda estar em algum lugar do mundo. E mesmo assim, por que não dar uma ligada, como eu estava fazendo?

Liguei três vezes e voltei a me sentar com Henry no banco de trás do táxi, ouvindo o tique-taque do taxímetro.

— Não se preocupe — ele disse. — Esse taxímetro não me incomoda. Há muitos cavalos à espera e muita alface no caminho. Vai lá discar o número de novo, criança.

A criança foi discar.

Desta vez, muito longe em outro país, ao que parecia, um autoproclamado agente funerário atendeu ao telefone.

— Sim? — disse uma voz.

Enfim, me engasguei.

— Quem fala?

— Eu que pergunto, quem fala? — respondeu a voz cautelosa.

— Por que você demorou tanto para pegar o telefone? — Eu podia ouvir carros passando do outro lado da linha.

Era uma cabine telefônica em um beco em algum lugar da cidade. Cristo, pensei, ele faz o mesmo que eu faço. Ele está usando a cabine telefônica mais próxima como seu escritório.

— Bem, se você não vai dizer nada... — disse a voz do outro lado da linha.

— Espere — falei. Estou quase reconhecendo sua voz, pensei. Deixe-me escutar mais um pouco. — Eu vi seu anúncio na *Janus*. Você pode me ajudar?

A voz do outro lado relaxou, satisfeita com meu pânico.

— Posso ajudar qualquer pessoa, em qualquer lugar, a qualquer hora — comentou, à vontade. — Você é um dos Solitários?

— Quê? — berrei.

— Você é um dos...

Solitários, ele havia dito. E isso serviu.

Eu estava de volta à casa de Crumley, de volta no tempo, de volta ao grande bonde sob chuva fria fazendo uma curva. A voz ao telefone era aquela voz na tempestade noturna de meia vida atrás, dizendo o que disse sobre morte e solidão, solidão e morte. Primeiro, a lembrança de uma voz, depois a sessão com Crumley fustigando na minha cabeça, e agora esse som real no telefone. Havia somente uma peça faltando. Eu ainda não consegui dar um nome à voz. Próxima, familiar, estava quase lá, mas...

— Fale — eu praticamente gritei.

Houve um intervalo de suspeita do outro lado. Naquele momento, ouvi os sons mais bonitos de metade de uma vida.

O vento soprando do outro lado da linha. Mas mais do que isso: as ondas rolando, cada vez mais alto, cada vez mais perto, até que quase as senti rolar sob meus pés.

— Ah, Jesus, eu sei onde você *está*! — berrei.

— Impossível — disse a voz do telefone, e cortou a conexão.

Mas não cedo o suficiente. Encarei o telefone vazio em minha mão feito um louco e o apertei em meu punho.

— Henry! — gritei.

Henry se inclinou para fora do táxi, olhando para o nada.

Eu me atirei para dentro do carro.

— Ainda está comigo?

— Se não estivesse — falou Henry —, onde eu estaria? Fale com o motorista.

Eu falei. Nós partimos.

O TÁXI PAROU COM as janelas abertas. Henry se inclinou para a frente, seu rosto como a proa de um navio escuro. Ele farejou.

— Não venho aqui desde criança. Esse cheiro é o oceano. Esse outro cheiro, de podre? O píer. É aqui que você mora, escriba?

— O Grande Romancista Americano? Com certeza.

— Espero que seus romances cheirem melhor do que isso.

— Se eu viver, talvez. Podemos deixar o táxi esperando, Henry?

Henry lambeu o polegar, tirou três notas de vinte dólares e segurou-as no banco da frente do táxi.

— Isso evita que você fique nervoso, filho?

— Isso — o motorista do táxi pegou o dinheiro — paga até a meia-noite.

— Já terá acabado tudo até lá — disse Henry. — Garoto, você sabe o que está fazendo?

Antes que eu pudesse responder, uma onda entrou por baixo do píer.

— Parece o metrô de Nova York — comentou Henry. — Não deixe isso passar por cima de você.

Deixamos o táxi esperando na entrada do píer de Venice. Tentei conduzir Henry pela noite.

— Não preciso ser guiado — reclamou Henry. — Me avise quanto a fios, cordas ou tijolos soltos, só isso. Mas tenho um cotovelo nervoso, não gosto de toques.

Eu o deixei seguir em frente, orgulhoso.

— Espere aqui — falei. — Dê um passo para trás de cerca de um metro. Pronto, você não pode ser visto. Quando eu voltar, direi apenas uma palavra, "Henry", e então você me diz o que está farejando, certo? E então apenas dê meia-volta e vá até o táxi.

— Ainda posso escutar o motor funcionando, com certeza.

— Diga ao taxista para levá-lo à Delegacia de Polícia de Venice. Pergunte por Elmo Crumley. Se ele não estiver lá, peça que liguem para sua casa. Ele deve vir aqui com você, o mais rápido possível, assim que a coisa toda começar a rolar. Isto é, *se* rolar. Talvez não precisemos usar seu nariz esta noite, no final das contas.

— Espero usar, sim. Trouxe minha bengala para bater naquele cara. Você vai me deixar bater nele, ao menos uma vez?

Eu hesitei.

— Só uma vez — prometi. — Você está bem, Henry?

— Na moita, igual uma raposa.

Sentindo-me mais como um coelho, fui embora.

Era o cemitério dos elefantes, o píer à noite, todos os ossos escuros e um tampão de névoa correndo sobre ele e o oceano para esconder, revelar e esconder outra vez.

Abri caminho por entre as lojinhas e casas minúsculas e salas de pôquer fechadas, notando, no caminho, vários telefones aqui ou ali, aguardando em seus caixões escuros, esperando serem levados embora amanhã ou na próxima semana.

Caminhei ao longo das tábuas, sobre os suspiros e o farfalhar e a agitação e a umidade da madeira seca. Toda a estrutura rangeu e se ergueu feito um navio naufragando, enquanto eu passava por bandeiras vermelhas de alerta e sinais que diziam PERIGO, enquanto eu pisava em correntes aferrolhadas e via a mim mesmo indo o mais longe que podia, na beira do píer, olhando para trás para todas as portas vedadas com tábuas e as lonas baixadas e pregadas.

Me esquivei para a última cabine telefônica, vasculhei meus bolsos, xingando, até encontrar as moedas que Henry tinha me dado. Deixei cair uma na abertura do telefone e disquei o número que me foi fornecido pelo editor do *Janus*.

— Quatro, cinco, cinco, cinco — sussurrei e esperei.

Nesse momento, a alça puída do meu relógio de pulso do Mickey Mouse quebrou. O relógio caiu no chão da cabine. Xingando, eu o peguei e coloquei na prateleira sob o telefone. Então, fiquei escutando. Ao longe, eu podia ouvir o telefone tocando do outro lado da linha.

Soltei meu receptor e o deixei pendurado. Saí da cabine e fiquei escutando, de olhos fechados. No início, havia apenas o grande rolar de ondas viajando sob meus pés, sacudindo as madeiras. Passou. Por fim, esforçando-me, pude ouvir.

Bem lá embaixo, na metade do píer, um telefone tocava.

Eu pensei: coincidência? Telefones tocam em todo lugar o tempo todo. Mas esse telefone agora, a cem metros de distância, será o número que disquei?

Metade dentro, metade fora da cabine, agarrei o receptor e coloquei-o de volta no gancho.

Longe, na escuridão ventosa, aquele outro telefone parou de tocar.

O que ainda não provava nada.

Coloquei minha moeda outra vez e disquei.

Uma respiração profunda e...

Aquele telefone em seu caixão de vidro, a meio ano-luz de distância, começou a tocar outra vez.

Isso me fez pular e meu peito doeu. Senti meus olhos se arregalarem e minha respiração esfriar.

Deixei o telefone tocar. Fiquei do lado de fora da minha cabine, esperando que alguém lá fora, no meio da noite, saísse correndo dos becos ou de trás das lonas úmidas ou do velho jogo de "Derrube as garrafas de leite". Alguém que, como eu, teria que atender. Alguém que, como eu, saía às duas da manhã para correr na chuva e falar com a luz do sol na Cidade do México, onde a vida ainda andava e vivia e parecia nunca morrer. Alguém...

Todo o píer ficou escuro. Nenhuma janela de cabana acesa. Nenhuma lona murmurou. O telefone tocou. As ondas vagavam sob as tábuas, procurando alguém, qualquer um, para responder. O telefone tocou. E tocou. Eu mesmo queria atender essa maldita coisa, só para silenciá-la.

Jesus, pensei. Pegue sua moeda de volta. Pegue...

Então aconteceu.

Um raio de luz apareceu rapidamente e sumiu. Algo se mexeu ali, em frente ao telefone. O telefone tocou. O telefone tocou. E alguém ficou parado nas sombras, escutando, hesitante. Eu vi algo branco se virar e soube que quem quer que fosse estava olhando ao longo do píer, com medo, cuidadoso, procurando.

Congelei.

O telefone tocou. Por fim, a sombra se moveu, o rosto voltou-se, ouvindo. O telefone tocou. De repente, a sombra correu.

Saltei de volta para minha cabine e agarrei o receptor bem a tempo.

Clique.

Na outra extremidade, ouvi uma respiração. Então, finalmente, uma voz de homem disse:

— Sim?

Ah, meu Deus, pensei. É a mesma voz. A voz que ouvi há uma hora, em Hollywood.

Alguém que te amou, tempos atrás.

Devo ter dito isso em voz alta.

Houve uma longa pausa, uma espera, alguém respirando fundo do outro lado da linha.

— Sim?

Me atingiu na orelha e depois no coração.

Eu conheço essa voz agora, pensei.

— Ah, Cristo — falei com voz rouca. — É você!

Isso deve tê-lo atingido direto na cabeça. Eu o ouvi respirar profundamente e soltar o ar num estouro.

— Maldito seja! — ele gritou. — Vai pro inferno!

Ele não desligou. Apenas deixou o telefone quente e vermelho cair, *bang*, dançando feito um enforcado. Eu ouvi seus passos se afastarem.

Quando saí da cabine, o píer estava vazio em todas as direções. Onde a breve luz estivera, estava escuro. Apenas pedaços de jornal velho sopraram nas tábuas enquanto eu me obrigava a andar, não correr, os cem longos metros até o outro telefone. Eu o encontrei pendurado e batendo no vidro frio da cabine.

Eu peguei e escutei.

Eu podia ouvir meu relógio do Mickey Mouse de dez dólares tiquetaqueando do outro lado da linha, naquela outra cabine telefônica, a quilômetros e quilômetros de distância.

Se tivesse sorte e ficasse vivo, ia lá resgatar o Mickey.

Desliguei o telefone e me virei, olhando para todos os pequenos prédios, barracos, fachadas de lojas, brinquedos fechados, me perguntando se eu faria uma coisa maluca agora.

Eu fiz.

Andei cerca de vinte metros até a frente de uma pequena loja e fiquei diante dela, escutando. Alguém estava lá, se movendo, talvez se enfiando em roupas casuais no escuro. Ouvi um farfalhar e alguém sussurrando com raiva para si mesmo, alguém falando baixinho, perguntando a si mesmo onde estavam as meias, os sapatos e onde, onde estava a maldita gravata? Ou talvez fosse apenas a maré sob o píer, inventando mentiras que ninguém jamais poderia verificar.

O murmúrio parou. Ele deve ter sentido minha presença do lado de fora da porta. Escutei passos se movendo. Eu recuei, desajeitado, percebendo que minhas mãos estavam vazias. Não pensei sequer em trazer a bengala de Henry como arma.

A porta se abriu com uma rapidez selvagem.

Eu olhei.

Loucamente, vi duas coisas ao mesmo tempo.

Mais adiante, em uma pequena mesa à meia-luz, uma pilha de embalagens amarelas, marrons e vermelhas de chocolate Clark, Crunch Nestlé e Power House.

E então...

A pequena sombra, o próprio homenzinho, olhando para mim com olhos atordoados, como se tivesse acordado de um sono de quarenta anos.

A. L. Shrank, em pessoa.

Tarólogo, frenologista, psiquiatra barato, psicólogo diurno e noturno, astrólogo, numerólogo zen-freudiano-junguiano e completo fracasso de vida estava ali, abotoando a camisa de modo desajeitado, tentando me ver com o olhar fixo por alguma droga ou paralisado por minha bravata inepta.

— Vá para o inferno — disse ele, baixinho, de novo.

E então acrescentou, com uma espécie de sorriso trêmulo e improvisado:

— Entre.

— Não — murmurei. Então falei mais alto: — Não. Você sai.

O VENTO SOPRAVA NA direção errada, ou talvez na direção certa dessa vez.

Meu Deus, pensei, me encolhendo num recuo, e em seguida ficando firme. Todos aqueles outros dias, para onde o vento soprava? Como eu poderia não ter percebido? Porque, pensei, eis um fato muito simples: eu fiquei resfriado por dez dias inteiros. Sem olfato algum. Sem olfato.

Ah, Henry, pensei, você e seu bico sempre erguido, sempre curioso, conectado a toda aquela consciência brilhante dentro de você. Ah, esperto Henry, atravessando uma rua invisível às nove da noite, e farejando a camisa suja e as roupas de baixo sujas enquanto a Morte marchava pelo outro lado.

Olhei para Shrank e senti minhas narinas estremecerem. Suor, o primeiro cheiro de derrota. Urina, o cheiro consequente do ódio. E então, o que mais? Sanduíches de cebola, dentes não escovados, odor de autodestruição. Veio do homem como uma nuvem de tempestade, uma inundação total. Eu poderia estar parado em uma praia vazia com uma onda gigantesca de trinta metros prestes a me esmagar, pelo medo doentio que de repente me veio. Minha boca ficou seca mesmo com o suor escorrendo pelo meu corpo.

— Entre — convidou A. L. Shrank outra vez, incerto.

Houve um instante em que achei que ele pudesse me sugar para dentro feito um lagostim. Mas então ele viu meu olhar para a cabine telefônica diretamente em frente à sua loja, e meu segundo olhar para o píer até o telefone na extremidade onde meu relógio de Mickey Mouse tiquetaqueava, e ele *soube*. Antes que ele pudesse falar novamente, chamei das sombras.

— Henry?

A escuridão se agitou na escuridão. Senti os sapatos de Henry arranharem quando sua voz gritou de volta, calorosa e à vontade.

— Sim?

Os olhos de Shrank saltaram de mim para onde a voz de Henry agitou as sombras.

Por fim consegui dizer:

— Sovaco?

Henry respirou fundo e soltou o ar.

— Sovaco — confirmou.

Eu concordei.

— Você sabe o que fazer.

— Eu escuto o taxímetro rodando — disse Henry.

De canto de olho, eu o vi se afastando, então parou e levou a mão para o alto.

Shrank se encolheu. Eu também. A bengala de Henry voou para pousar com um estrondo agudo nas tábuas.

— Você pode precisar disso — falou Henry.

Shrank e eu ficamos olhando para a arma no píer.

O som do táxi partindo me empurrou para a frente. Peguei a bengala e segurei contra o peito, como se pudesse realmente funcionar contra facas ou revólveres.

Shrank olhou para as luzes do táxi sumindo, ao longe.

— Que diabos foi isso? — ele perguntou.

Atrás dele, Schopenhauer e Nietzsche e Spengler e Kafka se apoiaram em seus cotovelos loucos, afundaram em suas poeiras e sussurraram, "sim, o que foi *aquilo*?".

— Espere até eu pegar meus sapatos.

Ele desapareceu.

— Não pegue mais nada — gritei.

Isso o fez dar uma risada sufocada.

— O que eu pegaria? — ele berrou, sem ser visto, remexendo ao redor. Na porta, ele me mostrou um sapato em cada mão. — Sem armas. Sem facas. — Ele os colocou, mas não os amarrou.

Não pude acreditar no que aconteceu a seguir. As nuvens sobre Venice decidiram recuar, revelando uma lua cheia.

Nós dois olhamos para ela, tentando decidir se isso era bom ou ruim, e para qual de nós.

O olhar de Shrank vagou para a praia ao longo do píer.

— "A morsa ao longo da praia chorou como nunca ao ver tanta areia" — disse ele. Então, escutando a si mesmo, bufou baixinho. — "Vinde, Ostras queridas, conosco passear, a Morsa gentil convidou, um passeio agradável, à beira do mar".

Ele começou a andar. Fiquei parado.

— Você não vai trancar a porta?

Shrank deu uma rápida olhada por cima do ombro, para os livros agrupados feito abutres, com suas penas pretas e empoeirados olhares dourados, esperando nas prateleiras pelo toque que lhes daria vida. Em coros invisíveis, eles cantaram melodias selvagens que eu deveria ter ouvido há muitos dias. Meus olhos correram e repassaram as pilhas.

Meu Deus, por que eu não havia visto de verdade?

Aquela escarpa terrível habitada por desgraças, aquele alinhamento de fracassos, aquele apocalipse literário de guerras, misérias, doenças, pestes, depressões, aquela queda de pesadelos, aquele fosso de delírios e labirintos de onde camundongos loucos e ratos insanos nunca encontraram luz ou saíram. Aquela formação policial de degenerados e epilépticos dançando nas bordas dos penhascos da biblioteca com grupos substituindo grupos de náusea e repulsa que aguardam na escuridão superior.

Autores únicos, livros únicos, tudo bem. Um Poe aqui ou um Sade dão um tempero. Mas aquilo não era uma biblioteca, era um matadouro, uma masmorra, uma torre onde dez dezenas de homens com máscaras de ferro estavam escritos, delirando silenciosamente, para sempre.

Por que eu não tinha visto e me dado conta?

Porque Rumpelstiltskin estava no comando.

Mesmo olhando para Shrank agora, pensei, a qualquer momento ele vai agarrar o pé e se rasgar ao meio e cair em dois pedaços!

Ele era hilário.

O que o tornava ainda mais terrível.

— Aqueles livros — disse Shrank finalmente, quebrando o feitiço, sem olhar para eles, olhando para a lua —, eles não se importam comigo. Por que eu deveria me importar com eles?

— Mas...

— Além disso — ele completou —, quem iria realmente querer roubar *A decadência do Ocidente*?

— Pensei que você amasse sua coleção!

— Amar? — Ele piscou uma vez. — Meu Deus, você não vê? Eu odeio tudo. Diga algo, não há nada no mundo que eu goste.

Shrank caminhou na direção que Henry havia tomado com seu táxi.

— Agora — disse ele —, você vem ou não?
— Estou indo — falei.

— Isso é uma arma?

Caminhamos devagar, sentindo um ao outro. Fiquei surpreso ao encontrar a bengala de Henry em minhas mãos.

— Não, uma antena, eu acho — falei.
— De um inseto muito grande?
— Ou muito cego.
— Ele consegue encontrar o caminho sem ela, e para onde ele vai a essa hora da noite?
— Dar um recado. Ele já volta — menti.

Shrank era um detector de mentiras. Ele quase se contorceu de alegria com a minha voz. Ele apressou o passo e parou para me examinar.

— Acho que ele se guia pelo nariz. Eu ouvi o que você perguntou e o que ele respondeu de volta.
— Sovaco? — falei.

Shrank encolheu dentro de suas roupas velhas. Seus olhos dispararam primeiro para a axila esquerda, depois para a direita e para baixo ao longo de uma vasta história de manchas e descolorações do tempo.

— Sovaco — falei outra vez.

Foi uma bala no coração.

Shrank cambaleou, mas recuperou o equilíbrio.

— Por que e para onde estamos caminhando? — ele falou, engasgado. Eu podia sentir a palpitação do coelho sob sua gravata sebosa.

— Pensei que era você que estava dando o caminho. Eu só sei de uma coisa. — Eu me movi, desta vez meio passo à frente dele.

— O cego Henry estava procurando por algumas camisas sujas, roupas de baixo sujas, e mau hálito. Ele as encontrou e as nomeou para mim.

Não repeti o epíteto terrível. Mas Shrank, com cada palavra, foi diminuindo.

— Por que um cego iria me querer? — Shrank disse enfim.

Eu não queria revelar tudo de uma vez. Eu tive que testar e tentar.

— Por causa do *Janus, o Jornal Verde de Inveja* — falei. — Eu vi cópias no seu consultório, pela janela.

Isso era pura mentira, mas atingiu o alvo.

— Sim, sim — disse Shrank. — Mas um cego e você...?

— Porque... — Eu respirei fundo e soltei o ar. — Você é o Senhor-Conserta-Tudo.

Shrank fechou os olhos, girou seus pensamentos, escolheu uma reação.

Sorriu.

— Conserta-Tudo? Ridículo! Por que você acha isso?

— Porque — continuei andando, fazendo-o trotar como um cachorro para me seguir. Falei contra a névoa que se formou à frente — Henry sentiu o cheiro de alguém atravessando a rua, muitas noites atrás. O mesmo cheiro estava em seu prédio residencial, e aqui agora esta noite. E o cheiro é você.

A palpitação do coelho sacudiu o homenzinho novamente, mas ele sabia que ainda estava limpo. Nada foi provado!

— Por que — ele se engasgou — eu iria rondar algum cortiço no centro da cidade onde eu nem sonharia em morar, por quê?

— Porque — falei — você estava procurando pelos Solitários. E eu, idiota e estúpido como fui, mais cego do que Henry, ajudei você a encontrá-los. Fannie estava certa. Constance estava certa! Eu espalhava a morte, afinal. Cristo, eu era a Maria Tifoide. Eu levei a doença, você, para todos os lugares. Ou pelo menos você me seguiu. Para encontrar os solitários. — Suspirei. — Solitários.

Assim que eu disse isso, Shrank e eu fomos tomados pelo que eram quase paroxismos. Eu havia falado uma verdade que era como a tampa de uma fornalha atirada para trás, de modo que o calor queimava para chamuscar meu rosto, minha língua, meu coração, minha alma. E Shrank? Eu estava descrevendo sua vida interior, sua necessidade. Tudo ainda por revelar e admitir, mas eu sabia que tinha finalmente arrancado o amianto e o fogo estava exposto.

— Qual foi a palavra que você disse? — perguntou Shrank, a cerca de dez metros de distância e imóvel como uma estátua.

— Solitários. Você disse a palavra. Você os descreveu no mês passado. Solitários.

E era verdade. Uma marcha fúnebre de almas passou em um suspiro, com pés silenciosos, em ondas de nevoeiro. Fannie e Sam e Jimmy e Cal e todo o resto. Eu nunca coloquei um rótulo apropriado neles. Eu nunca tinha visto a transição que amarrava todos eles e os tornava um.

— Você está delirando — disse Shrank. — Chutando. Inventando. Mentindo. Nada disso tem a ver comigo.

Mas ele estava olhando para a forma como seu casaco caía em seus pulsos magros e as marcas de suores noturnos na roupa. Seu terno parecia estar diminuindo enquanto eu o observava. Ele se contorceu em sua própria pele pálida, por baixo.

Decidi atacar.

— Cristo, você está apodrecendo neste instante. Você é uma afronta. Você odeia tudo, tudo, qualquer coisa no mundo. Você me disse isso agora. Então você o ataca com sua sujeira, seu hálito. Sua roupa de baixo é a sua verdadeira bandeira, então você põe num mastro para estragar o vento. A. L. Shrank. Proprietário do Apocalipse!

Ele estava sorrindo, ele estava radiante. Eu o elogiei com insultos. Eu estava prestando atenção. Seu ego despertou. Sem perceber, eu havia preparado uma isca e o fizera morder.

Eu pensei: e agora? O que, o que, pelo amor de Deus, digo dessa vez, agora? Como atraí-lo? Como acabar com ele?

Mas ele estava agora andando à frente outra vez, todo inflado com insultos, todo magnífico com as medalhas da ruína e desespero que eu prendera em sua gravata sebosa.

Nós CAMINHAMOS. Nós CAMINHAMOS. Nós caminhamos.

Meu Deus, pensei, quanto tempo caminhamos, quanto tempo conversamos, quanto tempo isso vai durar?

Isso é um filme, pensei, uma daquelas cenas inacreditáveis que continuam e continuam quando as pessoas explicam e outras respondem e as pessoas repetem de novo.

Não pode ser.

Mas é.

Ele não tem certeza quanto ao que sei e também não tenho certeza se sei, e nós dois nos perguntamos se o outro está armado.

— E nós dois somos covardes — disse Shrank. — E ambos têm medo de testar o outro.

O Carpinteiro continuou. A Ostra o seguiu.

* * *

Nós caminhamos.

E não era uma cena de um filme bom ou ruim em que as pessoas falassem demais; era uma cena crescendo tarde da noite e a lua desaparecendo para reaparecer conforme a névoa se adensava e eu estava tendo um diálogo com o fantasma do amigo psiquiatra idiota do pai de Hamlet.

Shrank, pensei. Que nome. A pessoa vai encolhendo, encolhendo, até terminar assim! Como isso começou? Saído da faculdade, com o mundo nas mãos, vestindo o jaleco; depois, em um ano qualquer, o grande terremoto, ele lembra? O ano em que suas pernas e sua mente se despedaçaram e houve a longa descida sem tobogã, apenas sua bunda magra e nenhuma mulher entre ele e o fim do poço para aliviar a queda, hidratar o pesadelo, parar seu choro à meia-noite e seu ódio ao amanhecer? E uma manhã, ele saiu da cama e se viu... onde?

Venice, Califórnia, e a última gôndola já tendo partido há tempos, e as luzes já se apagaram e os canais se encheram de óleo e de velhos carroções de circo com apenas a maré rugindo atrás das grades...

— Eu tenho uma listinha — falei.

— O quê? — perguntou Shrank.

— O "Mikado" — respondi. — Uma música que explica você. Seu muito sublime objetivo, você alcançará com o tempo. Para fazer com que a punição se encaixe no crime. Os Solitários. Todos eles. Você os colocou em sua lista, na letra da música, nunca sentirão falta deles. O crime deles foi desistir ou nunca ter tentado. Foi mediocridade ou fracasso ou perdição. E a punição deles, meu Deus, foi você.

Ele estava inflado agora, com passos de pavão.

— E então? — disse ele, caminhando à frente. — E então?

Eu recarreguei minha língua, fiz pontaria e disparei.

— Imagino — falei — que em algum lugar por perto está a cabeça decapitada de Scott Joplin.

Ele não pôde evitar o impulso que moveu sua mão direita para o bolso engordurado do casaco. Ele fingiu dar um tapinha no lugar, se pegou olhando com prazer para aquela mão, desviou o olhar e continuou a andar.

Um tiro, um acerto. Eu brilhei. Tenente-detetive Crumley, pensei, queria que você estivesse aqui.

Eu disparei uma segunda bala.

— Canários à venda — falei baixinho, como as letras desbotadas a lápis no papelão da janela da velha senhora. — Hirohito ascende ao trono. Adis Abeba. Mussolini.

Sua mão esquerda se contraiu com orgulho secreto em direção ao bolso esquerdo do casaco.

Jesus, pensei. Ele está levando as velhas manchetes do fundo das gaiolas com ele!

Na mosca!

Ele saiu caminhando. Eu fui atrás.

Terceiro alvo. Terceira tentativa. Terceiro disparo.

— Jaula de leão. Velho. Bilheteria.

Seu queixo caiu em direção ao bolso da camisa.

Ali, por Deus, seriam encontrados os confetes picotados de passagem de um bonde em que nunca se subiu!

Shrank avançou através da névoa, absolutamente alheio ao fato de que eu estava capturando seus crimes com uma rede de caçar borboletas. Ele era uma criança feliz nos campos do Anticristo. Seus sapatos minúsculos sapatearam nas tábuas. Ele sorriu.

Qual o próximo? Minha mente fervilhava. Ah, sim.

Eu vi Jimmy no corredor do cortiço com seu penteado novo, todo sorrisos. Jimmy na banheira, revirado e a seis braças de profundidade.

— Dentadura postiça — disparei. — Arcada superior. E inferior.

Graças a Deus, Shrank não bateu nos bolsos novamente. Eu poderia ter dado uma gargalhada terrível de pavor ao pensar que ele carregava um sorriso morto. Seu olhar por cima do ombro me disse que havia ficado para trás (em um copo d'água?) em sua cabana.

Alvo cinco, mire, atire!

— Chihuahuas dançando, periquitos limpando as penas!

Os sapatos de Shrank dançaram no píer. Seus olhos pularam para o ombro esquerdo. Havia marcas de garras de pássaros e fezes ali! Um dos pássaros de Pietro Massinello estava lá na cabana.

Alvo seis.

— Forte marroquino perto do mar da Arábia.

A pequena língua de lagarto de Shrank deu uma leve chicoteada em seus lábios sedentos.

Uma garrafa do champanhe de Rattigan, na estante atrás de nós, apoiada em um dopado De Quincey, em um Hardy em sua escuridão.

Um vento se ergueu.

Estremeci, pois de repente senti que dez dúzias de embalagens de chocolates, todas minhas, estavam soprando atrás de mim e Shrank, roedores fantasmas famintos de outros dias, farfalhando ao longo do píer noturno.

E, finalmente, eu tinha que falar e não podia, mas enfim me obriguei a dizer as terríveis e tristes palavras finais que arrebentaram minha língua, mesmo quando algo explodiu em meu peito.

— Cortiço à meia-noite. Geladeira cheia. *Tosca*.

Como um disco preto lançado ao longo da cidade, o primeiro lado de *Tosca* bateu, rolou e deslizou por baixo da porta da meia-noite de A. L. Shrank.

A lista havia sido longa. Eu estava quase à beira da histeria, pânico, terror e deleite com minha própria percepção, minha própria repulsa, minha própria tristeza. Poderia dançar, bater ou gritar a qualquer momento.

Mas Shrank falou primeiro, os olhos sonhadores, as árias sussurradas de Puccini girando e girando em sua cabeça.

— A mulher gorda está em paz agora. Ela precisava de paz. Eu dei a ela.

Eu mal me lembro do que aconteceu a seguir.

Alguém gritou. Eu. Alguém mais gritou. Ele.

Meu braço se ergueu, segurando a bengala de Henry.

Assassinato, pensei. Morte.

Shrank caiu para trás bem a tempo de a bengala descer. Em vez dele, ela atingiu o píer e foi arrancada da minha mão. Ela caiu, chacoalhou no chão e foi chutada por Shrank, de modo a voar pela borda do píer e cair na areia.

Agora só me restava saltar sobre aquele homenzinho com meus próprios punhos, mas parei quando ele se desviou, porque uma última coisa havia rachado em mim.

Eu me engasguei, eu chorei. Dias antes, o choro no chuveiro era apenas um começo. Agora veio o dilúvio completo. Meus ossos começaram a ceder. Comecei a chorar e Shrank, aturdido, quase estendeu a mão para mim e murmurou "calma, calma".

— Está tudo bem — disse ele, afinal. — Ela está em paz. Você deveria me agradecer.

A lua se escondeu por trás de uma grande nuvem de neblina e me deu tempo para me recuperar. Eu estava todo em câmera lenta agora. Minha língua se arrastava e eu mal conseguia enxergar.

— O que você quer dizer — falei finalmente, encharcado — é que todos eles se foram e eu deveria agradecê-lo em nome deles. É isso?

Deve ter sido um alívio terrível para ele, tendo esperado todos esses meses ou anos para contar a alguém, não importasse quem, não importasse onde, não importasse como. A lua apareceu novamente. Seus lábios tremeram com a luz renovada e a necessidade de liberação.

— Sim. Eu ajudei todos eles.

— Meu Deus — Eu me engasguei. — Ajudou? Ajudou?

Precisei me sentar. Ele me ajudou e ficou ao meu lado, surpreso com minha fraqueza, encarregado de mim e do futuro da noite, o homem que poderia abençoar as pessoas com assassinato, impedi-las de sofrer, acabar com sua solidão, tirá-las de suas ruínas privadas, salvá-las da vida. Beneficiá-las com o pôr do sol.

— Mas você também ajudou — disse ele, argumentando. — Você é escritor. É curioso. Tudo que eu precisei fazer foi seguir você, recolhendo as embalagens de chocolate enquanto avançava. Você sabe como é fácil seguir as pessoas? Elas nunca olham para trás. Nunca. Você nunca olhou. Ah, céus, você nunca soube. Você foi o meu bom cão-guia da morte, mais do que imagina. Por mais de um ano. Você me mostrou as pessoas que estava coletando para seus livros. Todas as pedras no caminho, folhas ao vento, conchas vazias na praia, dados sem pontos, cartas sem naipes. Sem passado, sem presente. Então, eu os deixei sem futuro.

Eu fiquei olhando para ele. Minha força estava voltando. A tristeza estava quase acabando por agora. Minha raiva foi crescendo.

— Você admite tudo, então?
— Por que não? É tudo mau hálito ao vento. Se quando terminarmos aqui e eu realmente caminhar com você até a delegacia, o que de fato farei, você não terá nenhuma prova do que eu disse. Está tudo no ar.
— Não exatamente — falei. — Você não resistiu a tirar uma coisa de cada vítima. Aquele seu lugar horrível está repleto de discos do fonógrafo, champanhe e jornais velhos.
— Filho da puta! — disse Shrank, e parou. Ele soltou uma risada e então sorriu. — Muito esperto. Conseguiu isso de mim, hein?

Ele deu meia-volta, pensando sobre isso.
— Agora — disse ele — terei de matar *você*.
Eu pulei. Eu era trinta centímetros mais alto e não era corajoso, mas ele saltou para trás.
— Não — discordei. — Você não pode fazer isso.
— Por que não?
— Porque você não pode colocar as mãos em mim — eu falei. — Assim como não pôs as mãos neles. Foi tudo à distância. Agora eu percebo. Sua lógica era fazer com que as pessoas fizessem coisas consigo mesmas, ou destruí-las indiretamente. Não é?
— Correto! — Seu orgulho estava envolvido novamente. Ele se esqueceu de mim ali parado e olhou para seu passado brilhante e glorioso.
— O velho na bilheteria do bonde. Tudo o que você fez foi embebedá-lo? Bater a cabeça dele na beira do canal, talvez, depois pular e se certificar de que ele entrou na jaula dos leões?
— Correto!
— A velha que vendia canários. Tudo o que você fez foi ficar de pé ao lado da cama dela e fazer caretas?

— Correto!

— Sam. Deu a ele uma bebida forte o bastante para levá-lo ao hospital.

— Correto!

— Jimmy. Certificou-se de que ele bebeu três vezes mais. Você nem mesmo precisou virá-lo na banheira. Ele virou sobre si mesmo, e já era.

— Correto!

— Pietro Massinello. Você escreveu ao governo municipal para vir recolher ele e suas dez dúzias de cães, gatos e pássaros. Se ele não está morto agora, logo estará.

— Correto!

— Cal, o barbeiro, é claro.

— Eu roubei a cabeça de Scott Joplin — disse Shrank.

— Então Cal, assustado, deixou a cidade. John Wilkes Hopwood. Ele e seu imenso ego. Escreveu para ele usando o papel de carta de Constance Rattigan, fez com que ele fosse nu à praia todas as noites, assustando Constance para que ela se afogasse?

— Isso mesmo!

— Então se livrou de Hopwood, deixando-o saber que você o tinha visto na praia na noite em que Constance desapareceu. Você acrescentou uma carta terrível, realmente nojenta, terrível, o insultando da forma mais vil.

— Tudo o que ele era.

— E Fannie Florianna. Deixou seu anúncio na porta dela. E quando ela ligou e você marcou um horário, tudo que fez foi vir, entrar, como com a velha dos canários, e assustar Fannie até que ela caminhasse de costas, sim, e caísse, não conseguindo mais se levantar, e tudo o que você precisou fazer foi ficar ali de olho para ter certeza de que ela não se levantaria, certo?

Ele sabia que era melhor não dizer sim a isso, não dizer qualquer coisa, pois eu agora estava furioso, ainda trêmulo, mas ganhando forças com minha própria loucura.

— Você cometeu apenas um erro ao longo das semanas. Enviar os papéis para Fannie, deixando-os marcados. Quando você se lembrou disso, voltou e invadiu o apartamento dela, não conseguiu encontrá-los. O único lugar que você não pensou em procurar foi a geladeira. Seu anúncio no jornal estava debaixo de potes para absorver umidade. Eu o encontrei ali. É por isso que estou aqui. E não serei o próximo da sua lista. Ou você tem algum outro plano?

— Sim.

— Não, e sabe por que não? Por dois motivos. Primeiro, não sou um Solitário. Não sou um fracasso. Não estou perdido. Vou conseguir. Vou ser feliz. Vou me casar e ter uma boa esposa e filhos. Vou escrever bons livros e ser amado. Isso não se encaixa no seu padrão. Você não pode me matar, seu idiota estúpido, porque eu estou bem. Vê? Vou viver para sempre. Em segundo lugar, você não pode pôr um dedo em mim. Ninguém mais foi tocado por você. Se você me tocar, estragará sua ficha. Você conseguiu todas as suas outras mortes por medo ou intimidação. Mas agora, se você tentar impedir que eu vá à polícia, você terá que cometer um assassinato *de verdade*, seu bastardo doente.

Saí correndo com ele correndo atrás em total confusão, quase me puxando pelos cotovelos.

— Certo, certo. Eu quase matei você há um ano. Mas então você fez aquelas vendas para revistas e conheceu aquela mulher e eu decidi apenas seguir você e colecionar pessoas, sim, foi isso. E realmente começou naquela noite no bonde de Venice, eu bêbado na tempestade. Você estava tão perto de mim naquela noite no bonde, eu poderia ter estendido a mão e tocado em você. E a chuva caiu e se você tivesse apenas se virado, o que não fez, teria me visto e me conhecido, mas você não se virou e...

Estávamos agora fora do píer e na rua escura perto do canal, passando rapidamente pela ponte. A praça estava vazia. Não vi carros nem luzes. Apressei o passo.

No meio da ponte sobre o canal, perto das jaulas dos leões, Shrank parou e agarrou-se à grade.

— Por que você não me entende? Me ajude! — ele choramingou. — Eu queria matar você, eu queria! Mas teria sido como matar a Esperança, e deve haver um pouco disso no mundo, não é mesmo, até para pessoas como eu?

Eu o encarei.

— Não depois desta noite.

— Por quê? — ele engasgou. — Por quê? — disse olhando para a água fria e oleosa.

— Porque você é total e completamente maluco — falei.

— Vou te matar agora.

— Não — respondi, com tristeza imensa. — Só resta uma pessoa para matar. Um último Solitário. Aquele que é vazio. Você.

— Eu? — guinchou o homenzinho.

— Você.

— Eu? — ele berrou. — Maldito seja, maldito seja!

Ele se virou rápido. Ele subiu na amurada. Ele pulou.

Seu corpo caiu na escuridão.

Ele afundou em águas tão oleosas e sujas quanto seu casaco, tão terríveis e escuras quanto sua alma, para ser encoberto e perdido.

— Shrank! — gritei.

Ele não veio à tona.

Volte, eu queria gritar.

Mas então, de repente, tive medo de que voltasse.

* * *

— SHRANK. SHRANK — SUSSURREI. Curvei-me sobre a amurada, olhando para a escória verde e a maré gasosa. — Sei que está aí.
Não podia simplesmente ter acabado. Era simples demais. Ele estava em algum lugar longe da luz, meditando feito um sapo escuro, sob a ponte, talvez, olhos para cima, esperando, o rosto verde, sugando o ar, muito silenciosamente. Fiquei escutando. Não havia nenhum respingo. Nenhuma ondulação. Nenhum suspiro.
— Shrank — sussurrei.
Shrank, ecoaram as madeiras sob a ponte.
Ao longo do litoral, as grandes bestas do petróleo ergueram suas cabeças ao meu chamado, e as afundaram novamente, a tempo de um longo suspiro de água rolar na praia.
Não fique me esperando, pensei ter escutado Shrank murmurar. É bom aqui embaixo. Silencioso, finalmente. Acho que vou ficar.
Mentiroso, pensei. Você vai subir quando eu menos esperar.
A ponte rangeu. Eu me virei.
Nada. Nada além de névoa pairando sobre a praça vazia.
Corra, pensei. Corra até o telefone. Ligue para Crumley. Por que ele não está aqui? Corra. Mas não. Se o fizesse, Shrank poderia ficar livre.
Ao longe, a três quilômetros de distância, o grande bonde vermelho balançava, assobiando, gemendo, parecendo a terrível besta do meu sonho, vindo para levar meu tempo, minha vida, meu futuro longe, rumo a um poço de piche no final da linha.
Encontrei um pequeno seixo e o joguei na água.
Shrank.

Ele bateu e afundou. Silêncio.

Ele escapou de mim. Eu queria fazê-lo pagar, por Fannie.

Então, pensei em Peg. Ligue para ela.

Mas não, ela teria que esperar também.

Meu coração batia tão forte que temi que as águas abaixo se agitassem e os mortos ressuscitassem. Eu temia que minha própria respiração derrubasse as torres de petróleo. Segurei meu coração e respiração e os fiz desacelerar, os olhos fechados.

Shrank, pensei, saia. Fannie está aqui, esperando. A velha dos canários está aqui, esperando. O velho da bilheteria está ao meu lado. Pietro está aqui e quer seus bichinhos. Saia. Estou aqui, junto dos demais, esperando.

Shrank!

Desta vez, ele deve ter escutado.

Ele veio me buscar.

Ele saltou da água escura feito uma bala de canhão em um trampolim.

Jesus, pensei, seu *idiota*! Por que você o chamou?

Ele tinha três metros de altura, um dragão fermentado de um anão. Grendel, que já foi jóquei.

Ele me atacou como uma Fúria, garras para fora. Me atingiu como um balão cheio de água escaldante, com um baque, um grito e um guincho. Há muito ele tinha esquecido suas boas intenções, seus planos, seu mito, sua integridade assassina.

— Shrank! — gritei.

Havia algo de terrível naquilo, em câmera lenta, como se, quadro a quadro, eu pudesse detê-lo ao longo do caminho e examinar seu crescimento impressionante, e como seus olhos cintilavam e sua boca latejava de ódio e as mãos se apertavam de raiva enquanto ele agarrou meu casaco, minha camisa, meu pescoço com garras de ferro. Sua boca estava ensanguentada com meu nome enquanto ele se inclinava para trás. As águas de alcatrão esperavam. Jesus, ali não, pensei. As jaulas dos leões esperavam com as portas abertas.

— Não!

A câmera lenta parou. Seguiu-se a queda rápida.

Fundidos em sua raiva, caímos, puxando o ar durante o voo.

Batemos como duas estátuas de concreto e afundamos, nos amando num estúpido frenesi de paixão, subindo um no outro para manter um ao outro abaixo, criando escadas em busca de ar e luz.

Na descida, pensei tê-lo ouvido choramingar, berrando:

— Entra aí, entra aí, entra! — Como um menino em algum jogo rude e sem regras, e eu estava jogando errado. — Entra!

Mas agora, embaixo, nós saímos de vista. Nós giramos como dois crocodilos nos pescoços um do outro. De cima, devemos ter parecido um cardume confuso de piranhas se devorando, ou uma grande hélice descentrada e enlouquecida em meio a óleos e alcatrões de arco-íris.

E no centro do afogamento houve uma centelha de esperança, pequena como a cabeça de um alfinete, que lampejou, e se acendeu em meus olhos.

Este é o primeiro assassinato de verdade dele, devo ter pensado, ou havia tempo? Mas eu sou de carne e não vou me comportar. Eu temo as trevas mais do que ele teme a vida. Ele deve saber disso. Preciso vencer!

Não há provas.

Rolamos e atingimos algo que tirou a maior parte do ar dos meus pulmões. A jaula do leão. Ele estava me empurrando e chutando pela porta aberta. Eu me debati. Nós giramos e na onda e na água branca de repente pensei:

Deus. Estou dentro. A jaula. A coisa toda termina como começou! Crumley vem para me encontrar, acenando atrás das grades ao amanhecer! Jesus. Meus pulmões incharam com fogo. Tentei girar e me libertar. Eu queria gritar com ele com meu último suspiro. Eu queria ...

Tinha acabado.

Shrank relaxou suas garras.

Pensei: o quê? O quê? O quê!

Ele quase soltou.

Agarrei-o para empurrar, mas foi como agarrar um manequim que de repente perdeu a capacidade de gesticular. Era como lidar com um cadáver que saltou da sepultura e agora queria voltar.

Ele desistiu, pensei. Ele sabe que deve ser o último. Ele sabe que não pode me matar, isso não se encaixa.

Ele havia se decidido mesmo e, enquanto eu o segurava, pude ver seu rosto, um mero fantasma pálido, e o encolher de ombros que dizia que eu deveria finalmente me libertar e subir em direção à noite, ao ar e à vida. Na água escura, vi seus olhos aceitarem seu próprio pavor enquanto ele abria a boca, contraía as narinas e deixava sair uma luz gasosa terrível. Em seguida, ele respirou fundo a água negra e afundou, um homem perdido em busca de sua derrota final.

Ele era uma marionete fria que abandonei na jaula quando, às cegas, me debati em busca da porta tomando impulso para cima, rezando feito louco para viver para sempre, alcançar a névoa, encontrar Peg, onde quer que ela estivesse em todo esse maldito mundo.

Emergi em meio a um nevoeiro que começava a se tornar garoa. Assim que minha cabeça emergiu, dei um grande grito de alívio e tristeza. Todas as almas de todas as pessoas perdidas e as que não queriam se perder no último mês saíram de mim em lágrimas. Eu me engasguei, vomitei, quase afundei de novo, mas cheguei à margem e me arrastei para sentar e esperar na beira do canal.

EM ALGUM LUGAR DO MUNDO, ouvi um carro parar, uma porta bater, pés correrem. Saindo da chuva, um longo braço estendeu-se e uma grande mão agarrou meu ombro. O rosto de Crumley, como o de um sapo sob um vidro, apareceu em um close de filme. Ele parecia um pai em estado de choque, curvando-se para o filho afogado.

— Você está bem, você está bem?

Balancei a cabeça, ofegante.

Henry veio atrás, farejando a chuva, atento a cheiros de pavor e não encontrando nenhum.

— Ele está bem? — perguntou Henry.

— Estou vivo — falei, e realmente quis dizer isso. — Ah, Deus, estou vivo.

— Onde está o Sovaco? Tenho que bater nele, por Fannie.

— Já bati, Henry — falei.

Eu indiquei com a cabeça a jaula do leão, onde um novo fantasma vagou como gelatina pálida atrás das grades.

— Crumley — falei —, ele tem uma cabana cheia de coisas, evidências.

— Eu vou verificar.

— Onde diabos vocês estiveram? — eu perguntei.

— O taxista idiota é mais cego do que eu. — Henry tateou o caminho até a beira do canal e sentou-se ao meu lado. Crumley sentou-se do outro, todos nós deixando nossos pés balançarem quase tocando a água escura. — Não conseguia nem encontrar a delegacia de polícia. Onde ele está? Vou bater nele também.

Eu bufei uma risada. Água saiu voando de minhas narinas.

Crumley se aproximou para me examinar.

— Você se machucou?

Em nenhum lugar que alguém pudesse ver, pensei. Daqui a dez anos, alguma noite, tudo virá à tona. Espero que Peg não se importe com alguns berros, apenas para me aninhar em seu colo.

Daqui a pouco, pensei, preciso fazer uma ligação. Eu direi: Peg. Case-se comigo. Venha esta noite, volte para casa. Nós vamos morrer de fome juntos, mas, por Deus, nós vamos viver. Finalmente case-se comigo, Peg, e me proteja dos Solitários. Peg.

E ela responderia sim e voltaria para casa.

— Não estou machucado — respondi para Crumley.

— Ótimo — disse Crumley —, porque quem diabos iria ler meu romance, além de você?

Lati de tanto rir.

— Desculpe. — Crumley abaixou a cabeça envergonhado por sua própria honestidade.

— Inferno — peguei sua mão e coloquei na minha nuca, mostrando a ele onde massagear. — Eu te amo, Crum. Eu te amo, Henry.

— Diabos — praguejou Crumley, gentilmente.

— Deus te abençoe, garoto — falou o cego.

Outro carro chegou. A chuva estava parando.

Henry deu uma fungada profunda.

— Eu conheço esse cheiro de limusine.

— Meu Deus — disse Constance Rattigan, inclinando-se para fora. — Que visão. O campeão de Marte. O maior cego do mundo. E o filho bastardo de Sherlock Holmes.

Todos nós respondemos de uma forma ou de outra a isso, cansados demais para continuar.

Constance desceu e ficou atrás de mim, olhando para baixo.

— Está tudo acabado? É ele?

Todos concordamos com a cabeça, como uma plateia em um teatro da meia-noite, incapazes de tirar nossos olhos das águas do canal, e da jaula do leão, e do fantasma atrás das grades que subia e descia e acenava.

— Deus, você está encharcado; você vai morrer. Vamos fazer o garoto tirar essa roupa e se aquecer. Tudo bem se eu levá-lo para minha casa?

Crumley acenou com a cabeça.

Eu coloquei minha mão em seu ombro e segurei firme.

— Champanhe agora, cerveja depois? — falei.

— Fico te esperando — disse Crumley — no meu complexo na selva.

— Henry — perguntou Constance —, vem junto?

— Não vai ser possível me manter longe — falou Henry.

E mais carros chegaram e a polícia estava se preparando para mergulhar para pegar o que quer que estivesse na jaula e Crumley estava caminhando em direção à cabana de Shrank, e eu fiquei lá tremendo enquanto Constance e Henry tiravam meu casaco molhado e me ajudavam a entrar na limusine e dirigimos ao longo do litoral noturno entre os grandes guindastes que suspiravam, deixando para trás um pequeno e estranho apartamento onde eu trabalhava e deixando para trás o pequeno alpendre escuro onde Spengler e Gengis Khan e Hitler e Nietzsche e algumas dezenas de velhas embalagens de doce aguardavam e deixando para trás a estação de bonde fechada onde amanhã alguns velhos perdidos se sentariam novamente esperando os últimos bondes do século.

Pelo caminho pensei ter me visto passando em uma bicicleta, com doze anos, entregando jornais na manhã escura. Mais adiante, meu eu mais velho, com dezenove, vagou para casa, esbarrando em postes, batom na bochecha, bêbado de amor.

Pouco antes de entrarmos no forte árabe de Constance, outra limusine veio rugindo na direção oposta, ao longo da rodovia costeira. Passou como um trovão. Sou eu também, pensei, algum ano em breve? E Peg, em um vestido de noite, comigo, voltando de um baile? Mas a outra limusine desapareceu. O futuro teria que esperar.

Quando entramos no quintal de areia dos fundos de Constance, experimentei o presente puramente, e o melhor tipo de felicidade viva.

Com a limusine estacionada, e Constance e eu esperando que ele se movesse, Henry ergueu o braço com um aceno grandioso.

— Abram espaço.

Nós nos afastamos.

— Deixe o cego lhes mostrar o caminho.

Ele mostrou.

E nós o seguimos com prazer.

Este livro foi composto na fonte Fairfield LT Std
e impresso em papel Polen Bold 70g
na gráfica Rettec.
São Paulo, Brasil, janeiro de 2023.